एक सुपर-स्टार
की मौत

एक सुपर-स्टार की मौत

ऋचा लखेड़ा

प्रकाशक
प्रभात पेपरबैक्स
प्रभात प्रकाशन प्रा. लि. का उपक्रम
4/19 आसफ अली रोड, नई दिल्ली–110002
फोन : 011–23289777 • हेल्पलाइन नं. : 7827007777
इ–मेल : prabhatbooks@gmail.com ❖ वेब ठिकाना : www.prabhatbooks.com

संस्करण
प्रथम, 2023

अनुवाद
जयश्री

मूल्य
तीन सौ रुपए

मुद्रक
आर–टेक ऑफसेट प्रिंटर्स, दिल्ली

———————— ★ ————————

EK SUPER-STAR KI MAUT
Novel by Richa Lakhera

Published by **PRABHAT PAPERBACKS**
An imprint of Prabhat Prakashan Pvt. Ltd.
4/19 Asaf Ali Road, New Delhi-110002

ISBN 978-93-5521-042-5

₹ 300.00

“पर मैं आश्चर्य करता हूँ कि अंत में मुझे अमरत्व के एक विभ्रम करनेवाले दुष्चक्र के अलावा क्या प्राप्त होगा!”

—नेविले वैलेंटाइन, सुपर-स्टार

1993

वह एक मसले हुए टमाटर की तरह लग रही थी। जब मैंने 'ड्यून' के उस पार से आती हुई चीखों को पहली बार सुना, तब मुझे यह नहीं मालूम था कि उसी दिन मैं अपनी माँ की हत्या होते हुए देखूँगा। फैक्टरी के वेयर हाउस में सीमेंट और कीचड़ से सनी एक चारपाई पर वह पड़ी हुई थीं। चारपाई के किनारे से उनका सिर जोर से टकराया था और उनके शरीर के कई अंग टूट चुके थे। उनके चारों ओर उन पुरुषों का घेरा था, जो उन्हें कुचल डालने को व्याकुल हो रहे थे।

"धूर्त डायन, तुम तो बिल्कुल एक बेजान मछली की तरह पड़ी हुई हो।"

"अपना मुँह खोलो, नहीं तो मैं तुम्हारी गरदन काट दूँगा।" एक कुत्ते की तरह हाँफते हुए वह आदमी उनके चेहरे पर अपनी छड़ी से वार करता रहा।

"यह बूढ़ी डायन कीचड़ में पड़े सूअर से भी ज्यादा भद्दी है।" तभी उसकी नजर मुझ पर पड़ी और मानो उसकी आँखों की मलिनता थोड़ी कम हो गई। हम दोनों ही जानते थे कि वह बहुत दूर जा चुकी थीं। और अगर वह बच भी गईं तो फिर कभी भी वह सही मायने में जिंदा नहीं रह पाएँगी। उनकी चीखें कमरे में गूँज रही थीं। बर्बरतापूर्ण ढंग से उनका बलात्कार किया गया था। यह आखिरी बार था, जब मैंने अपनी माँ को जिंदा देखा था।

उनमें से एक आदमी ने मेरी ओर इशारा करते हुए एक छड़ी फेंकी। मुझे लगा, मानो शरीर का सारा खून मेरे गले तक आ गया हो और मैं वहाँ से ऐसे भागा, जैसे मेरे पीछे शैतान लगा हो।

अनगिनत कँटीली शाखाओं, चकमक पत्थरों से घेरकर बनाई गई बाड़ और टायर ट्रैक से होते हुए मेरे पैरों ने काले आकाश के इधर-उधर बिखरे टुकड़ों के प्रतिबिंब से युक्त पानी को छुआ। मीलों ऊपर से मानो मेरी आत्मा मेरे शरीर को अधबोए खेतों से भागते हुए, घुमावदार खाइयों में गिरते हुए, जमीन पर बिखरे फूल

के ढेरों से बाहर निकलते हुए देख रही थी। मेरे सीने का दबाव मेरा गला घोंटे दे रहा था; पर मैं तब तक भागता रहा, जब तक कि सूरज मेरी दृष्टि से ओझल नहीं हो गया। इधर-उधर उड़ते हुए चमगादड़ अँधेरा हो जाने पर जंगल में इकट्ठे हो गए। उन्हें मैं हमेशा के लिए खो चुका था। वह जा चुकी थीं। उनकी गंध, उनका दिखाई पड़ना, उनका स्वाद, उनका मांस, उनकी हड्डियाँ—सबकुछ खत्म हो चुका था। अब वह कभी भी कुछ सोचते समय अपनी सुंदर भौंहों को नहीं सिकोड़ेंगी, न ही अब कभी अनवरत काम करते रहने से सफेद पड़ गई उनकी उँगलियाँ दवाओं का मिश्रण तैयार करेंगी। उपचार के लिए वह जिन सल्फर, फास्फोरस और चूने का प्रयोग करती थीं, उन सबकी मीठी गंध—सबकुछ खत्म हो गया। अब वह कभी मुझे उन हीलिंग स्पिरिट के बारे में नहीं बताएँगी, जिनमें से कुछ अच्छे होते थे और कुछ वाकई बहुत बुरे। अब वह मुझे कभी भी उन बहुविध सुगंधवाले फूलों के पराग को नहीं दिखाएँगी, जो पागलों को भी ठीक कर सकते हैं; न ही उन नीले फलों के बीजों के प्रति आगाह करेंगी, जो शांतचित्त व्यक्ति को भी उग्र बना देते हैं और न ही उन पुष्प केसरों को लोगों के सामने ला पाएँगी, जो प्रबल काम-वासना को नियंत्रित कर सकते थे। माँ ने बहुत कुछ जान जाने की कीमत चुकाई थी, ठीक वैसे ही, जैसे कि मेरी सबसे अच्छी दोस्त बुद्धि को चुकानी पड़ी थी। जब निराश-सा मैं लाल नदी के किनारे-किनारे भाग रहा था तो यह सब मुझे याद आ गया। परंतु सबसे ज्यादा मैं हीरी के बारे में ही सोच रहा था। उसका फूल जैसा चेहरा, घुँघराले व काले घने बाल—सबकुछ मेरी आँखों के सामने तैर गया और इस समय मेरी दिली ख्वाहिश यही थी कि उसके इस धोखे के लिए मैं उसकी जान ले लूँ। स्याह अँधेरी रात में आती अजीब-सी आवाजें मुझे आतंकित कर रही थीं। छुपने के लिए जगह की तलाश में मैंने इधर-उधर नजर दौड़ाई और मुझे एक छोटे आदमी के लायक बड़ा गड्ढा दिखाई पड़ा। अंदर अँधेरा था और मरे हुए जीव-जंतुओं की दुर्गंध भी थी। फिर भी, मैं उस दमघोंटू दुर्गंध-युक्त गड्ढे में छुप गया, ताकि मेरे शिकारी मुझे ढूँढ़ न पाएँ।

□

1

दिनेश ठाकरे

सोमवार, 25 अक्तूबर

दिनेश ठाकरे का स्टूडियो-सह ऑफिस

बहुत गरमी है। इतनी गरमी कि पत्तियाँ गरमी से झुलस जाएँ, कुम्हला जाएँ। ऐसी गरमी कि आकाश नारकीय आग से निकलकर आए जीवों के खेल का मैदान लगने लगे। दिनेश ठाकरे बाहर आकर बैठना चाहता है।

एक व्यक्ति ठाकरे के बँगले के बाहर अपनी मोटरसाइकिल को विदीर्ण पड़ चुके केराटिन की तरह दिखनेवाली पत्तियों के बड़े से झुरमुट के पीछे पार्क कर, एक बड़े से बैग को अपनी छाती पर क्रॉस करके लटकाते हुए दिनेश ठाकरे के ऑफिस के पीछेवाले फाटक की ओर बढ़ जाता है। संभवत: उस व्यक्ति को यह पता है कि उसे देखा जा रहा है। वह जानता है कि कैमरे कहाँ-कहाँ पर लगे हुए हैं, फिर भी उसके खामोश कदमों की सख्ती उस हत्यारे के समान है, जो धीरे-धीरे निश्चित तौर पर अपने शिकार की ओर बढ़ रहा हो। ठाकरे 'सरविलास' कैमरों पर इस गतिविधि को देखने से चूक जाता है। वह यह नहीं देख पाता है कि उसके ऑफिस की तारों से घेरी हुई चहारदीवारी के बाहर पैडेड चमड़े की जैकेट पहने एक आदमी, जिसने अपनी कैप को इस तरह झुका रखा है कि उसका चेहरा छिप जाए, धीरे-धीरे उसकी ओर बढ़ रहा है।

इस समय टी.वी. सीरीज 'हीलर्स' के सेट पर ठाकरे की अनुपस्थिति से एक छोटी सी गड़बड़ हो गई; पर ठाकरे को इस बात की कोई चिंता नहीं। इसका विपरीत भी सच हो सकता है। यदि कोई कहता है कि मुझे कोई चिंता नहीं, तो कभी-कभी ऐसा भी हो सकता है कि वास्तव में ऐसा कहनेवाला मन-ही-मन

में चिंता कर रहा हो। एक साल पहले जब ठाकरे ने मेडिसी फार्मास्यूटिकल्स के टी.वी. ड्रामा के साथ साइन अप किया तो निर्माताओं ने उसे पूर्णाधिकार पत्र दे दिया था; सीरीज के निर्देशन में अप्रतिबंधित स्वतंत्रता और अधिकार। क्या बकवास है! मेडिसी के निचले स्तर के प्रबंधकों को भी उसकी तुलना में अधिक पैसा मिलता है और कहने के लिए शो वह चला रहा है। क्रिएटिव बिजनेस के नाम पर कंपनी का हस्तक्षेप और फिर, उस पर काम करनेवाले कलाकारों के नखरों ने सीरीज को बदलकर रख दिया। वह सीरीज, जो मुक्ति पाने की इच्छा रखनेवाले चरित्रों के तीक्ष्ण चित्रण के साथ शुरू हुई थी, अब गंदगी का ऐसा ढेर बन चुकी थी कि अब वह उससे छुटकारा पाना चाहता था। इस निर्देशन के बोझ के साथ रहते, खाते, साँस लेते वह अनगिनत घंटे गँवा चुका था और अब एक साल के बाद उसे अहसास होता है—किसी प्रसिद्ध व्यक्ति के शब्दों में—कि पूरी मेहनत पर पानी फिर गया। एक बात तो तय थी कि कोई भी 'हीलर्स' को अच्छी सीरीज की श्रेणी में नहीं रखनेवाला था। दस वर्षों में क्या, पचास वर्षों में भी कोई ऐसा नहीं कहने वाला था।

ठाकरे पैरासिटामोल की एक टैबलेट निगल लेता है। सबकुछ धुँधला-धुँधला-सा याद आ रहा है, मानो आँखों के आगे एक ट्रेसिंग पेपर रखा हो और उसमें से वह उन दिनों को देख रहा हो। वह इन सबसे अपना हाथ पीछे कर लेना चाहता है। परंतु कंपनी ने एक बात स्पष्ट कर दी है—हो सकता है कि वह कोई ख्याति-प्राप्त व्यक्तित्व हो, पर फिर भी, वह है तो मेडिसी की मिल्कियत ही, कानूनी तौर पर, जब तक कि वह उनका काम पूरा करके सौंप नहीं देता।

यह बात तो स्पष्ट है कि अब यह दुनिया ख्यातिलब्ध लोगों की रत्ती भर परवाह नहीं करती।

जो कुछ तुम्हारे दिमाग में आए, बस, उसे लिख डालो। लानत है—ठाकरे अपने दिमाग को सोचने और उँगलियों को लिखने के लिए मजबूर करता है। अपने मन में जिंदगी का अहसास भरने के लिए उसने स्वयं को उन्मुक्त किया, किंतु तत्क्षण ही उसके मन पर मानो सैकड़ों वर्षों की थकान फिर से छा गई हो। डैडी, आप कोई महान् व्यक्ति नहीं हैं—उसकी बेटी, राथी कहेगी—आप दुनिया को मूर्ख बना सकते हैं, मुझे नहीं। आप नाउम्मीद हैं। राथी की जिंदगी में जो कुछ भी गलत हुआ है, सबके लिए वह उसी को दोषी ठहराती है—ड्रग्स, रिहैब के अनुभव, यहाँ तक कि मर्दों के गलत चयन के लिए भी। वह तो उसे 'आत्मकेंद्रित मूर्ख' कहती है और उस

समय वह ऐसा अनुभव करता है, मानो ये शब्द उसके अंतर्मन को खंजर से किए गए वार होने के बावजूद घायल नहीं कर रहे हों। हो सकता है, उसे उसके लिए कुछ सही करना चाहिए या कुछ ऐसा ही करे, जो उसे खुश कर दे या उसके गुस्से को कम कर दे। ट्विटर हैशटैग पर ट्रेंड हो रही उसकी कुछ ही समय तक चलनेवाली दूसरी शादी, वह भी अपनी उम्र से आधी उम्र की लड़की से, की खबर से जिस बेइज्जती का सामना करना पड़ा था, उसके लिए राथी ने उसे कभी माफ नहीं किया।

"अरे जिद्दी लड़के, बहुत ही गंदा!" ठाकरे की माँ उससे कहती, "तुम्हारे बुरे दिन चल रहे हैं।"

एक खटपट-सी होती है। अँधेरे में वह देखने की कोशिश करता है। अँधेरे में कुछ है। कोई देख रहा है? इंतजार कर रहा है? इस बार खटखटाहट थोड़ी तेज है।

"एक मिनट।" बोलते हुए उसने अपनी पैंट ठीक की—"तुम यहाँ क्या कर रहे हो?"

"सॉरी! क्या मैंने आपके काम में रुकावट डाल दी?"

"नहीं-नहीं, मैं कुछ खास नहीं कर रहा था। मुझे लगा कि मेरा डॉक्टर आया है। सच कहूँ तो मुझे यह देखकर राहत ही मिली है कि वह नहीं है!" ठाकरे को उसके डॉक्टर ने उस समय उसे एक ऐसे रोग से ग्रसित बताया था, जिसके कारण वह एक ऐसी मुसीबत का सामना करने वाला था, जो अनजाने दर्द की वजह से और बढ़ने जा रही थी।

"मैं बस, एक मिनट लूँगा…।"

"क्या आप ट्विटर पर हैं?" ठाकरे मेज के दूसरे छोर पर बैठे उस कृशकाय चेहरे को देखता है और इस अनपेक्षित प्रश्न पर उसका चेहरा सख्त हो जाता है। उस चेहरे की मुसकराहट मानो उसके तीखे कपोलों की हड्डी (चीक बोन्स) के पास की त्वचा को चीरती हुई निकली थी—मौत के नकाब की तरह।

"ट्विटर? नहीं, मैं उस पर नहीं हूँ!"

"मरे हुए लोग ट्रेंड कर रहे हैं। भू-स्खलन में स्कूल की बस दब गई, सत्ताईस बच्चों की मौत हो गई। एम.आई.जी. क्रैश कर गया, ग्यारह की मौत हो गई। न्यू ऑरलेंस में शूट आउट, उनचास मारे गए। कोई गायक मृतात्माओं के लिए एक गीत समर्पित करता है। क्या बकवास है! मरे हुए लोगों को इससे क्या लेना-देना!" ठाकरे की आँखें अपने कंप्यूटर पर ही जमी हुई हैं। वह यह नहीं देख पाता कि दूसरी ओर बैठे हुए उस आदमी ने अपने बैग से एक सूई निकाल ली है।

“मेरी बेटी ट्विटर को नापसंद करती है। वह कहती है, लोग इस पर बहुत ज्यादा समय बरबाद करते हैं···ऐईं···।”

गरदन में चुभोई गई सूई के कारण उसका कथन अधूरा ही रह जाता है। उसकी मांसपेशियाँ शिथिल हो जाती हैं और वह कालीन-युक्त फर्श पर ‘धम्म’ की आवाज के साथ गिर जाता है। वह हिल भी नहीं पा रहा है और एक विशालकाय केकड़ा उसके शरीर को जकड़ लेता है। अचंभित-सा वह अपने हमलावर को बड़े से बैग से एक डिब्बा निकालते देखता है। ठाकरे पेट्रोल की गंध पहचान लेता है और आतंक के कारण उसके दिमाग में एक विस्फोट-सा होता है। वह व्यक्ति कमरे में उस द्रव्य को उड़ेलता है।

“क्या कर रहे हो?” निर्देशक के मुँह से शब्द इस तरह बाहर निकलते हैं, जैसे कीचड़ से भरे कटोरे से बुलबुले निकल रहे हों। वह ठाकरे को अनसुना करते हुए माचिस की एक तीली निकालकर जलाता है और उस जलती हुई तीली को पेट्रोल से भीगे फर्श पर फेंक देता है। ‘धूँ-धूँ’ की आवाज के साथ एक नीली लपट उठती है और ठाकरे की ओर तेजी से बढ़ने लगती है। मन में उठते हुए बुरे विचारों के कारण उसका दम घुटने लगता है और वह खड़ा होने के लिए काफी मशक्कत करता है। लेकिन उसके कमजोर पड़ चुके पैरों में उसके वजन को उठाने की शक्ति नहीं रह गई थी, जिससे वह पीछे की ओर गिर पड़ता है और दीवार से टकराता है। अब कमरे में धुआँ भर चुका है और कंप्यूटर का प्लास्टिक केस पिघलना शुरू हो गया है। वह आदमी ठाकरे के बाएँ कान में एक नीले रंग का कीड़ा, जो फूला हुआ है, डाल देता है।

“यह रानी है—अंडों से भरी हुई। काफी सख्त है। चरम सीमा तक की गरमी में भी जीवित रह जाती है। यह गिर जाएगी···तो फिर क्या होगा, हुँह!”

कमरे की सबसे बड़ी खिड़की का काँच आग की गरमी से जोर की आवाज के साथ चकनाचूर हो जाता है। ठाकरे अपने कंधे एवं पीठ को जलता हुआ महसूस करता है और चेहरे तक पहुँच चुकी आग की लपटें उसके बालों को झुलसाने लगती हैं। खून, मतली, पत्थर—इन सबके स्वाद से यह सच्चाई उस पर प्रकट हो चुकी है कि अब वह मरने वाला है। जब उससे यह सबकुछ और सहन नहीं हो पाता तो वह बाहर छलाँग लगा देता है। जिस समय वह बीसवीं मंजिल से नीचे गिर रहा होता है, तब अंतिम बार उसके मस्तिष्क में उस औरत का खयाल उभरता है, जिसकी आँखें उसकी स्वयं की एवं उसकी बेटी के समान ही नीली हैं और जिनमें पीले धब्बे के

निशान हैं। वह मुसकराती हुई उसे नीचे आने का इशारा कर रही है। झाड़ियों की नुकीली टहनियाँ उसकी चमड़ी को उधेड़कर रख देती हैं।

लिंक रोड पर पेट्रोल के डिब्बे से छुटकारा पाना खतरनाक हो सकता है। वह आदमी मोटर साइकिल को तेजी से भगाते हुए कुछ एक विकल्पों पर विचार करता जाता है और अंततः लंबे वीरान पड़े सी बीच को चुनता है। रहस्यपूर्ण वातावरण वाले शहर के लिए सर्वथा उपयुक्त स्थान; वह शहर, जहाँ हर दूसरा व्यक्ति हत्यारा हो सकता है। जिस समय तक उसका काम पूरा होता है, सूर्य पूर्व दिशा में उदित हो रहा होता है और इससे वहाँ की लवण-युक्त वायु के कारण उसकी त्वचा चिपचिपी-सी हो जाती है तथा बदन सूज जाता है। अपनी शेष यात्रा भी वह ऐसे ही तय करता है—किसी का भी ध्यान उस पर नहीं जाता। बड़े-बड़े बहूद्देश्यीय कैरियर/वाहन, जिन पर बाइक लदी हुई हैं। संतरे के फैमिली जूस का विज्ञापन करते होर्डिंग्स, बिल-बोर्ड पर एक महँगा अंडरवियर पहने एक अभिनेता की तसवीर। एक कुचला गया कुत्ता, जिसकी अँतड़ियाँ-पसलियाँ सड़क पर बिखरी हुई थीं। खुला आकाश! पीठ पर बैग लादे हिप्पी, जो लिफ्ट माँग रहे थे। 'ड्यून' से 3 मील नीचे आकर वह एक भद्दी और गंदी-सी बस्ती में घुस जाता है। विस्फोटक सामग्री रखने के लिए निर्मित बक्सों से भरी वे गलियाँ एक भूल-भुलैया के समान अंदर-ही-अंदर अपने आप में खुलती हैं। थूक-बलगम और इस्तेमाल में लाए हुए कंडोम पर, जिनसे फुटपाथ का इंच-इंच पटा पड़ा था; या खुले नाले में ठोस आकार लेते हुए स्थिर पानी पर या फिर जर्जर शरीरवाले कुत्तों पर, जो कूड़े में पड़े खाने को पाने के लिए एक-दूसरे को नोच-काट रहे थे। किसी भी दृश्य पर वह ध्यान नहीं देता है। धूल से पटी पड़ी उस गली में अपनी मोटरसाइकिल पार्क कर वह हीरी का दरवाजा खटखटाता है।

□

2

रंगनाथन

सोमवार, 25 अक्तूबर

सिटी लिंक रोड, एग्जिट 7 के आसपास कहीं

रंगनाथन आसमान के सितारों पर नजर डालता है। अब वे दिखाई नहीं दे रहे हैं और पीला-सा दूज का चाँद भी दृष्टि से ओझल हुआ जा रहा है। लड़के की चीखें भी रुक गई हैं। अब वह शांत है। अँधेरा उतना ही है, जितना कि वह चाहता है। अपनी कार का बोनट उठाकर कुछ टटोलते हुए वह ऐसा बहाना कर रहा है, मानो कार की वायरिंग की जाँच-पड़ताल कर रहा हो। वास्तव में, वह इस बात से निश्चिंत होना चाहता है कि कोई उसे देख तो नहीं रहा है! आसपास कोई भी नहीं है। किसी तरह की कोई गतिविधि नहीं। उस छोटे लड़के को सड़क के किनारे पड़ा कोई देखे, इसमें थोड़ा समय तो जरूर ही लगेगा। और तब तक के लिए यह उसका राज है।

उसने जैसे ही उस छोटे से लड़के को सड़क के किनारे अकेले खेलते हुए देखा था, उसी समय से उसे पाने की चाह जाग उठी थी। उसे यह बात भी पसंद आई थी कि उस लड़के ने शोर नहीं मचाया था और गरमागरम खाना खिलाने के वादे पर तुरंत उसकी कार में बैठ गया था। वह लड़का अपनी लंबी पलकों को एक खास अंदाज से झपकाता था, जो किसी को भी उत्तेजित कर देता। और जितनी देर तक वह उसे भोगता रहा था, उसकी आँखों में आँखें डाले रहा। उसे पहले से ही उस छोटे लड़के की कमी खल रही है। उसके दिमाग में यह खयाल उपजता है कि क्या लड़के का परिवार उसकी टी-शर्ट में ठूँसे हुए ढेर सारे नोटों (जो उसने रख दिए थे) को देखने के बाद भी पुलिस में शिकायत दर्ज करवाएगा? इस बात की संभावना न के बराबर थी। रंगनाथन ऐसा कुछ भी नहीं करना चाहता है, जिससे किसी का ध्यान

उसकी कार या उसकी ओर जाए। इसलिए उसने ईस्टर्न लिंक रोड ली, जो सेंट्रल सिटी का मुख्य संपर्क मार्ग है और उसे उम्मीद है कि वह भीड़-भाड़ होने से पहले पहुँच जाएगा। जिस समय वह मेडिसी स्टूडियो पहुँचता है, उसके हाव-भाव एक ऐसे व्यक्ति के समान हो जाते हैं, जो अपनी योग्यता को ठीक-ठीक पहचानता हो और इस बात को गुप्त रखने के लिए प्रतिबद्ध हो।

रंगनाथन—मेडिसी फार्मास्यूटिकल के 'लीगल अफेयर एंड ब्रांड डिपार्टमेंट' का प्रमुख—नेविले वैलेंटाइन, जो मूवी स्टार होने के साथ-साथ मेडिसी का ब्रांड एंबेसडर भी है, से जरूरी मीटिंग करने के लिए स्टूडियो के प्राइवेट लाउंज की ओर जाता है। उसे उम्मीद नहीं है कि यह मीटिंग अच्छी रहेगी।

□

3

नेविले वैलेंटाइन
सोमवार, 25 अक्तूबर
मेडिसी स्टूडियो

वैलेंटाइन जानता है कि वह पागल नहीं है। उसे पागलपन के बारे में पता है, लेकिन वह स्वयं को अपने अंदर के उस क्रोधित रैटल स्नेक (Rattle Snake) के सामने असहाय पाता है, जो किसी भी क्षण बाहर निकल सकता है। प्रेस इंटरव्यू और बुरा होता जा रहा है। उसे ऐसा लगने लगा है कि रिपोर्टर इतनी चालाक है कि वह उसके बारे में सबकुछ पता कर लेगी और यह बात उसे और पागल बनाए दे रही है।

"पर मि. वैलेंटाइन, ऐसे आरोप लगाए गए हैं कि मेडिसी की सहायक दवाएँ आम आदमी के लिए बहुत महँगी हैं।...यह हम क्या देख रहे हैं? 20 सी.सी. की खुराक की कीमत 1 लाख रुपए से भी ज्यादा! क्या यह सब आपको किसी भी दृष्टिकोण से उचित लगता है?" मौली लिमये अपने अविश्वास को छुपाने की कोई कोशिश नहीं करती है।

"आप जैसे धनाढ्य फिल्मी सितारों के अलावा कोई भी औसत दर्जे का भारतीय इसे नहीं खरीद पाएगा।" मौली लिमये 'जनरल अफेयर्स', डेली न्यूज की चीफ रिपोर्टर है। वैलेंटाइन के सहायक बिंकी मेंडेज ने उसे आगाह किया था कि मौली उसके प्रशंसकों में से नहीं है और न ही वह उसके बोलने के लहजे या उसके चलने के ढंग या फिर सिर को जुंबिश देने के तरीके से या उसके देखने के ढंग से प्रभावित थी।

"इधर देखें। आप किस ओर इशारा कर रही हैं?" मेडिसी के नए 'हील लाइन' के चीफ आर्किटेक्ट डॉ. डियाज ने बीच में रोकते हुए कहा, "मोहतरमा,

बायो मेडिकल में रिसर्च पर कड़ी मेहनत करनेवाले वैज्ञानिकों के लिए अच्छी राशि की आवश्यकता होती है। मेडिसी की 'हील ड्रग्स' पाँच वर्षों की कड़ी मेहनत का फल है। यहाँ की जनता इतनी समझ रखती है कि वह इन दवाइयों को पसंद करे, भले ही आप जैसे रिपोर्टर व पत्रकार उन्हें पसंद न करें।" डॉ. डियाज ने अपनी आधी से अधिक जिंदगी ट्यूबलाइट्स की रोशनी से जगमगाती लैब में बिताई है और उसे यह बात सख्त नापसंद है कि उसके काम पर कोई सवाल उठाए।

"तो, कीमत उचित है?"

"तो आप क्या चाहती हैं, क्या हम इसे मुफ्त में बाँट दें?" डॉ. डियाज ने प्रतिवाद करते हुए कहा, "मैं इस ब्रांड का प्रतिनिधित्व कर रहा हूँ। और मैं यह बात अच्छी तरह जानता हूँ कि सही दवा और सही डॉक्टर ही बीमारी को ठीक कर सकता है। मेडिसी ने इस टेक्नोलॉजी को विकसित करने में लाखों रुपए केवल इसलिए तो खर्च नहीं किए हैं कि हमारे वैज्ञानिकों द्वारा वर्षों इस पर की गई मेहनत का केवल उल्लेख ही किया जाए!"

अप्रभावित-सी मौली उसे ऐसी नजरों से देखती है, मानो वह किसी लाश का निरीक्षण कर रही हो, ताकि मौत के कारण का पता लगा सके। "रिपोर्ट्स बताती हैं कि समान विशेषताओंवाली कुछ दवाएँ पहले से ही बाजार में उपलब्ध हैं, पर उनकी कीमतें आपकी दवा की कीमत का दसवाँ भाग ही हैं।"

"मिस लिमये, लगता है, आपको विज्ञान की कोई जानकारी नहीं है। बीमारी से लड़ने के लिए हमारे द्वारा बनाई गई इस दवा जैसी कोई दवा अभी तक बाजार में नहीं आई है। आज बीमारियाँ जिद्दी-सी हो गई हैं। उनको पुराने फॉर्मूलों एवं दवाओं से ठीक नहीं किया जा सकता। हमें इन बीमारियों से लड़ने के लिए नए तरीके ईजाद करने ही होंगे। बीमारी के विरुद्ध हमें इस लड़ाई को हर कीमत पर जीतना ही है।..."

"जीतना? लड़ाई? वाह, क्या इसे लड़ाई ही समझना चाहिए, मि. वैलेंटाइन?" मौली ने वैलेंटाइन की ओर अपना प्रश्न उछाल दिया। बिंकी ने घबराहट भरी नजर उस पर डाली। पिछली रात पार्टी में वैलेंटाइन अपनी एक गर्लफ्रेंड किमी व्हाइट, जो एक अभिनेत्री थी, को गला घोंटकर लगभग मार ही डालने वाला था, जब किमी ने गरॉट स्टाइलवाले कॉलर, जिसमें निप्पल क्लैंप भी जुड़ा हुआ था, को पहनने से इनकार कर दिया था। उसने बिंकी के सामने अपनी शेखी बघारी थी कि किस तरह उसने किमी को भूसे के गट्ठर की तरह बाँधकर उस पर अपनी मर्दानगी दिखाई थी।

" 'मैं जानता हूँ, तुम मेरे मुँह से कोई ऐसी बात कहलवाना चाहती हो, जिस पर तुम कोई विवाद खड़ा कर सको। क्या सभी पत्रकार इसी तरह से काम करते हैं? इसके अलावा, हमारे उद्‍देश्य तुम्हारी राय या व्याख्या के मोहताज नहीं हैं। जो कंपनी अच्छा काम कर रही है, उस पर बेकार के इलजाम नहीं लगाने चाहिए।" वैलेंटाइन के बोलने का अंदाज इतना तीखा था, जो कागज को काट सकता था।

"'हील' का लक्ष्य है—"शरीर के दोषपूर्ण अंगों को दुरुस्त करना।" डॉ. डियाज ने पैने स्वर में बोलना शुरू किया, "मेडिसी ने प्रकृति की एक 'उम्मीद भरी' किरण प्रदान की है। यहाँ कोई टोना-टोटका नहीं किया जाता, न यहाँ कोई भूत-प्रेत भगानेवाला ओझा है, न कोई जड़ी-बूटी बेचनेवाला है।"

"पर क्या यह सच नहीं है कि मेडिसी के ऊपर यह आरोप लग रहा है कि यह महँगी दवा वास्तव में नई नहीं है? कि पिछले दस वर्षों से बाजार में उपलब्ध दवाओं में ही थोड़ा-बहुत बदलाव करके इसे नए रूप में पेश कर दिया गया है? इसे # फार्मा फ्रॉड और # 'अनफिट फॉर ह्यूमन्स' के रूप में ट्रेंड किया जा रहा है।"

वैलेंटाइन और डॉ. डियाज—दोनों ही अच्छी तरह से जानते हैं कि मौली का इशारा किस ओर है! @ आई.सी.एस.डब्ल्यू. (इंटरनेशनल क्लीन स्वाएल एंड वाटर) नाम का एन.जी.ओ. ट्वीट करके वैलेंटाइन पर आँखें बंद कर मेडिसी का साथ देने का आरोप लगा रहा था। ट्वीट में ये आरोप भी लगाए गए थे कि मेडिसी ने अपनी नई 'हील ड्रग्स' पर किए गए ट्रायल को शेयर करने से मना कर दिया था। @ आर.सी.एम.आई. (रीजनल कोर्ट ऑफ इंडस्ट्रियल माल प्रैक्टिस) इस मामले में पहले से ही शामिल हो चुका था और फिर @ आई.सी.एस.डब्ल्यू. भी इसमें कूद पड़ा। हालाँकि, बिंकी ने कुछ ऐसा इंतजाम कर दिया था कि @ आई.सी. एस.डब्ल्यू. को काफी ट्रोल किया गया, लेकिन फिर पहले कुछ राष्ट्रीय समूह और फिर दक्षिणपंथी समूह भी इस मामले में शामिल हो गए और बात बहुत तेजी से आगे बढ़ी।

"एन.जी.ओ. का आरोप है कि मेडिसी ट्रायल की जानकारी शेयर नहीं कर रहा है?"

"हमें लगता है कि एन.जी.ओ. को गलत जानकारी मिली है; और तुम भी अपने काम में काफी सुस्त हो। यदि तुमने पहले ही इस पर अच्छे से रिसर्च कर ली होती तो तुम्हें पता होता कि हर ट्रायल की डिटेल को प्रकाशित किया जा चुका है। मेडिसी आरोग्य को सर्वाधिक महत्त्व देता है और हमारे इस नए वर्जन का स्वरूप

स्थिर हाइड्रोस्कोपिक है, जिसके रिसर्च को अपडेट करने के लिए पैसे की जरूरत होती है।" डियाज ने उत्तेजनापूर्ण स्वर में कहा।

"मि. वैलेंटाइन, आपको कुछ कहना है?"

"सॉरी, आखिरी प्रश्न पूछा गया है..."

"मि. वैलेंटाइन, यह भी कहा जा रहा है कि वैक्सीन की प्रभावशीलता के बारे में झूठा प्रचार किया गया है और इसके परिणाम को 115 प्रतिशत बढ़ा-चढ़ाकर दिखाया गया है?"

वैलेंटाइन अनजाने में ही अपने दाँत पीसने लगा और उसके मन में मौली के सुंदर चेहरे को पीट-पीटकर बिगाड़ देने की इच्छा मजबूत होती जा रही थी।

"मि. वैलेंटाइन, आप मेरे प्रश्न का जवाब नहीं दे रहे हैं। क्या आपको नहीं लगता कि लोगों के प्रति भी आपकी कोई जवाबदेही बनती है? मि. वैलेंटाइन, क्या आप ठीक हैं, सर?"

क्रोध स्वयं में ही खतरनाक होता है और जब हर तरफ से यही मिलने लगे तो और भी आवाजें उसकी कनपटियों पर हथौड़े की तरह पड़ रही हैं।

"जाओ यहाँ से, निकलो!" वह इस तेजी के साथ उठा कि उसकी कुरसी फर्श पर गिर गई।

"आप मुझे यहाँ से जाने के लिए कह रहे हैं? आपको मालूम है न कि यह मेरा शो है!"

"हटो यहाँ से, यू बिच!"

"प्लीज, इस रिपोर्टर को कोई मेडिसी स्टूडियो के बाहर ले जाए। आज के लिए काफी हो गया।" बिंकी के स्वर में धमकी का पुट स्पष्ट दिख रहा था।

मेडिसी स्टूडियो के बाहरी रूप-रंग को बहुत ही चतुराई से बदल दिया गया है। इसकी डिजाइन एक विखंडनवादी वास्तुकार द्वारा तैयार करवाई गई। कंक्रीट और काँच से बनी यह बारह मंजिला इमारत मानो सेंट्रल सिटी के रास्ते में अपना पैर पसारे खड़ी थी। पंद्रह फीट ऊँचे, 3,000 पाउंड की लागत से बने इस 'हीलिंग फॉर ऑल' को लॉबी के बीचोबीच बनाया गया है, ताकि लोगों को इस स्टूडियो का उद्देश्य हमेशा याद रहे। यह उद्देश्य है 'मेडिसी के आरोग्य-दर्शन' के प्रसार हेतु जन-आंदोलन चलाना (और अभी एक टी.वी. सीरीज तथा बाद में फिल्मों का भी निर्माण)। वैलेंटाइन के दिल में यह खयाल आता है कि मेडिसी सालों तक अपने उत्पादों के लिए इतना अधिक पैसा वसूलता रहा है तो कंपनी के पास इतना पैसा

तो आ ही गया होगा। उसके चेहरे को ऐसी इमारतों पर नुमाया न किया जाए, जिन्हें देखकर उबकाई आए। बद से बदतरवाली स्थिति में वह खुद को पाता है, जब उसे इंतजार करता हुआ रंगनाथन दिखाई पड़ता है, मानो कोई बदमाश पहलवान अपने पुराने बदमाशी भरे दिनों की याद दिला रहा हो।

दोनों एक-दूसरे को चौकन्नी निगाहों से देखते हैं। यह साफतौर पर दिख रहा है कि उन दोनों के बीच दोस्तों जैसा संबंध तो बिल्कुल भी नहीं है। यह तो कुछ ऐसा ही लग रहा है, मानो किसी कर्जदार के पास कोई उधार देनेवाला अपना पैसा वसूलने आया हो।

"मि. वैलेंटाइन, क्यों न हम सभ्य ढंग से बात करें!" रंगनाथन सीधे मुद्दे पर आते हुए बोला, "आपकी गर्लफ्रेंड किमी व्हाइट की काली पड़ गई आँखें और सूजा हुआ चेहरा इंटरनेट पर छाया हुआ है। हमारे प्रतिद्वंद्वी अंधे तो नहीं हैं। वे लोग यह खबर आपके उन प्रशंसकों तक पहुँचा देंगे, जो यह सोचते हैं कि आप अपनी निम्न स्तर की हिंसक अश्लील हरकतों से अब ऊपर उठ चुके हैं। आपको नहीं लगता कि आपकी इस हरकत का क्या बुरा असर पड़ेगा? आपने यह कैसे सोच लिया कि इससे ब्रांड की छवि सुधरेगी?"

"जाओ यहाँ से! यह मत भूलो कि मैं ही वह आवाज हूँ, जिसे सुनकर लोग तुम्हारी इन घटिया दवाओं को खरीदते हैं!..." वैलेंटाइन तीखे स्वर में बोला।

"मि. वैलेंटाइन, यह सबकुछ एक कीमत पर होता है। और आपको इस ब्रांड के लिए जो कीमत दी जाती है, उसके बदले में आपको अपने ब्रांड के अनुकूल ही व्यवहार करना होगा, बजाय इसके कि लड़कियों को पीटकर अपनी मर्दानगी साबित करें। हमारे विज्ञापनकर्ता, हमारी कंपनी के साझेदार इन घटनाओं से परेशान हो जाते हैं। मेडिसी को लगता है कि यदि लोग उसके ब्रांड एंबेसडर की जीवन-शैली के बारे में बातें बनाने लगेंगे तो लॉन्च से पहले ही ब्रांड की छवि पर उलटा असर पड़ेगा। मैं आपसे अनुरोध करता हूँ कि इस स्थिति से निबटने के लिए आप 'मॉरल क्लॉज' पढ़ लें।"

"अब यह 'मॉरल क्लॉज' क्या बला है?"

"मि. वैलेंटाइन, मुझे नहीं लगता कि आपने 'मेडिसी रूल ऑफ ऑर्डर' को ठीक से पढ़ा है। जब आपने 'हील ड्रग्स', जो हमारा प्रेस्टीज प्रोडक्ट है, का ब्रांड एंबेसडर बनने के लिए अपनी सहमति दी तो इसका मतलब यही था कि आप इस बात से सहमत हैं कि यदि नियमों व शर्तों (टर्म्स एंड कंडीशंस) के क्लॉज

10.11(बी) में उल्लिखित नियमों का उल्लंघन होता है तो यह समझा जाएगा कि मॉरल क्लॉज को तोड़ा गया और यह बात कॉण्ट्रेक्ट को खत्म करने के लिए काफी होगी।"

"रंगा, अच्छा होगा कि तुम अपनी हद में रहो।" वैलेंटाइन की आवाज में धमकी का पुट साफ था।

"सॉरी! मैं तो बस, वही बताना चाह रहा था, जो कंपनी चाहती है। अगर आप इसी तरह का व्यवहार करते रहेंगे तो आप ब्रांड एंबेसडर से कंपनी के लिए एक बोझ बन जाएँगे और यदि ऐसा होता है तो आपको मालूम ही होगा कि कंपनी अपने ऐसे बोझ से कैसे निपटती है! क्लॉज 10.32(ए) में विस्तार से इसका उल्लेख है।"

"क्या तुम मुझे धमकी दे रहे हो?"

"मेडिसी को अपने खर्च को बचाए रखने का अधिकार है। इसके अलावा, मेडिसी के साथ अनुबंध करना किसी शैतान के साथ अनुबंध करने जैसा भी तो नहीं है ना! आपको भी तो हमारी दरियादिली से काफी लाभ हुआ है। उस समय तो आपने कोई शिकायत नहीं की!"

"मैं कोई सर्कस का बंदर हूँ, जो तुम लोगों के इशारों पर नाचता रहूँगा!"

"केवल आप ही नहीं, हम सब सर्कस के बंदरों की तरह उछलते-कूदते रहते हैं। जनता गुस्सा दिलानेवाले बच्चों की तरह है। अगर उन्हें लगा कि उनको बेवकूफ बनाया जा रहा है, तो वे बड़ी-से-बड़ी स्कीम की धज्जियाँ उड़ा सकते हैं। अगर जनता का विश्वास एक बार आपके ऊपर से उठ जाएगा तो हमारा व्यवसाय प्रभावित होगा। मि. वैलेंटाइन, हमें प्रेस को अपना दुश्मन नहीं बनाना है। अगर प्रेस यह बात लिख दे कि 'सुपर स्टार ने अपना मानसिक संतुलन खो दिया', तो यह बात हमारे हित के विरुद्ध होगी।" रंगा ने एक वेबसाइट आर्टिकल की ओर इशारा करते हुए आरोपपूर्ण स्वर में कहा।

"तुम्हें लगता है कि ये चंद लोग, जो मेरे खिलाफ आर्टिकल लिख रहे हैं, मेरा कुछ बिगाड़ लेंगे? ये लोग मेरा बाल भी बाँका नहीं कर सकते। इनके पास इतनी ताकत ही नहीं।"

"मि. वैलेंटाइन, आपको इस मुद्दे पर ध्यान देना चाहिए। आपको अपनी स्थिति का भान होना चाहिए। बेहतर होगा कि जो कहा जाए, आप उसका अनुसरण करें। आपको तो इस खेल के बारे में पता है। आप मेडिसी की संपदा हैं, जिसे वह अपना बनाए रख सकती है या फिर त्याग भी सकती है। अभी आप किस चीज को

प्रश्रय देंगे, इसी पर आपकी भावी संभावनाएँ तय होंगी। मेडिसी का ब्रांड एंबेसडर शाम ढलते ही किसी ऐसी स्त्री के साथ घूमता नजर आए, जो नशा मुक्ति केंद्र में रहकर आई हो, यह तो हमारे अनुबंध का हिस्सा नहीं है। आप इस अनुबंध को किसी स्त्री के लिए तो खत्म नहीं कर सकते, भले ही वह कितनी भी सुंदर क्यों न हो। क्यों?"

"मैं उतना भी अंधा नहीं हूँ, जितना तुम समझते हो। तुम्हारा अपनी उन ओछी हरकतों के बारे में क्या कहना है, जो रातों में तुम दूसरों से अपने लिए करवाते हो?"

वैलेंटाइन के शब्दों में रंगनाथन के लिए स्पष्ट संदेश था कि वह उसके लिए अच्छे-से-अच्छा करने का प्रयास करे, अन्यथा उसे भारी कीमत चुकानी पड़ सकती है। रंगा गहरी साँस लेकर चेहरे पर सख्त मुसकराहट लिये वहाँ से निकल गया।

गलतफहमियाँ उस समय से पैदा होने लगी थीं, जब महीनों पहले मेडिसी के प्रबंधन विभाग द्वारा रंगनाथन को टी.वी. प्रोजेक्ट 'द हीलर्स' की जाँच-पड़ताल के लिए चुना गया। अगर ठीक-ठीक कहा जाए तो मेडिसी का यह कदम कंपनी के लिए लोगों की 'गुडविल' को बनाए रखने के लिए ही उठाया गया था; क्योंकि जो फिल्म स्टार उसका ब्रांड एंबेसडर था, वह अपनी हरकतों के कारण प्रेस को अपने खिलाफ लिखने का मौका दे रहा था। रंगा को कंपनी द्वारा दिए गए निर्देशों से यह स्पष्ट था कि मेडिसी अपने इस बेकाबू हो रहे ब्रांड एंबेसडर वैलेंटाइन से छुटकारा पाना चाहती थी। शेयर होल्डरों ने यह इशारा कर दिया था कि अब वे इस प्रोजेक्ट में और पैसा नहीं लगाना चाह रहे थे, और यही बात कंपनी के प्रबंधन विभाग को परेशान कर रही थी।

"हमें अपनी सकारात्मक छवि बनाने की जरूरत है।" उन लोगों ने रंगा से कहा था।

"तुम वकील हो...कोई राह निकालो।" वर्षों पहले जब उसने मेडिसी में काम करना शुरू किया था तो उसका मुख्य काम था मेडिसी के जमीन संबंधी दस्तावेजों के डिजिटलाइजेशन की निगरानी करना। वह आसानी से कानूनी दाँव-पेचों से सफाई से बचकर निकल जाता था और उसकी यह विशेषता मेडिसी के लिए जमीन आदि खरीदने में बहुत उपयोगी साबित होती थी। पर इस बार तो मामला बिल्कुल

अलग था। वैलेंटाइन का कॉण्ट्रेक्ट निर्विवाद था और इससे बाहर निकलना उतना आसान भी नहीं था। इससे बाहर निकला तो जा सकता था, पर तभी, जब उसकी योजना काम कर जाती।

जब रंगा की कार स्टूडियो से बाहर निकली, उसका दिमाग सोचने लगा। बाहर का वातावरण बिल्कुल नीरस-सा था। तेज हवाएँ चल रही थीं, पर सड़कों पर आवारा लोगों की वैसी ही भीड़ थी। किस्मतवालों को सीमेंट के बड़े-बड़े खंभों, जिन पर फ्लाईओवर टिके हुए हैं, के नीचे जगह मिल गई थी और बच्चे सड़क के किनारे लगी दुकानों के बाहर लगाए गए प्लास्टिक शेडों के नीचे खड़े थे। रंगा खुद को एक अनजाने से डर के अहसास से अलग नहीं कर पाया। एक दुबला-पतला सा लड़का पारदर्शी पॉलिथीन शीट से बाहर निकलकर, अपनी छोटी-छोटी हथेलियों को आधा मोड़कर उसकी कार में झाँकने लगा। उसकी आँखों में कुछ ऐसा भाव था, मानो वह कुछ जानता हो और उसकी नाक भी मानो कुछ सुराग पाने की कोशिश कर रही हो। जब उसकी कोमल उँगलियाँ रंगा की हथेलियों से टकराईं तो रंगा के मन में वही जानी-पहचानी चाहत पैदा हो गई।

"क्या मैं आ जाऊँ मिस्टर, आपकी कार में? मैं झटपट निपटा लूँगा, मिस्टर, और आपको पूरी संतुष्टि भी मिलेगी। मेरी गारंटी है।" अपनी मुड़ी हुई हथेली हिलाते हुए लड़के ने कहा। उसके आगे के शब्द हवा में ही रह गए और इससे पहले कि रंगा कुछ समझ पाता, वह लड़का पैसे लेकर फ्लाईओवर के नीचे कहीं गायब हो गया।

"चोर कहीं का!" रंगा बड़बड़ाने लगा और तभी उसे एक और लड़का फ्लाईओवर के नीचे बिल्कुल अकेला खड़ा दिखाई पड़ा। उस लड़के की खूबसूरती ने उसे खुश कर दिया।

□

4

किमी व्हाइट
सोमवार, 25 अक्तूबर
ले बॉन गॉट, ग्रांड र्‍यू

शहर की सारी फैशनपरस्त लड़कियाँ दक्षिणी उपनगरीय क्षेत्र में स्थित 'ग्रांड र्‍यू' के 'ले बॉन गॉट' में खाना खाने आया करती थीं। इसी वजह से किमी व्हाइट इस महँगे रेस्तराँ में आना पसंद करती थी। हालाँकि, सच बात तो यह थी कि वह यहाँ एक वक्त का भी भरपेट खाना खाने का सामर्थ्य नहीं रखती थी। हमेशा की तरह उसने वहाँ एक कप कॉफी एवं उसके साथ फ्री में मिलनेवाली कुकीज ही लीं और धैर्यपूर्वक रात के 10 बजने का इंतजार करने लगी, क्योंकि उसके बाद खाने के कुछ आइटमों पर डिस्काउंट कर दिया जाता है। उसके स्टूडियो की कैंटीन में कम कीमत पर खाना मिल जाता था। पर एक भावी युवा अभिनेत्री के लिए खाने के बजाय अपनी झूठी शान का दिखावा करना अधिक महत्त्वपूर्ण हो जाता है। अगर रेस्तराँ में प्राय: आनेवालों की भीड़ में से कोई किमी को पहचान लेता था तो उसे बहुत खुशी होती थी। यह खुशी हूगो बॉस और जिमी चू जैसे एक्सक्लूसिव क्लब में घुसने पर होनेवाली खुशी जैसी ही थी। इस क्लब में आनेवालों के पास वेरिफाइड ट्विटर अकाउंट्स होते हैं, खास मुद्दों पर प्रभावशाली मत रखते हैं और जो 'ड्राई एंड ड्राई', 'राइना' और ऐसे ही अन्य स्थानों पर पार्टी करते हैं। 'ले बॉन गॉट' ने अपने आप को आभिजात्य वर्ग के लोगों की पसंद का रेस्तराँ बार के रूप में स्थापित कर लिया था और जोवानी आउटफिट में सजी किमी व्हाइट उस रेस्तराँ के लिए बिल्कुल उपयुक्त लगती थी। हालाँकि, उसने अपने काले व घुँघराले सुंदर बालों में कंघी नहीं की हुई थी और उसकी आँखें क्लांत दिख रही थीं, फिर भी, उसकी

खूबसूरती किसी को भी आकर्षित कर सकती थी। आज आँखों के आसपास किए गए भारी मेकअप और आँखों पर कैवेली सनग्लासेज लगाने की एकमात्र वजह केवल सौंदर्य-बोध ही नहीं था। पिछली रात पार्टी में 'बॉण्डेज कन्फाइनमेंट' वाला खेल हाथ से बाहर चला गया था। नेविले वैलेंटाइन उस पर हावी हो गया था और चाबुक से उसको पीटने लगा था।

"एक के लिए ही टेबल बुक करनी है?" रेस्तराँ की होस्टेस ने कोमल स्वर में पूछा, क्योंकि वह शांत व आरामदायक कोने की टेबल ही पसंद करती थी।

"आज आप कैसी हैं? आप क्या पसंद करेंगी?" एक जिंदादिल, अभ्यस्त एवं गुनगुनाहटवाले स्वर में उसने पूछा, जो उसके पेशे के अनुकूल था और किमी को अपने गले में एक गोला-सा उठता हुआ महसूस हुआ। अगर उसके पास पैसे होते तो वह इस रेस्तराँ जैसी जगह को जरूर अपना बना लेती। उच्च श्रेणी की सजावट, मधुर संगीत और ढेर सारी महँगी शराब। कैरेमल कुकी काफी कुरकुरी थी और उसमें पिस्ते भी पड़े हुए थे। किमी ने कुकी का एक बड़ा सा टुकड़ा मुँह में रख लिया।

"मिस किमी!" एक अफसर-सा दिखनेवाला व्यक्ति आदेशात्मक लहजे में किमी को संबोधित करते हुए बोला।

"हाँ, क्या कोई दिक्कत है?" उसने उसकी यूनिफॉर्म देखकर पूछा।

"मिस, हमारे पास शिकायत आई है कि 'इयू डि परफ्यूम' सेक्शन से बहुत ही महँगी 'बरबेरी परफ्यूम' की दो शीशियाँ और 'एग्जॉटिक' सेक्शन से एक 'वेलिनटीनो पुशअप' गायब है। माफ कीजिएगा, हम यह जानना चाहते हैं कि इनमें से कोई आइटम आपके पास तो नहीं है?"

यह प्रश्न नहीं था।

"आप ऐसा क्यों कह रहे हैं?"

"मिस व्हाइट, क्या आप अपना बैग चेक करेंगी।…" ऑफिसर ने अपना सिर एक खास अंदाज में झुकाते हुए कहा, "मौज-मस्ती की हड़बड़ाहट में कन्फ्यूजन की पूरी संभावना होती है।…लोग भूल जाते हैं…"

"क्या बकवास है! आपको मालूम नहीं कि मैं कौन हूँ? मैं यहाँ नियमित रूप से आनेवालों में से हूँ। ऐसा सोचा भी कैसे जा सकता है कि मैं कोई गलती कर सकती हूँ…? मुझे मालूम होता है कि मैंने क्या-क्या खरीदा है। ओह…ओह, हे भगवान्! मैं तो बिल्कुल भूल ही गई…ओह…हे भगवान्…यह तो बहुत ही शर्म की

बात है…ऐसा पहले कभी नहीं हुआ…सेट पर मेरा आज बहुत ही व्यस्त शेड्यूल रहा। मैं शायद अपनी लाइनों को याद कर रही थी और तभी…अरे, एक मिनट रुकें…आप यह तो नहीं समझ रहे न कि मैंने जान-बूझकर ऐसा किया? आपको तो पता ही है, ऐसा कभी-कभी गलती से हो जाता है। है न?"

सिक्योरिटी ऑफिसर की ओर से काफी देर तक कोई जवाब नहीं आया। इस चुप्पी के कई अर्थ हो सकते हैं। "मिस व्हाइट, मैं चाहूँगा कि आप मेरे साथ आएँ और 'एग्जॉटिक' सेक्शन से आपने जो कुछ भी गलती से उठा लिया है, उसे वापस कर दें।"

बोलते समय सिक्योरिटी ऑफिसर की सफेद मूँछें भी ऊपरी होंठ के साथ-साथ ऊपर-नीचे होती थीं।

"क्यों नहीं! कितना समय लगेगा इसमें?"

"बस, उतना ही, जितनी देर में आप उसे वापस कर देंगी।" उसने सख्त लहजे में जवाब दिया।

किमी के चेहरे पर ऐसे भाव प्रकट हुए, जिन्हें समझ पाना मुश्किल था। उन्नीस वर्ष की उम्र में ही सदाबहार पौधे जैसे उसके चेहरे से हमेशा मजबूत इरादे झलकते थे। उसके चेहरे की भाव-शून्य अभिव्यक्ति से लगा कि वह उन लड़कियों में से थी, जो मुद्दों को कभी भी महत्त्व नहीं दे सकतीं। इसलिए लोग उसे या तो बहुत ही जिद्दी या बहुत मूर्ख समझते थे। पर जल्दी ही उन लोगों को उसके प्रति हड़बड़ाहट में बनाई गई अपनी धारणा के लिए पछताना पड़ता था, क्योंकि किमी का दिमाग वास्तव में बहुत तेज है, जिसे वह अनिश्चितता की परतों के नीचे छिपाकर रखना पसंद करती थी। और इस कारण कोई भी उससे बहुत अधिक की उम्मीद नहीं रखता और इस तरह उस पर काम का बहुत दबाव भी नहीं रहता। और जब वह उस ओर जाती है, कोई भी उसे जाते हुए नहीं देख पाता। बेफिक्र अंदाज में अपना बड़ा सा लाल रंग का बैग उठाए किमी ऑफिस के पीछे चल दी। आसपास की टेबलों पर बैठे नौजवानों को अपने मोबाइल कैमरों से किमी अपनी फोटो लेते हुए देखकर तेजी से 'ले बॉन गॉट' से बाहर निकल गई।

जब कुछ महीनों पहले किमी व्हाइट ने 'ग्लेन हाइट्स' में एक अपार्टमेंट किराए पर लिया था तो उसने सपने में भी नहीं सोचा था कि एक वीडियो के वायरल हो जाने की वजह से उसे इस तरह उस अपार्टमेंट से बाहर निकाल दिया जाएगा।

"हमने तुम्हारा सारा सामान पैक कर दिया है। अपार्टमेंट छोड़ने से पहले अगर

तुम चाहो तो कमरों को चेक कर सकती हो।" मकान मालिक की बेटी ने तल्ख आवाज में उससे कहा था।

"अपार्टमेंट छोड़ना?"

"हम सब कारण जानते हैं। अब स्थिति को और कठिन नहीं बनाना चाहिए।"

"पर मैं कहाँ जाऊँगी? कम-से-कम मुझे नोटिस तो मिलना चाहिए।..."

"मॉल में जो कुछ तुमने किया, इंटरनेट पर वायरल हो चुका है।" बहन ने 'वायरल' शब्द ऐसे बोला, मानो थूक रही हो।

"गलती उन्हीं लोगों की थी। मैनेजर ने मुझसे माफी माँगी थी।"

"हम कुछ नहीं कह रहे हैं।" भाई की आवाज हलकी है, "पर तुम एक्ट्रेस हो और इस तरह की बातें बहुत समय तक पीछा करती हैं। इस सोसाइटी को इस बात के लिए तैयार करने में हमें काफी दिक्कत हुई थी कि हम अपना अपार्टमेंट एक एक्ट्रेस को किराए पर दें। और अब यह सब! अच्छा होगा कि तुम यहाँ से चली जाओ।"

किमी विरोध करना चाहती थी। यह लड़का कभी उसका प्रशंसक हुआ करता था और उसे पसंद भी करता था। इसीलिए उसने उसे अपार्टमेंट किराए पर देने के लिए सोसाइटी से झगड़ा भी मोल लिया था। लेकिन विरोध के शब्द किमी के गले में ही अटककर रह गए और उनके बीच एक अजीब सी खामोशी पसरी रही।

"तुम कहाँ जाओगी?" लड़के की नजरें उसके कंधे के ऊपर एक बिंदु पर जमी हुई हैं।

"वैसे भी, मैं अपने नए फ्लैट में जाने वाली थी।" उसने अपने सिर को झटकते हुए कहा, "अपना सामान लाने के लिए मैं किसी को भेज दूँगी।" कहते हुए वह कार में बैठ गई। उसने एक बड़े से स्कार्फ से अपना चेहरा ढक रखा था। आँखों से बहते गरम आँसू उसके गालों को भिगोने लगे थे।

गंदे, खराब लोग!

गंदा, बकवास शहर!

दो घंटे बाद टैक्सी ने उसे शहर के पश्चिमी भाग में उतार दिया। वेस्ट कॉलोनी के पहले फ्लोर पर स्थित यह फ्लैट उसकी माँ का था, जो तलाक के बाद एकमुश्त एलिमनी के रूप में उसके पहले पति ने उसे दिया था। सड़क के किनारे पिज्जा के खाली डिब्बों, उपयोग में लाए हुए कंडोम एवं फटे हुए अखबारों का ढेर था और वहाँ लोग असभ्य ढंग से अपना जीवन बिताते हैं। फिर भी, वहाँ हर कीमत पर जीने की प्रतिबद्धता दिखती है।

जब किमी की नींद खुली तो उसे अहसास हुआ कि यह कोई बुरा सपना नहीं था; पर उसने अपने नुकसान के बारे में ज्यादा सोचकर अधिक समय बरबाद नहीं किया। उसने अपनी एजेंट मे को फोन करके बता दिया कि वह टी.वी. सीरीज में मिल रहे रोल को करने के लिए तैयार है। एक दिन पहले ही किमी ने मे से कहा था कि वह उस रोल के लिए ज्यादा पैसे लेगी।

"तुमने सही निर्णय लिया है। क्या हुआ, अगर तुम्हें बोलने के लिए लाइनें नहीं दी गई हैं! मेडिसी का प्रोजेक्ट और इसके अलावा, तुम अपने सुंदर शरीर को दिखाकर अपना कॅरियर बना सकती हो, अपने हुस्न की गरमी से सबको जलाकर राख कर सकती हो।"

मे ने पूरी सच्चाई से उसकी तारीफ की थी। मे को अच्छी तरह से पता था कि हर अभिनेत्री हॉट और सॉल्टी दिखना चाहती है। किमी की नजरों में मे बहुत बुद्धिमान नहीं थी और उसकी वफादारी भी संदेहात्मक थी; फिर भी, किमी उस औरत से संपर्क बनाए रखना चाहती थी, कम-से-कम तब तक के लिए, जब तक वह उसके लिए फायदेमंद साबित हो रही है। यह एक छोटा सा रोल था; फिर भी किमी ने खुद को यह कहकर समझाया कि इससे क्या फर्क पड़ता है! आखिर, उसके मन में इस सीरीज में बतौर एक्ट्रेस काम करने की अभिलाषा भी तो नहीं है।

किमी की जिंदगी किसी भी महत्त्वाकांक्षी लड़की के सपने को प्रतिबिंबित करनेवाली थी, जो गुमनामी से स्टारडम तक पहुँचना चाहती हो। और फिर, वह दिन आया, जब दिनेश ठाकरे की नजरें उसके खूबसूरत व आकर्षक शरीर पर पड़ीं। वह खास क्षण, जिसने उसे गुमनामी की जिंदगी से निकालकर परियों के लोक में पहुँचा दिया। वह बहुत तेजी से उसकी जिंदगी में आया, जब किमी ने उस बूढ़े और प्यार में पागल, पर जानी-मानी हस्ती दिनेश ठाकरे से शादी कर ली। फिर, उसकी किस्मत ने एक और करवट ली। उसकी जिंदगी में खूबसूरत और काफी अमीर सुपर स्टार नेविले वैलेंटाइन ने कदम रखा, जिससे उसके शारीरिक संबंध भी बन गए थे। सामाजिक संबंधों को लेकर किमी के जो विचार थे, उनमें काफी बदलाव आ गया था। वैलेंटाइन के साथ बने संबंधों से उसे अच्छी जिंदगी का पहला स्वाद मिला—चकाचौंध कर देनेवाली पार्टियाँ, महँगे उपहार और उन्मादपूर्ण शारीरिक संबंध। वैलेंटाइन की मदद से उसने वकील से संपर्क किया, ताकि उसे उस बूढ़े दिनेश ठाकरे से की गई शादी से छुटकारा मिल सके। किमी का कॅरियर अभी तक कोई स्पष्ट रूप नहीं ले पाया था, पर अब उसके सामने कई संभावनाएँ थीं—सिटी

हिल्स पर मैंशन होंगे, जहाँ उसका अपना जहाजी घाट होगा। लेकिन जिंदगी हमारी योजनाओं को पूरा कहाँ होने देती है! किमी को अहसास हो चला था कि उसके प्रति वैलेंटाइन के उन्माद में एक ठंडक-सी आ चुकी है।

डूबते हुए सूरज के साथ अँधेरे साए भी बढ़ते गए। कमरा लैब्री की कुल्हाड़ियों, कैडुसेई वैंड, अंख और एक बड़े से सिस्ट्रेम जैसे सामानों से भरा हुआ था—राइडिंग क्रॉप, फ्लॉगर, स्विच, तेल की शीशियाँ, आँखों पर बाँधी जानेवाली पट्टियाँ; और भी बहुत सारा साजो-सामान था।

छोटे-छोटे बक्सों पर सुंदर लिखावट में लिखा हुआ था—'निपल', 'क्लैंप्स', 'वाइब्रेटर', 'रिस्ट्रेंट' और 'गैग'। किमी ने सिल्क स्कार्फ के नीचे से एक 'कोलोफोंड' पुस्तक निकाली। पुस्तक का कवर त्रिशूल के आकार का था, जिस पर सैकड़ों छोटे-छोटे षट्भुज बने हुए थे। यह नव-इंद्रजाल के ज्ञान से संबंधित एक महत्त्वपूर्ण पुस्तक थी। उसने 'शकुन विद्या एवं भविष्यवाणी' अध्याय खोला। जो लोग नव-इंद्रजाल के तौर-तरीकों से परिचित नहीं हैं, उनके लिए व्याख्या प्रस्तुत करती है, जो इस मूलभूत कहावत पर आधारित है—तुम अपनी घृणा को उपजाओ और जिन लोगों ने तुम्हारी खिलाफत की है, उनसे बदलो। कोई भी सही-सही नहीं बता सकता कि नव-इंद्रजाल से संबद्ध संप्रदाय अस्तित्व में कब आया; पर शहरी समाज के सीमांत क्षेत्रों में इसकी उपस्थिति लंबे समय से देखी जा रही है।

यह आभिजात्य वर्ग के महिलाओं व पुरुषों का एक छोटा सा संघ था, जो 'फेटलाइफ' नाम के एक गुप्त सोशल मीडिया क्लब की उपज थी। इस क्लब में आनेवाले लोग पीड़ा के प्रति एक अजीब सा जुनून रखते थे, जिसे साधारण लोग समझ ही नहीं सकते। इसके अनुयायियों का अविश्वास था कि पूर्णता की इच्छा करने का मार्ग ही वह क्षण है, जब मन पूरी तरह से खाली होता है और वह उस रहस्यपूर्ण आध्यात्मिक जगत् में प्रवेश कर उस परम शक्ति के साथ एकाकार तभी हो सकता है, जब वह चरम पीड़ा की अवस्था में हो। इस स्थिति के बाद आनेवाले क्षण विचार-रहित होंगे, ऐसा उनका विश्वास होता है। यह संक्षिप्त सी मानसिक खालीपन की अवस्था ही 'इच्छा' करने के लिए सबसे शक्तिशाली क्षण होती है। किमी ने अपनी स्कर्ट उतार दी और अपने मुँह पर पट्टी बाँध ली। ताँबे के कंटेनर में एक काले रंग का डंडा था, जिसके एक सिरे पर चमड़ा लगा हुआ था। उस डंडे से किमी थोड़ी-थोड़ी देर के अंतराल पर अपनी जाँघों पर प्रहार करती रही। ऐसा उसने तीस बार किया। जब यह सब समाप्त हुआ, उसकी पीड़ा दुगुनी हो चुकी थी। चेहरे

पर पड़े उलटी के छींटों को साफ करते हुए वह मुसकरा दी। पुस्तक के अनुसार, इस क्रिया को करने से उसे एक शक्तिशाली व्यक्ति का धन मिल जाएगा। वह अभी भी मुसकरा रही थी। तभी फोन की घंटी बज उठी। किमी व्हाइट फोन के दूसरे सिरे से आनेवाले ऊँचे स्वर को पहचानती थी।

"मिस व्हाइट, बधाई हो! आप मेडिसी परिवार का हिस्सा बन चुकी हैं। मुझे विश्वास था, आप यह रोल जरूर करेंगी। क्या आपके पास मेरी बातें सुनने का समय है? 'हीलर्स' में आपकी भूमिका बढ़ाने के लिए, अधिक महत्त्वपूर्ण बनाने के लिए आपको मेरी इन बातों को मानना होगा।"

रंगनाथन की इस तीन मिनट की कॉल के दौरान उसके चेहरे पर कई तरह के भाव आए-गए। अभी उसके चेहरे पर जो भाव हैं, उसमें अति संवेदनशीलता और गणना भी शामिल हैं। किमी की आँखें अँधेरे कमरे में चमक उठीं। प्रश्न यह नहीं है कि वैलेंटाइन उसे वह जिंदगी देगा या नहीं, जो वह चाहती है? प्रश्न यह है कि वह ऐसा क्या कर सकती है कि ऐसा निश्चित तौर पर हो जाए?

□

5

नेविले वैलेंटाइन
सोमवार, 25 अक्तूबर
बेसमेंट सेलर, 555, नेवरलैंड

वैलेंटाइन प्रेम की आरंभिक प्रक्रिया को समय की बरबादी समझता था। अधैर्यपूर्वक उसने राथी को चूमना शुरू कर दिया। काँपती हुई वह अपने घुटनों के बल बैठ गई। वैलेंटाइन ने उसे अपने करीब खींच लिया और फिर दोनों यौन-क्रिया में लिप्त हो गए। दोनों एकाकार हो गए। स्त्री व पुरुष के मध्य एकाकार होने की यह क्रिया प्रकृति का अनुपम उपहार है और सृष्टि के निर्माण की प्रक्रिया भी। वैलेंटाइन व राथी प्रकृति के इसी उपहार से सराबोर होते रहे और आनंद की चरम सीमा के साक्षी बने। वे दोनों प्रेम, संसर्ग और युग्मता के सागर में गोते लगाने लगे। वहाँ का माहौल ऐसा था कि उन्हें लग रहा था कि उनकी इंद्रियों से परे हटकर ब्रह्मांड का अस्तित्व ही नहीं था।

वैलेंटाइन ने जैसे ही राथी को पुनः छुआ, उसने ऊँचे स्वर में कहा, "नहीं… इस स्पीड के साथ नहीं। इससे हम दोनों को ही नुकसान हो सकता है।" कहते हुए वह खुलकर हँस पड़ी। उसकी हँसी भी उसी की तरह आकर्षक और भरपूर थी। राथी काफी लंबी थी—लगभग 5 फीट 11 इंच की, टाँगें लंबी व सुडौल थीं। उसकी त्वचा भूरी, मखमली, चिकनी, कोमल और तनी हुई थी; उत्साह और ऊर्जा की चमक से दमकती हुई। गरदन के नीचे उसके मजबूत और चौड़े कंधे मर्दाने-से लगते थे। वक्षस्थल पुष्ट और समुन्नत थे।

राथी वैलेंटाइन के साथ कितनी ही बार हमबिस्तर क्यों न हो, उसके मन का एक कोना, कोई एक हिस्सा इन सबसे बिल्कुल ही अछूता व अप्रभावित रह जाता था। वैलेंटाइन के लिए यह सब एक खे़ल-सा था। उसने दाईं ओर झुककर बिस्तर के

किनारे लगे हुए एक लीवर को दबाया। वहाँ की दीवार हट गई और अंदर एक गुप्त चैंबर दिखाई दिया, जो एक खाली जगह के पीछे था। यह सब इस ढंग से बनाया गया था कि जब तक किसी को मालूम न हो कि यहाँ ऐसा कुछ बनाया गया है, तब तक वह इसे खोज नहीं सकता था। उसके अंदर बना 1,800 वर्ग फीट का साउंडप्रूफ स्टूडियो था, जिसमें अप्राकृतिक यौन-क्रियाओं में प्रयुक्त किए जानेवाले सारे साजो-सामान उपलब्ध थे—'कन्फाइनमेंट प्ले' के लिए एक कैदखाना था, डॉक्टर-मरीज के खेल के लिए मेडिकल रूम था, कई तरह के खिलौने और प्रॉप थे; मेजें थीं, जिन पर पार्टनर को बाँधा जाता था; दीवारों से लटकती हथकड़ियाँ और एक बेंच, जिस पर बिठाकर पार्टनर को पीटा जाता था। वैलेंटाइन इस तहखाने को प्यार के लिए की गई मेहनत का परिणाम कहता था। 'राइडिंग क्रॉप', 'फ्लॉगर', 'स्विच', 'तेल की शीशियाँ', 'ब्लाइंड फोल्ड'; और भी अनेक चीजें। आनंद और पीड़ा का अनुभव करानेवाले सामानों की ऐसी व्यवस्थित तैयारी देखकर राथी का मुँह खुला-का-खुला रह गया।

वैलेंटाइन ने राथी को आगाह किया था। उसे संदेह था कि राथी इस पीड़ा को बरदाश्त कर पाएगी या नहीं! लेकिन राथी ने निश्चय कर लिया था कि वह इसे एक बार आजमाएगी जरूर। वैलेंटाइन ने उसे दृश्य समझाया कि वह उसे एक बेंत या किसी पैडल या फिर अपने हाथ से उसकी जाँघों, नितंबों, पीठ एवं बाँहों पर मारेगा। इसका उद्देश्य उसे आगे की प्रक्रिया के लिए तैयार करना होगा। धीरे-धीरे वह अपने प्रहारों की तीव्रता बढ़ाता जाएगा। राथी ने लकड़ी की बेंत से पाँच प्रहारों के लिए हामी भरी। पहली बार उसने उसकी जाँघों पर कोमलता से प्रहार किया। पर राथी को लगा कि वह इस खतरनाक खेल को शायद ज्यादा देर तक खेल नहीं पाएगी, इसलिए उसने वैलेंटाइन से थोड़ा और आहिस्ता से प्रहार करने को कहा। पर उसने दूसरी बार और जोर से प्रहार किया।

"नहीं, रुक जाओ। मैं नहीं सह सकती।"

पर ऐसा लगा कि वैलेंटाइन ने उसकी बात सुनी ही नहीं। उसने उसे तीन बार और मारा। राथी को लगा कि वह उलटी कर देगी।

"रुको! रुक जाओ अब!"

"अरे, छोड़ो, तुम मुझे निराश तो नहीं करना चाहती हो। क्यों?" कहते हुए वैलेंटाइन ने कुछ ऐसे भाव से राथी को देखा कि राथी के मन में खुद को उससे बचाने की प्रबल इच्छा उत्पन्न हो गई। उसने वैलेंटाइन को परे हटाना चाहा, पर वैलेंटाइन का दबाव बढ़ता ही गया और उसने उसकी गरदन पर से भी अपना हाथ

नहीं हटाया। थोड़े से संघर्ष के बाद दोनों ही कुरसी से फिसलकर छपाक की आवाज के साथ स्विमिंग पूल में गिर गए। पूल के ठंडे पानी से वैलेंटाइन मानो होश में आ गया और तुरंत ही अपनी पकड़ ढीली कर दी।

"क्या है यह सब? ऐसे कौन करता है? मैं यह सब सहन नहीं कर सकती। तुम्हें हुआ क्या है, वैलेंटाइन?" राथी चिल्लाते हुए बोली और पूल के किनारे पहुँचकर एक तौलिये से खुद को ढक लिया।

"मुझे अफसोस है। क्या मैंने तुम्हें चोट पहुँचाई है? मैं नहीं जानता, मुझे क्या हो गया था⋯।"

"मुझे अकेला छोड़ दो।⋯मैं यह सब फिर कभी नहीं करना चाहूँगी। वैलेंटाइन, सच में तुम पागल होते जा रहे हो। एक दिन बिल्कुल ही पागल हो जाओगे। किसी की मदद लो इस मामले में।" राथी को साँस लेने में मशक्कत करनी पड़ी। कुछ और बोलने के लिए उसने अपना मुँह खोला; पर वैलेंटाइन पहले ही वहाँ से निकल गया था, जैसे कि किसी जंगली जानवर को अपना शिकार छोड़कर जाने के लिए मजबूर कर दिया गया हो।

वैलेंटाइन को पता था कि 'पागल होना' क्या होता है! उसने अपनी माँ को पागल होते हुए देखा था। हर कोई उसे 'पागल वेश्या' कहकर पुकारता था। पंद्रह वर्ष की उम्र में उसने उसकी लाश को समुद्र के बाहर लाते हुए देखा था। एक असफल कॅरियर! एक प्रेम संबंध, जिसमें कसैलापन आ गया था! ड्रग खरीदने को पैसे नहीं थे! उसे याद नहीं, न ही वह याद करना चाहता था। वह इतना ही जानता था कि वह उस तरह से पागल नहीं था। उसका पागलपल उसे समझदार बनाए रखने के लिए संयोजित था।

उसके सामने एक बड़े से टिमटिमाते हुए मेनफ्रेम में एक आदमी अपनी मृतप्राय आँखों के साथ कृत्रिम साधन का उपयोग करते हुए किसी स्त्री के साथ शारीरिक संबंध बनाता दिख रहा था। पर वैलेंटाइन को यह सब देखकर किसी भी प्रकार की उत्तेजना का अनुभव नहीं हुआ। उसे लगा कि कहीं उसका यौनांग मृतप्राय तो नहीं हो गया है? उसने सुन रखा था कि मृत कोशिकाएँ अधिक भारी हो जाती हैं। उसने संवेदना का अनुभव करने के लिए वहाँ पर अपनी सुलगी हुई सिगरेट की राख छिड़की। उसकी आँखों में पानी-सा आ गया था। एक क्षण बाद उसमें एक नया शातिरपन, उसकी भाव-भंगिमा में तीखापन आ चुका था। पर इस अहसास से कि उसका दिमाग कहीं धँसता जा रहा है, वह पूरी तरह से उबर नहीं पाया था।

□

6

राथी ठाकरे
सोमवार, 25 अक्तूबर
मेडिसी स्टूडियो

उसने इस तरह का असामान्य व्यवहार कब किया था? बिल्कुल जानवर ही बन गई थी। राथी के मन में एक जुगुप्सा और शर्म की लहर-सी उठी। उसका 'प्रिंस चार्मिंग' बहुत घमंडी, स्वार्थी और गुस्सा दिलानेवाला था। उसे यह सोचकर घिन आ रही थी कि उसके मन का एक हिस्सा उस आदमी का शिकार बनने को तैयार रहता था। अपने चेहरे पर पड़े स्कार्फ को कसकर पकड़कर वह दिन भर की मेहनत के बाद घर लौट रहे लोगों की बढ़ती जा रही भीड़ में मिल गई। समय से पहले ही परिपक्व हो चुके 'कॉमन कैंडी' खाते बच्चों और सड़क के किनारे किसी धुन पर नाचते हुए लोगों के बीच से गुजरते हुए राथी वैलेंटाइन की हरकतों पर गुस्सा तो कर ही रही थी, उसे खुद पर भी गुस्सा आ रहा था कि आखिर वैलेंटाइन के कारण ही वह खुद को इतनी सस्ती और निर्बल महसूस कर रही थी। लेकिन इस सच्चाई से भी वह इनकार नहीं कर सकती थी कि उसने स्वयं ही उसे अपने ऊपर हावी हो जाने दिया था। यह कुछ-कुछ बीमारी से ठीक होकर फिर से बीमार हो जाने जैसा था—और नशीली दवाओं के सेवन के कारण उसकी मानसिक स्थिति ऐसी हो गई थी कि उसे लग रहा था कि उसने वैलेंटाइन के हाथ-पैरों को बाँध रखा है और वह उससे शारीरिक संबंध बनाने जा रही है। वैलेंटाइन के प्रति उसका आकर्षण, वह कौन सा गाना था—

आई डोंट नीड ए क्योर
आई विल जस्ट स्टे एडिक्टेड
एंड होप आई कैन इनड्योर'' ।

कुछ इस गाने जैसा ही था।

उसने उसे शायद बहुत अधिक नशीली दवाएँ दे दी होंगी। शायद इसीलिए वे दोनों साथ-साथ थे। ऐसा नहीं था कि उसने उसे चेतावनी नहीं दी थी, पर उसने उसकी चेतावनी को अनसुना कर दिया था, यह कहते हुए कि मैं तुम्हारे साथ शारीरिक संबंध बनाते हुए भी तुम्हें वश में रख सकती हूँ।" नशीली दवाएँ और सेक्स—आदिम सहमति, जो मस्तिष्क और स्नायु-रसायनों के बीच थी, दोनों ही लतों में शामिल थी। इसलिए वास्तव में उसे सारा दोष डोपामाइन, ऑक्सीटोसिन और वेसोप्रेसिन के ओवरडोज लिये जाने पर लगा देना चाहिए। पुरुष दो तरह के होते हैं—एक ऐसे लड़के, जो कभी बड़े नहीं होते, कभी गंभीर नहीं होते और दूसरे वे पुरुष, जो स्त्रियों को उनके आकर्षण, उनकी अदाओं के कारण पसंद करते हैं। पर वैलेंटाइन तो इन दोनों से अलग एक तीसरे ही प्रकार का पुरुष था। इस प्रकार के पुरुष से वह पहले कभी नहीं मिली थी। शायद वह अपनी जिंदगी में कुछ चटपटापन लाना चाह रही थी। और फिर इसमें गलत ही क्या था? पैंतीस वर्ष की उम्र थी उसकी। इतनी बड़ी तो वह हो ही चुकी थी कि उसे यह सबकुछ मालूम हो। अपनी नुकीली 'हील' वाली सैंडिल से बगीचे की गीली मिट्टी पर चलते हुए उसने स्वयं को ऑडिशन के लिए तैयार कर लिया था।

~✤~

सीन 32, 'हीलर्स'
शूटिंग चल रही है

"अरे! एल्सा, तुम कहाँ जा रही हो?" बेला के कोमल होंठों से अस्पष्ट स्वर निकला और उसने नाटकीय अंदाज में अपनी उँगली उसकी ओर उठाई।

राथी के मुँह से रटे हुए संवाद सटीक रूप में निकलने लगे, "मेरा ही नाम एल्सा है और मैं अपनी माँ की बेटी हूँ। अब मैं तुम्हारी इस धूर्तता से परेशान हो चुकी हूँ। बूढ़ी डायन! तुम्हारा खेल खत्म हो चुका है।"

"पकड़ो, रॉकी! उस लड़की को पकड़ो।" बेला ने चिल्लाकर हुक्म दिया। अपने गले में पड़ी हुई मोटी सी सोने की जंजीर को उँगली से घुमाते हुए रॉकी, जो दिखने में पिटबुल जैसा था, राजा का रोल निभा रहा था। इस दृश्य में रॉकी खतरनाक अंदाज में राथी की ओर बढ़ा।

"मैं तुम्हें शराब के नशे में धुत्त रहने और बैठे-बैठे खाकर मोटा होने के लिए पैसे नहीं देती हूँ। इसे सबक सिखाओ, रॉकी। एल्सा को मुझसे परे हटाओ।" राथी एक तेज चाकू से बेला की गरदन पर दबाव डाल रही थी।

"बूढ़ी डायन! तुम मुझे रोकने की कोशिश कर रही हो!"

"और कट! लंच ब्रेक हो गया है। एक घंटे में फिर सेट पर लौटना है। लेकिन उससे पहले सब लोग ध्यान दें..." चीफ एसोसिएट डायरेक्टर असलम कपाड़िया ने टी.वी. क्रू से चिल्लाकर कहा। उस समय उसका चेहरा प्रभावित करनेवाला तो कतई नहीं लग रहा था। वह अपने पद का इस्तेमाल अपने से जूनियर लोगों पर रोब जमाने के लिए किया करता था, खासतौर से तब, जब दिनेश ठाकरे आसपास न हो। उसकी लंबी-चौड़ी नाक और जबड़े तक फैली हुई ठुड्डी उसके पहले से लंबे चेहरे को कुछ भयानक-सा बना देती थी।

"हर कोई लंच पर जाने से पहले यह याद रखे कि सभी को अपना फोन 'यहाँ' रखकर जाना है—मेरे पास। अगर मैंने किसी का भी फोन उसके पास पाया तो आज उसका मेडिसी स्टूडियो में आखिरी दिन होगा; न केवल मेडिसी, बल्कि किसी भी स्टूडियो के लिए, क्योंकि उसे हमेशा के लिए ब्लैकलिस्ट कर दिया जाएगा। फिर मत कहना कि मि. कपाड़िया ने पहले से चेतावनी नहीं दी थी। मेरे सेट पर कोई फोन नहीं।"

"जो लोग डबल शिफ्ट में काम कर रहे हैं, उनके लिए कम-से-कम कुछ ढिलाई कर दें।" राथी ने कहा।

"मिस ठाकरे!" असलम की त्योरियाँ चढ़ गईं। राथी को मालूम था कि ऐसा असलम की नारी जाति के प्रति गहरी घृणा को छुपाने की कोशिश के कारण हुआ था। 'यह घटिया औरत किस संदर्भ में बात कर रही है?' का भाव लिये असलम ने स्टड की ओर देखा। गरदन पर ड्रैगन का टैटू गुदवानेवाला स्टड ऐसा आदमी था, जो हाथ मिलाने को बिस्तर पर आने का इशारा समझ सकता था। शायद असलम और स्टड इसी तरह के पार्टनर हों, सोचते हुए राथी ने मुँह बिचकाया।

"मिस ठाकरे, अगर मैं उन लोगों को फोन पास में रखने को दे दूँ तो वे लोग सेट, कॉस्ट्यूम, डायलॉग सबकी तसवीरें लीक कर देंगे। इन दिनों किसी पर विश्वास नहीं किया जा सकता।" असलम की चुनौती देती आँखों में एक खालीपन सा तैर गया। स्पष्ट दिख रहा था कि उसको परेशानी हो, ऐसा वह चाहता था। राथी को अफसोस हुआ कि उसने बेकार में ही अपना मुँह खोला।

"ये लोग मेरी पीठ पीछे मुझे 'फासिस्ट' कहते हैं। अल्लाह जानता है कि मेरे

पास एक पैसा भी ऐसा नहीं है, जो मेरा हो। हम लोगों में इसे हराम समझा जाता है। तुम्हें तो पता ही है।"

ऐसे लोगों से राथी की भेंट रोज ही होती है। स्त्री जाति से घृणा करनेवाले, खुद को पीड़ित समझनेवाले लोग, जो यह सोचते-समझते हैं कि दुनिया उनकी महानता को न समझकर उन पर अन्याय कर रही है। और अगर उन्हें उनकी गलती दिखा दी जाए या फिर सच्ची प्रतिभा के बारे में बताया जाए, तो उन्हें लगेगा कि उनकी प्रतिभा पर हमला किया गया है। राथी को मालूम था कि अपनी निराशा की क्षतिपूर्ति के लिए असलम भी धर्म के कार्ड का इस्तेमाल किया करता था।

"मैं तो प्रोडक्शन कंट्रोल में फँसकर रह गया हूँ। कॉलेज के दिनों में प्रोडक्शन प्रोजेक्ट के लिए मुझे स्वर्ण पदक मिला था; पर यहाँ इन बातों को महत्त्व नहीं दिया जाता।" बोलते हुए असलम की कोशिश यही रही कि राथी के पिता के प्रति अपने द्वेष भाव को अपनी आवाज से प्रकट न करे।

राथी ने गहरी साँस ली। उसके पिता ऐसा कर सकते थे। बिना कुछ किए ही लोगों की खुशी छीन लेना उन्हें खूब आता था। अगर इन आरोपों पर वह ध्यान दने लगी, तब तो वह कुछ भी नहीं कर पाएगी।

"मैंने एक वैसा ही स्टोरी बोर्ड बनाया था, जैसा हमें कॉलेज में बताया गया था; पर मि. ठाकरे ने मेरे स्टोरी बोर्ड के सभी चित्रों को कूड़ेदान में फेंक दिया। मेरी सृजनात्मकता का बहुत विरोध किया गया। हम जैसे लोग..."

"असलम, बेकार की बातें बंद करो। थोड़ा अपने दिमाग का इस्तेमाल करो। अगर वह तुम्हारी तथाकथित सृजनात्मकता को बकवास समझते हैं तो हो सकता है, वास्तव में ऐसा ही हो।"

असलम की आँखों में खून उतर आया।

"ओहो! और मुझे तो लगता है, तुम 'बाइपोलर डिसॉर्डर' से ग्रसित हो और निश्चित ही तुम कुछ समय में 'मैनियाक नारकिसिज्म' (Maniac Narcissism) के शिकार हो जाओगे। अरे, मुझे खुद को पीड़ित समझना चाहिए कि अपने ही पिता की फिल्म में एक रोल पाने के लिए मुझे ऑडिशन देना पड़ रहा है। तुम अपना यह राग अलापना बंद करो।" कहते हुए वह वहाँ से निकल गई। राथी उम्मीद से अधिक रूखी हो गई थी; पर इससे ज्यादा 'मैनियाक नारकिसिज्म' (पागलपन की हद तक का अहंकार-भाव) वह एक दिन में नहीं सह सकती थी। स्टूडियो के जेनरेटर की खड़खड़ाहट के शोर को पीछे छोड़ते हुए वह एक कॉरीडोर में पहुँची, जहाँ चारों

ओर तार और केबल फैले हुए थे। वहाँ इतना खराब माहौल था कि न तो वह साँस ले सकती थी, न बोल सकती थी, न ही अपने दिल की धड़कनों को सुन सकती थी।

तभी उसके पास एक फोन कॉल आया, जिससे पता चला कि उसके पिता के ऑफिस में आग लग गई थी, पर कोई लाश वहाँ से बरामद नहीं हुई। पुलिस उससे यह जानना चाहती थी कि उसके पिता कहाँ हैं? आग लगने के बाद से वह दिखाई नहीं पड़े हैं।

"यदि आपके पिता आपसे संपर्क करें तो आप हमें सूचित कर दीजिएगा।"

□

7

थूल्सा एवं झूंपा
सोमवार, 2 नवंबर
ब्लॉक 2, जगदंबा फॉरेस्ट एरिया

उस छोटे से वीरान जंगल में थूल्सा और झूंपा तेज-तेज कदमों से चलते हुए वहाँ से बाहर निकल जाना चाह रहे थे। आसपास शूटिंग के लिए आई फिल्म यूनिटों के खानसामों द्वारा पके हुए और कभी-कभी अनपके चिकन, मटन, मछली एवं मुरगी आदि को वहाँ फेंक दिया जाता था। दोनों हाँफते हुए लड़कों को अच्छी तरह मालूम था कि जो वे तलाश कर रहे हैं, उसे पाने के लिए इससे अच्छी कोई और जगह नहीं हो सकती। कभी-कभी उनके हाथ कोई बगुला लग जाता, जिसे वे दोनों मिलकर नुकीले पत्थरों से मार डालते या फिर कभी-कभी एक अकेला चिकन भी मिल जाता। पर वास्तव में, वे लोग जिंदा चारा खोज रहे थे, ताकि सप्ताहांत पर मछली पकड़ने के अभियान के लिए पर्याप्त मात्रा में जिंदा चारा एकत्रित कर सकें।

डांबी नदी में पाई जानेवाली गूदेदार मछलियों को मरे हुए जानवरों के कंकालों पर भिनकनेवाले ब्लू फ्लाई के मोटे-मोटे स्वादिष्ट लार्वा, बड़े-बड़े मोटे व रसीले मैगॉट बहुत पसंद आते थे। ठंडे काले पानीवाली झील के आसपास बड़ी संख्या में पाई जानेवाली बॉम्बे डक्स, जो काफी महँगी होती थीं, को पकड़ने के लिए चारे के रूप में इन लार्वों और मैगॉटों का प्रयोग करने वाले थे। सात साल का थूल्सा और उसका दस साल का भाई झूंपा जगदंबा फॉरेस्ट के घने पेड़ों के बीच से दौड़ते हुए इस उम्मीद में वहाँ पहुँचे कि काफी मछलियाँ पकड़ लेंगे, क्योंकि अभी मॉनसून का समय था। इसी समय ब्लू फ्लाई अंडे देती हैं और वैसा सबकुछ था, देखकर तो यही लग रहा था। आज का दिन उनके लिए बहुत अच्छा साबित होने जा रहा था।

जब वे दोनों सूखे पत्तों से भरे जंगल के चिर-परिचित रास्ते से गुजर रहे थे तो उन दोनों के लिए अपने उत्साह को दबाए रखना मुश्किल हो रहा था।

जंगल से कुछ फीट की दूरी पर फिल्म स्टूडियो की टूटी हुई दीवार के पास सफेद रंग का एक फर दिखाई पड़ा, जो हिल-डुल रहा था। झुंपा की पहली नजर उस पर पड़ी और उसने थूल्सा को चिल्लाकर आवाज दी। जोर-जोर से सीटी बजा रहे थूल्सा का मुँह 'ओ' की मुद्रा में खुला रह गया। घास की छोटी-छोटी झाड़ियों से ढके एक टीले पर, जहाँ 'बीच' की लकड़ियों के छोटे-छोटे टुकड़े बेतरतीब ढंग से इधर-उधर पड़े हुए थे, खूब मोटे-मोटे तथा रस से भरे मैगॉट थे। दोनों लड़के खुशी-खुशी अपने पॉलिथीन के बैगों को हवा में लहराते भावावेश में उस जगह दौड़कर पहुँच गए और उन झाड़ियों को खींचने लगे। मैगॉट से भरे उस स्थान से आती हुई भयंकर बदबू भी उन्हें हटा नहीं पाई और वे लोग झाड़ियों की जड़ों तथा इधर-उधर पड़ी लकड़ियों में से मैगॉट इकट्ठा करने लगे; और फिर अचानक थूल्सा की नजर मानव हाथ की सड़ रही उँगलियों पर पड़ी। उनका मछली पकड़ने के लिए किया जा रहा अभियान लंबा नहीं चल पाया और दोनों भाई मछली पकड़नेवाली बंसी, पॉलिथीन के बैग, टिफिन—सबकुछ वहीं छोड़कर जंगल से भाग निकले। उनके चेहरे पर ऐसे भाव थे, जैसे कोई भूत देख लिया हो।

□

8

डोराब सिल्वा
सोमवार, 2 नवंबर
ब्लॉक 2, जगदंबा फॉरेस्ट एरिया

रिंग–रिंग रिंगा

रिंग–रिंग रिंगा··· रिंग–रिंग रिंगा··· रिंग–रिंग रिंगा···

बीस मिस्ड कॉल ? या और अधिक ? वह गिनती भी भूल गया है।

रिंग–रिंग रिंगा···

कोई बहुत शिद्दत से फोन कर रहा था।

लेकिन पुलिस ऑफिसर डोराब सिल्वा अपनी जगह से हिला भी नहीं। वह घर पर नहीं भी तो हो सकता है। उसका अपना प्रोग्राम यही था कि पहले वह अपनी साइनस की दवा लेगा और फिर बाजार से ताजा ट्राउट मछली खरीदेगा और इस प्रकार, एक ही तीर से दो शिकार कर लेगा। उसके बाद अपने लिविंग रूम में मनपसंद फिल्में देखते हुए और ठंडी बियर पीते हुए सारा दिन गुजारने का उसका इरादा था। आज का दिन एक ऐसा दिन था, जब वह इतना खुश और संतुष्ट था कि यदि उसकी खिड़की के पास कोई बड़ा सा पटाखा भी चलाया जाता तो उसे बुरा नहीं लगता। लेकिन सबकुछ वैसा ही नहीं होने जा रहा था, जैसा उसने सोच रखा था। सिल्वा ने अपने 'फिश टैंक' की ओर देखा, जिसमें उसके आकर्षण का एकमात्र केंद्र थी 'कोइ' (Koi)। उस मछली के आसपास का ताजा पानी उसके मल–मूत्र से गँदला–सा हो गया था। 'कोइ' उसकी ओर ढिठाई से देख रही थी, क्योंकि उसे मालूम था कि वह उस गंदगी को साफ कर देगा।

"बहानेबाज कहीं की!" सिल्वा के मुँह से निकला। फोन की घंटी फिर से बजी और 'कोइ' तुरंत वापस टैंक में कूद गई।

रिंग-रिंग रिंग्गा···रिंग-रिंग रिंग्गा···रिंग-रिंग रिंग्गा···

फोन की घंटी को अनसुना कर सिल्वा चौखट पर पड़ी कबूतर की बीट को देखते हुए सोचने लगा कि अगर वहाँ पर कोई नकली बिल्ली रख दी जाए तो शायद कबूतर चौखट गंदी न करें। वह आइस बॉक्स को हटाकर बियर खोजने लगा। फिर फ्रिज पर व्यवस्थित ढंग से मैग्नेट्स रख दिए। वह चाहता था कि अपने ट्रॉमा से बाहर निकलने के लिए उसने मनोरोग चिकित्सक से जो सहायता ली थी, उसकी बदौलत वह अर्ध-सम्मोहन की स्थिति में पहुँच चुका था। अपनी पत्नी की मौत के बाद कुछ समय के लिए वह एक थैरेपिस्ट से मिलता रहा था, जिसने उसे सलाह दी थी कि दिल के दर्द को बाहर निकालने के लिए वह अपने मन के सहज ज्ञान से युक्त हिस्से को स्वतः खुलने दे और अपने को लगभग दस फीट की ऊँचाई तक उठने दे। उसे बताया गया था कि यही दर्द-रहित क्षेत्र होता है आपके मन का, जहाँ यादें दर्द नहीं पैदा करतीं, विचार बिना बुलाए आते हैं और बिना बुलाए चले भी जाते हैं तथा साथ ही कुछ अनचाही बातें भी मन से निकल जाती हैं। उसके बाद से उसने उस मनोरोग चिकित्सक के पास जाना ही छोड़ दिया था। पर समस्या यह थी कि अवचेतन अवस्था में वह खुद-ब-खुद पहुँच जाता था और फिर वहाँ से बाहर भी आ जाता था। और कभी-कभी तो उसका सहज ज्ञान से युक्त भाग इतना ऊपर चला जाता था कि उसे लगता था कि खोजी दल भी उसे तलाश नहीं कर पाएगा।

रिंग-रिंग रिंग्गा···

रिंग-रिंग रिंग्गा···रिइइइंग्ग

वह आदमी अभी तक फोन कर रहा था। शायद कोई मुसीबत आई हो! सिल्वा जानता था कि किसी अच्छी खबर के लिए कोई इतनी बार फोन नहीं करेगा।

मछली पकड़ने गए गाँव के लड़कों को वहाँ एक सड़ी हुई लाश मिली थी। सिल्वा अपने साथ डॉक्टर भी लेकर वहाँ पहुँचा था, ताकि लाश के बचे हुए हिस्सों का निरीक्षण किया जा सके। वह अपने घर से शाम 3 बजे निकला था और एक घंटे से ऊपर थोड़ा ही समय हुआ था कि सिल्वा अपनी टीम के साथ फिल्म स्टूडियो के पीछे फैले जगदंबा फॉरेस्ट एरिया में उपस्थित हो गया था। अभी सिल्वा 38 साल का भी नहीं हुआ था। उसका छरहरा व गठीला बदन था और चेहरे पर विश्वास का भाव, जो अनुभव से ही आया था। उसका खुद के बारे में यह मानना था कि वह

लोगों के चरित्र के बारे में सही निर्णय ले सकता है। अब ऐसा बेहूदा केस बिल्कुल अलग मामला है।

पुराने दागदार देवदार के वृक्षों के पास उसने अपनी कार रोक दी; इसलिए नहीं कि वह आधा मील दूर घटनास्थल तक पैदल जाना चाहता था, बल्कि इसलिए कि उसकी आठ साल पुरानी कार धुआँ छोड़ने लगी थी। पेट के बल लेटकर वह कार के नीचे से घास हटाने लगा। कार के दरवाजे से उसकी बाँह रगड़ गई और उसे वार्निश की गंध-सी अनुभव हुई। कार की सर्विसिंग, जो महीनों पहले हो जानी चाहिए थी, अब और नहीं टाली जा सकती। सिल्वा ने आकाश में छाए बादलों को देखा और उसके मुँह का स्वाद मानो बिगड़ गया। अगर उसने जल्दी नहीं की तो बारिश शुरू हो जाएगी और लाश के आसपास कोई सुबूत होगा तो वह भी खत्म हो जाएगा।

उस अधेड़ उम्र के आदमी की लाश पीठ के बल पड़ी हुई थी। शरीर पर पूरे कपड़े थे और सिर तौलिये में लिपटा हुआ था। शरीर एक कंबल से ढका हुआ था। लाश गलनी शुरू हो चुकी थी। फॉरेंसिक ऑफिसर लाश की कड़ी हो चुकी उँगलियों में फँसे लकड़ी के टुकड़े और झाड़ियों के कुछ अंशों को निकालने के लिए बहुत मेहनत कर रहा था। लाश के विभिन्न कोणों से तसवीरें लेने की प्रकिया को रोक दिया गया था। चिकित्सा परीक्षक ने कह दिया था कि काफी देर हो चुकी थी। लाश बिल्कुल ठंडी पड़ गई थी और लाश में कड़ापन आकर खत्म भी हो चुका था। अफसरों ने लाश की कई तसवीरें लीं और युवा चिकित्सा परीक्षक लाश का परीक्षण करने के बाद अपनी टिप्पणी लिख रहा था।

'गरदन व पीठ में दो गोलियाँ मारी गईं और फिर नीचे फेंक दिया गया। हत्यारा कोई कसर नहीं छोड़ना चाहता था।' उसने अपने विचार लिखे।

"मैगॉट दावत कर रहे हैं।" हाथ में एक मोटा सा मैगॉट पकड़े सिल्वा बोला।

"कम-से-कम नौ-दस दिन हो गए होंगे, पर शायद इससे ज्यादा समय नहीं गुजरा होगा इसे मरे हुए। इन मैगॉट की तो दावत ही हो गई।···मेरे कहने का यह मतलब नहीं था···वास्तव में, यह बहुत ही दुःखद घटना है।" चिकित्सा परीक्षक ने लाश को अपने बूट की नोक से मारते हुए परिहास किया।

"गिद्ध भी आ गए।" जूनियर पुलिस अफसर गौड़ ने उस निर्जन स्थान पर टी.वी. चैनलों की टीमों को पहुँचता देखकर कहा। गौड़ दिखने में कठोर और काफी मोटा था। उसके गाल पर चोट का निशान था।

"क्या मुसीबत है! उफ! ये मांसाहारी जीव···" चिकित्सा परीक्षक ने कहा, "ये मैगॉट—ब्लू बॉटल कैलिफोरा इरिथ्रोसेफेलस हैं।"

"मैं देख चुका हूँ कि ये मैगॉट कितनी तेजी से मांस चट कर जाते हैं। छह दिनों में ही लाश की स्थिति ऐसी हो सकती है!" सिल्वा बीच में बोल उठा।

"ठीक कह रहे हैं आप। मैंने सैंपल रख लिये हैं, क्योंकि इस परिवार की अन्य मक्खियों के मैगॉट के अंडे देने का समय इनसे भिन्न होता है। पर देखने में सब लगभग एक-से ही लगते हैं।" चिकित्सा परीक्षक ने सिल्वा को उसका लड़कपन याद दिला दिया—जब वह काफी चंचल हुआ करता था, जिसकी शर्ट की अस्त-व्यस्त आस्तीनें और एक अधैर्य इस बात को गलत साबित कर देते थे कि सपनों में खोए रहने की आदत के कारण वह किसी काम पर पूरा ध्यान नहीं दे पाता था। पुलिस फोर्स में उन्नीस वर्षों तक काम करते रहने के कारण उसके मिज़ाज में स्थायी व्यग्रता और नकचढ़ेपन ने अपनी जगह बना ली थी।

"तो, तुम्हारे हिसाब से यह घटना कब घटी होगी?" सिल्वा ने अपनी अधीरता को बड़ी मुश्किल से छुपाते हुए पूछा।

"ब्लू बॉअल का साधारण जीवन इतिहास बहुत ही सरल है। अंडे दिन के उजाले में दिए जाते हैं। आमतौर पर सूरज की गरमी और रोशनी में पहले दिन ही वे अपने अंडों को सेते हैं। पहली श्रेणी उन मैगॉट की है, जो आठ से चौदह घंटों में अंडे से बाहर आते हैं। दूसरी श्रेणी में वे मैगॉट आते हैं, जो दो से तीन दिनों के बाद अंडों से बाहर आते हैं और तीसरी श्रेणी के मैगॉट, जो इस मछुआरे के शरीर पर दिख रहे हैं, पाँच-छह दिनों तक खूब खा लेते हैं, तब जाकर प्यूपा बनते हैं। अभी भी ये असहाय-से हैं, बहुत छोटे हैं।" चिकित्सा परीक्षक मैगॉट से संबंधित विस्तृत विवरण देने लगा, ठीक उन लोगों की तरह, जो किसी भी बात को इस तरह से समझाते हैं कि कोई उन्हें यह न कह सके कि आपने यह पॉइंट तो छोड़ ही दिया। सिल्वा के हाथ में जो स्टिक थी, उसके दूसरे छोर पर कुछ मोटे मैगॉट भिनभिना रहे थे।

"ये परिपक्व, बड़े और मोटे, पर सुस्त मैगॉट तीसरी स्टेज के हैं। मेरा तो यह खयाल है कि अंडे नौ-दस दिन पहले दिए गए होंगे और अगर इन ब्लूबॉटल मक्खियों को इस आदमी के शरीर के अंदर घुसने के लिए थोड़ा और समय दे दिया जाए तो···" चिकित्सा परीक्षक ने अपनी बात पूरी नहीं की, अपनी कल्पना को शब्दों में व्यक्त नहीं किया। सिल्वा का ध्यान लाश के नीचे दबी हुई ब्रीच की पत्तियों पर गया तो उसने इधर-उधर नजरें दौड़ाईं, पर आसपास ब्रीच का एक भी पेड़ नहीं था।

"मुझे लगता है कि लाश काफी सड़ चुकी है और इस पर इतने मैगॉट भिनभिना रहे हैं। हमें लाश के उघड़े हुए हिस्सों की प्राथमिक जाँच उसी रूप में कर लेनी चाहिए, जिस रूप में वे हैं।" सिल्वा ने लाश के नीचे फैले सूखे हुए गाढ़े खून को धीरे से छुआ। गले की छोटी हड्डियाँ एक ओर से तोड़ दी गई थीं।

"ठीक है···" उसी समय आकाश में बिजली कड़की और मानो सबकुछ बैंगनी व गुलाबी रोशनी में नहा उठा। बिजली की चमक में पेड़ ऐसे लग रहे थे, मानो उँगलियों से इशारा कर रहे हों और जंगल के उत्तरी सिरे से जोर की गड़गड़ाहट की आवाज आई।

"बारिश होने वाली है।" गौड़ ने कहा और फिर मानो अपने ही कथन को सही करते हुए बोला, "बाढ़।"

"तब तो जल्दी करना सही होगा, नहीं तो मैगॉट इसका मुरब्बा बना देंगे। धूल भी उड़ रही है।" सिल्वा ने आसमान की ओर देखा और फिर लाश पर नजर डाली।

"ठीक है। इस लाश का सिर कद्दू की तरह कुचला हुआ है और इसके हाथ-पैर इस तरह से मुड़े हुए हैं, जो अनपेक्षित-सा है। यह यहाँ आया कैसे? किसी ने लाश यहाँ फेंकी या यह खुद गिरा होगा? संभवत: फिल्म स्टूडियो जैसी ऊँचाई से गिरा होगा।" गौड़ के पास अनेक संभावनाएँ थीं।

"या फिर शायद सामने से मारने के कारण ऐसा हुआ हो। इस संभावना से इनकार नहीं किया जा सकता कि किसी ने पीछे से उसकी गरदन पर वार किया हो···शायद मुक्का मारा गया हो। अभी कुछ भी कहना जल्दबाजी होगी; लेकिन कोई भी इस तरह से नहीं गिर सकता, जैसी स्थिति में हमने लाश पाई थी। निश्चित ही, इसे धक्का देकर गिराया गया होगा।" चिकित्सा परीक्षक की अस्पष्ट-सी आवाज सुनाई पड़ रही थी।

"पहले मुक्का मारा गया, फिर धकेल दिया गया?"

"संभव है कि मुक्के की चोट के बावजूद वह जिंदा ही था, जब उसे नीचे फेंका गया। लेकिन इसके लिए मुझे और नजदीक से मुआयना करना होगा। इसमें कुछ दिन लग जाएँगे और उसके बाद भी हम संभावना ही प्रकट कर पाएँगे, क्योंकि लाश बहुत ही बुरी हालत में है। आप लोग देख ही रहे हैं, ऑफिसर!"

"अगर लाश का सिर घुमाया जाए तो क्या वह अलग हो जाएगा?" सिल्वा ने जानने की कोशिश की।

"आप खुद ऐसा करेंगे या मैं करूँ?" चिकित्सा परीक्षक ने लाश को पलटा

और दोनों पुलिस ऑफिसर उस टूटी हुई खोपड़ी का मुआयना करने लगे।

"यह देखो···इसकी पीठ और नितंबों पर कितने घावों के निशान हैं। यहाँ पर जो निशान है, वो करवाया गया था। लेकिन यहाँ पर कुछ ताजा घावों के निशान भी हैं। पर आश्चर्य की बात है कि 'एपिडर्मल टिशू' को कोई वास्तविक नुकसान नहीं पहुँचा!" चिकित्सा परीक्षक ने कहा।

"शायद इन महाशय ने यह सब स्वयं ही किया हो। आश्चर्य न करो। मैंने इस शहर में लोगों को नशे में धुत्त होकर जो कुछ करते देखा है, तुम उस पर विश्वास नहीं करोगे। एक दिन ऐसा आएगा, जब लोग कुछ नया अनुभव करने के लिए अपना ही दिमाग चूस लेंगे। यह आदमी, मुझे लगता है, मैंने इसे देखा है, गौड़··· नहीं-नहीं, मैं यकीनी तौर पर कुछ नहीं कह सकता, क्योंकि मैगजीनों में ये सब एक-से ही लगते हैं।" सिल्वा ने कहा।

"मैगजीन में? बॉस, क्या आपने इस महाशय की तसवीर किसी मैगजीन में देखी है?" गौड़ ने अपने बॉस पर नजर डाली।

"ठीक है, इस बात में तुमको रुचि हो सकती है। पैनिक अटैक और फियर सीजर्स' के लिए दी जानेवाली दवाइयाँ 'एडेरल' एवं 'क्लोनोपिन' दोनों ही उसके पर्स में थीं।" चिकित्सा परीक्षक ने थोड़ी और सूचना उन्हें दी।

"रुको···मुझे लगता है, मैंने इसकी तसवीर मैगजीनों में देखी है, फिल्म स्टारों और अन्य जानी-मानी हस्तियों के साथ। इस आदमी की एक खूबसूरत बेटी है, जो अभिनेत्री है और जिस आदमी को वह डेट कर रही है, वह···" सिल्वा अपने माथे को थपथपाते हुए याद करने की कोशिश कर रहा था।

"इन महाशय का कोई नाम तो होगा?"

"मैगॉट इसके चेहरे तक नहीं पहुँचे थे। ओह, रुको। अरे, यह तो एक डायरेक्टर है और मछली की तरह इसका भी एक नाम है।" सिल्वा ने उँगली से इशारा किया, "यह फिल्म डायरेक्टर दिनेश ठाकरे है। हाँ-हाँ, यह वही है।"

"आप यकीनी तौर पर कह सकते हैं कि यह वही है? आप कैसे जानते हैं? आप तो फिल्में भी नहीं देखते हैं!" गौड़ मूर्खों की तरह मुसकरा दिया।

"पर मैं अखबार तो पढ़ता हूँ। बड़े बजट की किसी टेलीफिल्म को लेकर वह आजकल अखबारों में छाया हुआ था। और अगर ईगो को लेकर की जानेवाली बातें सही हैं तो वही कूदा होगा। और अगर इसने खुद छलाँग लगाई भी होगी तो किसी-न-किसी ने तो इस काम में इसकी मदद की होगी।"

"बॉस, मुझे नहीं लगता कि इसके गायब होने की रिपोर्ट लिखवाई गई है।"

"इस बात पर मुझे आश्चर्य भी नहीं है। मैंने पढ़ा है कि जब वह किसी प्रोजेक्ट पर काम कर रहा होता है तो वह अकेले ही रहना पसंद करता है। वह अपने क्षेत्र की काफी जानी-मानी हस्ती थी। एक रिपोर्ट तो एक सप्ताह पहले आई थी कि उसके ऑफिस में आग लग गई थी। मुझे पता चला कि ऑफिस पूरी तरह से जल गया था और उस समय ऑफिस में कोई नहीं था। आओ, अब इस पॉइंट पर सोचते हैं, तुम यहाँ से उसका ऑफिस देख सकते हो। लगभग पचास कदमों की दूरी पर होगा।" सिल्वा ने आँखों से ही दूरी का अंदाजा लगाया।

"क्या तुमको लगता है कि आग से बचने के लिए वह कूदा होगा?"

"बॉस, अगर वह पहले ही मर चुका होगा, तब तो एक लाश के लिए इतनी लंबी छलाँग लगाना कुछ असंभव-सा लगता है। क्यों, ठीक कहा न मैंने?"

"अरे बेवकूफ, यहाँ रात में कुत्ते व लोमड़ी जैसे बहुत सारे जानवर आते हैं। हो सकता है, कोई जानवर लाश को इधर खींच लाया हो।"

"बड़े दुःख की बात है। इतना पैसा, शोहरत और उसकी लाश कीड़े-मकोड़ों का खाना बनी। इस जीवन में न्याय नहीं है।"

"न्याय? न्याय पाने के लिए तो तुम्हें फिर से जन्म लेना पड़ेगा। इस दुनिया में तो बस, नए कानून बना दिए गए हैं और कोई-न-कोई उन कानूनों को तोड़ता भी रहता है, और तब किसी बेचारे आदमी को इसकी कीमत चुकानी पड़ती है।" दिनेश ठाकरे की लाश के अवशेषों को देखते हुए सिल्वा बोल उठा।

□

9

बिंकी मेंडेज
सोमवार, 2 नवंबर
मेडिसी स्टूडियो

कई वर्षों पहले बिंकी ने वैलेंटाइन के लिए कुछ ऐसा किया था कि वह जीवनपर्यंत वैलेंटाइन का कृपापात्र बन चुका था। जिस आलोचक ने वैलेंटाइन के संबंध में कुछ जहर उगला था अपने एक आर्टिकल में और उस आर्टिकल को ट्वीट कर दिया था, उसके विरोध में इंटरनेट पर इतना बुरा प्रतिशोधात्मक अभियान चलाया गया कि उसे अपना ट्विटर एकाउंट भी बंद कर देना पड़ा और वैलेंटाइन से माफी भी माँगनी पड़ी। बिंकी होमो सेक्सुअल है, यह बात सबको मालूम थी। पैराशूट जैसे उसके कान थे। ठुड्डी मानो उसकी गरदन की तहों में धँसी हुई थी और उसका चेहरा शायद पूर्णिमा के चंद्रमा के समान था। यह तुलना चेहरे की सुंदरता और संपूर्णता के कारण नहीं की गई थी, बल्कि यह इंगित करने के लिए की गई थी कि उसका चेहरा किस कदर विचित्र, छोटे-छोटे छिद्रों और मुहाँसों के दागों से भरा हुआ था। एक तरह की जुनूनी लहर उसके व्यक्तित्व पर हावी थी और वैलेंटाइन के प्रति उसकी वफादारी मनोविकारी थी। अगर कोई भी उससे भिड़ने की मूर्खता करता तो उसे उस हालात का सामना करना पड़ता था, जो मजबूत-से-मजबूत आदमी को भी हिला दे। बिंकी मेंडेज अपने काम को बहुत गंभीरता से करता था और वह जानता था कि वैलेंटाइन किस नाजुक स्थिति से गुजर रहा है। यह देखना उसका काम है कि वैलेंटाइन किसी बड़ी मुसीबत में न फँसे।

~✤~

मेडिसी स्टूडियो
वैलेंटाइन की वैनिटी वैन
स्क्रिप्ट-रीडिंग सेशन

"मि. वैलेंटाइन...मैं बस, इतना जानना चाहता हूँ कि आपने स्क्रिप्ट पढ़ ली है क्या?" स्टंट डायरेक्टर ने वैलेंटाइन से नजरें चुराते हुए पूछा।

"बिंकी, उससे कहो कि अपना मुँह बंद रखे। फाइट सीन के लिए मुझे स्क्रिप्ट पढ़ने की क्या जरूरत है, मि. स्टंट डायरेक्टर? मैं वैलेंटाइन हूँ।"

"ठीक है, सर, जैसा आप कहें। पर आपको यह मालूम होना चाहिए कि यह एक काल्पनिक फाइट सीन है। सीक्वेंसेज में हिंसक मार-धाड़ के दृश्य आते हैं; पर यह कामोत्तेजक और व्यक्तिगत है। मैंने आपको लोकप्रिय वर्ल्डवार गेम 7 का वीडियो भेजा है, जिससे आपको सीन के बारे में कुछ आइडिया मिलेगा। बस, इसे देख लें...इसमें बीस से ज्यादा ऐसी तकनीकें दिखाई गई हैं, जिन्हें हम एक टेक में ही शूट कर सकते हैं। सच में यह पागल कर देनेवाला है।"

"बस करो। मैं चाहता हूँ, थोड़ी नाटकीयता के साथ धीरे-धीरे इस सीन को शूट किया जाए।"

"लेकिन हमला बिना रुके, लगातार होते रहना चाहिए। मेडिसी इसे इस तरह से शूट करना चाहता है।"

"नहीं, चुप रहो, यू बास्टर्ड! मेडिसी के चाहने से क्या होगा? होगा वही, जो वैलेंटाइन चाहता है। इस सीन को धीरे-धीरे ही शूट करना होगा। और मुझे एक लाश की तरह क्यों दिखना चाहिए, कोई मुझे बताएगा?" वैलेंटाइन का मूड बहुत खराब था।

"फिल्म का भाव निराशापूर्ण और उदासी से भरा हुआ है। आप जिस पात्र की भूमिका में हैं, उसे लगातार मार दिए जाने की धमकी दी जा रही है। मि. ठाकरे ने इसे थोड़ा स्टाइल के साथ फिल्माने को कहा है। उन्होंने जिस एक्शन वर्कशॉप का उल्लेख किया था, उससे आपको सहायता मिलेगी।"

"यह एक्शन वर्कशॉप क्या बला है? बकवास बंद करो, नहीं तो मैं घर जा रहा हूँ।"

"मुझे लगता है, अब काफी हो गया। अगर मि. वैलेंटाइन इसमें कुछ और रंग, यानी भाव जोड़ना चाहते हैं तो वैसा ही होगा। ठीक है? प्लीज, अब वैन से बाहर

निकलें और किसी बॉय को अंदर भेजें।" बिंकी मेंडेज की खतरनाक आवाज स्टंट डायरेक्टर के लिए स्पष्ट संकेत था कि वह वहाँ से निकल जाए।

बॉय, जो एक कुशल ड्रामा स्पेशलिस्ट था, रँगनेवाला इमल्शन वर्णक मोम (पिगमेंट वैक्स), ऊपर से दिखनेवाले दागों के लिए मिश्रित सौंदर्य प्रसाधनों के साथ अंदर आया। उसके गालों की हड्डियाँ काफी उभरी हुई थीं; नाक चौड़ी, होंठ मोटे और उसके हाव-भाव ऐसे लोगों की तरह थे, जो अपने उद्देश्य या गहरे जुनून के वशीभूत होते हैं। बॉय बॉडी मेकअप में कुशल था। उसके हाथ रसायनों के नियमित प्रयोग से भूरे-से हो गए थे और चेहरे की तुलना में अधिक उम्र के प्रतीत होते थे। बिंकी ही इसे यहाँ लाया था। इस लड़के से उसकी भेंट स्किन ट्रीटमेंट सेंटर पर हुई थी, जहाँ वह 'स्किन हीलिंग' तकनीक का प्रशिक्षण लेने के लिए आया हुआ था। वैलेंटाइन अपने रेशमी लबादे को उतारकर पेट के बल लेट गया।

"बॉय, मुझे चमका दो। मुझे सुलतान जैसा दिखनेवाला बना दो।"

'बॉय' अत्यधिक निपुणता से सुपर स्टार के शरीर पर शिराएँ और अस्थिबंध बनाते हुए दूसरे हाथ से उसकी त्वचा पर पड़ी दरारों और पपड़ियों को साफ करता जा रहा था। उसकी जाँघों पर सिल्वर कलर का पेंट इतनी कुशलता से हलकी परतों में लगाया कि वहाँ पर उभरी हुई मांसपेशियों का आभास होने लगा। उसकी चौड़ी पीठ पर क्रीम लगाते हुए बगल के कुछ हिस्से को खाली छोड़ दिया, जिस पर वह बाद में कुछ अच्छा करने वाला था। तेजी से एक तरल पदार्थ छिड़का, जिससे उसकी त्वचा गहरे भूरे रंग की दिखने लगी; फिर एक तौलिये से अतिरिक्त पदार्थ को साफ कर दिया। उसके बाद लाख (लेक्चर) की टॉप कोटिंग, एक मुलायम ब्रश से जब उस पेंट की हलकी परतें चढ़ाई गईं तो वैलेंटाइन की त्वचा किसी रत्न की भाँति चमकने लगी।

"क्या तुम इस बात पर विश्वास करोगे? ठाकरे चाहता है कि मैं एक्शन वर्कशॉप में भाग लूँ। एक्शन वर्कशॉप में कोई क्या करता है; एक-दूसरे को इधर-उधर हिलाते हुए समय ही तो बरबाद करता है। क्यों? और वह हर काम में अड़ंगा लगानेवाला खुद कहाँ है? मि. लीजेंड कहाँ हैं?" वैलेंटाइन की आवाज में वितृष्णा और अपमान दोनों साफ झलक रहे थे।

एक समय था, जब ठाकरे और वैलेंटाइन काफी करीब हुआ करते थे। उन्होंने अपने कॅरियर की शुरुआत दो रील की फिल्म की शूटिंग से की थी। वह कैमरे के आगे था और ठाकरे कैमरे के पीछे। दोनों ही अपना सारा समय बार में बैठकर

सफलता के सपने देखते और फिर धीरे-धीरे व्यावसायिक सिनेमा से दूर होते गए। उस समय दोनों ही जवान थे, महत्त्वाकांक्षी थे, बियर पीते हुए सुंदर कल्पनाओं में खोए रहते कि किस तरह अपने अद्‌भुत विचारों से पूरी दुनिया को चकित कर देंगे। पर फिर, यह मित्रता फीकी पड़ती गई और अब उनके बीच अच्छे संबंध नहीं रह गए थे।

"मैं पैकअप कर रहा हूँ। मैं उस मि. लीजेंड का और इंतजार नहीं कर सकता, बिंकी! तुम किससे बात कर रहे हो? मैंने जो कहा, तुमने सुना या नहीं? अरे, छोड़ो, यह सब क्या हुआ?"

बिंकी का रंग पीला पड़ गया था, मानो उसने भूत देख लिया हो और धीमे स्वर में बोला, "मि. ठाकरे की लाश मिली है। पुलिस का कहना है कि लाश क्षत-विक्षत है। कोई जंगली जानवर लाश को जंगल में घसीटकर ले गया था, ऐसा उनका मानना है।"

वैलेंटाइन को कुछ सुनाई नहीं दे रहा था। उसका शरीर यूँ थरथरा रहा था, जैसे कोई रेलवे ट्रैक ट्रेन के आने से पहले थरथराता है; एक जिंदा तार-सा, जिसमें से करंट प्रवाहित हो रहा हो। उसका दिमाग इतना भारी और गरम हो चुका था कि लग रहा था, फट जाएगा।

"मर गया?" वैलेंटाइन की जबान पर यह शब्द इस तरह चढ़ा, मानो उसने अभी-अभी इसे खोज निकाला हो।

वैलेंटाइन को सेट छोड़कर जाता देख उस पतले चेहरेवाले आदमी ने अपनी मुसकराहट रोकी। उसे वैलेंटाइन की आँखों के आसपास उभर आए कालेपन, उसकी त्वचा के लालपन और अचानक मुँह उतर जाने का कारण अच्छी तरह से ज्ञात था। सुनहरे देव जैसा दिखने से बहुत दूर; हालाँकि, कभी वैलेंटाइन वैसा दिखता था।

□

10

एस्टे
सोमवार, 2 नवंबर
द ड्यून

बच्ची को छींक आई और वह अपने कोमल अँगूठे से अपनी नाक रगड़ने लगी, जिससे नाक के चारों ओर लाल घेरा-सा बन गया। एस्टे के अंदर कुछ हिलोरें मार रहा था—कुछ गरम-गरम सा, जिसकी उसे अभी तक आदत नहीं पड़ी थी और संशय व भ्रम की स्थिति में उसने तेज कदमों से चलना शुरू कर दिया। एक कार उसकी ओर तेजी से आई और उसका रास्ता रोकते हुए खड़ी हो गई। खिड़की का शीशा खोलकर कार में बैठे जवान लड़के, जिनकी उम्र बीस से तीस साल के बीच रही होगी, उससे बात करने लगे। बच्ची को अपने शॉल से ढकते हुए उसने अपना सिर हिलाया, पर ड्राइविंग सीट पर बैठे लड़के ने भद्दा सा इशारा करते हुए मानो उसका रेट पूछा। उसने भी इशारे से कहा कि वह अभी नहीं चल सकती। लड़के फिर आपस में बात करने लगे और फिर अचानक उनमें से एक ने उसे कार के अंदर खींचने की कोशिश की। यह कोई बलपूर्वक की जानेवाली कोशिश नहीं थी, बल्कि उसे मनाने की कोशिश थी। लेकिन उसने गुस्से में अपने हाथ से उस लड़के को परे धकेल दिया। अब एक दूसरा लड़का कार से बाहर निकला और तभी एस्टे भी सक्रिय हो गई। उसने अपने थैले में से एक छड़ी निकाली, जिसे देखकर सभी लड़के गाड़ी में बैठ गए और उसे गालियाँ देते हुए वहाँ से निकल भागे। एस्टे उस भागती हुई कार को उदास भाव से देखती रही। सारी गलती उन लड़कों की नहीं थी। ड्यून की गलियों में चलनेवाला हर शख्स बिकाऊ समझा जाता था। जल्दी ही यह जगह रात में घूमनेवालों से भर

जाएगी, जो निराशापूर्ण मुसकराहटों के साथ एक-एक रुपए में घूमते हुए तुच्छ सी सनसनी बेच रहे होंगे। इससे पहले कि वह जगह उन अंधकारपूर्ण जिंदगियों से भरकर नरक में बदले, वह अपने घर पहुँच जाना चाहती थी।

एस्टे सत्रह वर्षीय लड़की थी और इस जगह पर जिंदा रहने के लिए क्या कुछ जरूरी था, वह अच्छी तरह से समझ चुकी थी। यहाँ गलत समय पर बाहर नहीं निकलना चाहिए। एक समय था, जब वह वहाँ की गलियों में भटककर अपना रास्ता भूल जाया करती थी और जब घर वापस पहुँचती थी तो बिल्कुल काली पड़ चुकी होती थी, मिट्टी से लथपथ होती और डर से उसका दिमाग भी काम करना बंद कर देता था। पर अब ऐसा नहीं था। गलत के प्रति अब वह उदासीन हो चुकी थी और अब वह जाने-पहचाने रास्तों से ही घर लौटा करती। उसका फ्लैट एक जीर्ण-शीर्ण इमारत में था, जिसकी दोनों तरफ की चहारदीवारी पत्थरों की बनी हुई थी। इस चहारदीवारी पर टेढ़ी-मेढ़ी झाड़ियाँ और पीले पोस्त के पौधे जहाँ-तहाँ फैले हुए थे। वह मात्र पाँच साल की थी, जब उसकी माँ हीरी ने टूटे हुए थर्मामीटर की मरकरी खाकर आत्महत्या करने का असफल प्रयास किया था। बड़ी मुश्किल से वह बच पाई थी। लेकिन उसके बाद से न तो उसे अपना नाम याद रहा, न ही यह याद रहा कि उसकी कोई बेटी भी है। कई सारे नशीले पदार्थों के सेवन से उसका दिमाग खोखला हो गया था। एस्टे अपनी माँ को इतनी देर तक अकेला नहीं छोड़ना चाहती थी; पर उसके एक अंकल ने वादा किया था कि आज वह उससे मिलेंगे और इस बात से वह काफी खुश थी कि कोई और है, जो शायद उसकी कुछ मदद कर सके। वह सोचने लगी कि क्या उसके अंकल को यह सब मालूम होगा? देखकर तो ऐसा ही लगा कि उन्हें सबकुछ पता है। कभी-कभी तो उसे लगता था कि वह उसके दिमाग में चल रही बातों को भी जान सकते हैं और अगर वह इतने सज्जन तथा अच्छे व्यक्ति नहीं होते तो वह तो उनको पागल ही कहती। वह बस, यही चाहती थी कि अंकल के आने पर उसकी माँ का 'भूत-भूत' कहकर चिल्लाना किसी तरह से रुक जाए।

"माँ…!"

कमरा बिल्कुल शांत था। चादरें सिकुड़ी हुई थीं और तकियों को मरोड़कर फेंक दिया गया था। बेडरूम ऐसा दिख रहा था, मानो किसी भयंकर सपने-सा तूफान वहाँ से होकर गुजरा हो। हीरी की हालत और भी खराब लग रही थी। आज बिल्कुल रक्तहीन और विवर्ण-सा चेहरा। जरूर वह बाहर निकली होगी, क्योंकि उसके तलवों

में देवदार के काँटे एवं पत्तियाँ चुभी हुई थीं और उसके पैर की उँगलियों से लाल व नीले रंग की टाइल्सवाले फर्श पर खरोंच के निशान भी पड़ चुके थे।

"क्या हुआ, माँ? क्या तुमने खिड़की खोल दी थी? नमक तुम्हारी त्वचा के लिए अच्छा नहीं है।"

"चुप रहो तुम, नीच औरत!"

"माँ! जाओ, सो जाओ। तुम बच्चे को जगा दोगी।" एस्टे बोली और बच्ची रोने लगी।

"हाँ-हाँ, तुम्हारा बच्चा! उस शैतान का बच्चा···बिल्कुल तुम्हारी तरह···शैतान की औलाद···"

"माँ, बंद करो यह सब।"

"तुम्हारी जैसी नीच संतान कौन होगी, जो अपनी माँ को इस सड़े-से कमरे में बंद रखती है। ओह, मुझे बहुत गरमी लग रही है। गरमी के कारण मेरा बदन तप रहा है। अरे चुड़ैल, तुम अपनी माँ की मदद क्यों नहीं करतीं?" वह पागलों की तरह बड़बड़ाती रही, "वह यहीं है न? कुलटा कहीं की! तुम मुझे बेवकूफ नहीं बना सकतीं। जिस भूत से मिलती हो, मैं जानती हूँ···मैंने उसे देखा है···मैंने उसे देखा है···वह मुझे लेने आ रहा है···" हीरी खाँसने लगी और उसकी आवाज उस मोटर साइकिल की तेज आवाज में मिल गई, जो अभी-अभी बिल्डिंग के बाहर पार्क की गई थी। एस्टे ने दरवाजा खोला और गर्मजोशी से मुसकराई। उस आदमी ने उसके हाथ से बच्ची को अपनी गोद में ले लिया और उसके माथे को चूम लिया।

"हीरी कहाँ है?" उसने पूछा।

हीरी

उसकी अपनी बेटी ही उसे इतना पागल बना देती थी। उसे नशेड़ी कहती थी। उसे कमरे में बंद कर खुद भाग जाती थी, या फिर किसी के आने पर उसे कमरे में छुपा देती थी, मानो वह उसके लिए शर्म का कारण बन गई हो। हीरी के दिल में अपनी मौजूदा हालत के लिए केवल एक ही आदमी को जिम्मेदार ठहराए या एक से अधिक को। भयाक्रांत होकर हीरी पुराने कॉस्ट्यूम से भरे बक्से से टकराई और घबराहट में उसने सहारा पाने के लिए परदों को पकड़ लिया। पर उसके कमजोर पैर उसके पतले शरीर का वजन भी नहीं सँभाल पाए और एक जोर की आवाज के

साथ वह पेट के बल गिर पड़ी। उन्माद में उसने उस धूल से भरे परदे के चिथड़े-चिथड़े कर दिए। अचानक ही उस पर कामोन्माद छा गया। अपने इस उन्माद को शांत करने के पश्चात् वह गर्भस्थ शिशु की-सी स्थिति में हो गई और उस पर पुरानी बातें हावी होने लगीं।

"हीरी!" उस आदमी ने पुकारा। उसकी आवाज ने उसे भयभीत कर दिया। उसके कंधे पर किसी ने हाथ रखा और जैसे ही उसे थपथपाया, वह अनियंत्रित ढंग से चिल्लाने लगी।

"भूत यहाँ आ गया है। भूत···भूत···मुझे ले जाएगा···मेरी मदद करो···"

हीरी की नजरें एक फटे हुए पोस्टर पर टिक गईं। एक सुंदर व सजीले आदमी की तसवीर बनी हुई थी उसमें। कोमल, मुलायम होंठ, सुनहरे मुलायम बाल और लंबी व नुकीली नाक। वैलेंटाइन की जवानी की तसवीर थी, जिसमें वह चमकता-सा एडोनिस की तरह लग रहा था।

□

1993

सुबह मैंने ध्यान दिया कि वह उस सुनसान जगह में फेंका हुआ घास-फूस से बना एक चौड़ा सा पट जैसा था, जिसका प्रयोग झोंपड़ी की छत के रूप में किया जाता था। उसकी एकमात्र खिड़की जंगली झाड़ियों और मलबों से बंद हो गई थी। भूख की वजह से कमजोरी लगने लगी थी तो किसी तरह उठा और उस लाल नदी में कूद पड़ा तथा लुई मछलियों के साथ-साथ तैरता रहा। पहले पानी जाँघों तक आया, फिर आगे जाने पर पानी पेट तक आ गया। मेरा कमजोर शरीर हार मानने को तैयार था। नदी के रेत में रपटीले शैवाल पड़े हुए थे। मेरे गीले कपड़े मुझे नीचे की ओर खींच रहे थे। अकड़ गई बाँहें और आगे जाने को तैयार नहीं थीं। अब मैं बाहर निकलने ही वाला था कि एक मोटी सी लाल लुई मछली उछलकर सीधे मेरे हाथों पर आ गिरी और मैंने उसे कच्चा ही गटक लिया।

जब मैं आराम कर रहा था तो मेरा दिमाग हीरी के बारे में सोचने लगा और मुझे वह समय भी याद आया, जब हम दोनों पहली बार एक साथ सोए थे। हीरी अच्छी तरह से जानती थी कि मैं उसके लिए क्या भावनाएँ रखता हूँ और उस शाम जब मैं माँ की दवाइयों के लिए जड़ी-बूटियाँ लेकर लौट रहा था, मैं हीरी से टकरा गया। वह मुझे घोड़ों के फार्म की ओर ले गई, क्योंकि वह मुझे दिखाना चाहती थी कि घोड़े शारीरिक संबंध कैसे बनाते हैं? उसी रात वह मेरे साथ मेरे बिस्तर पर थी। जो कुछ हमने देखा था, उससे हम दोनों ही उत्तेजित थे। हमारे अंतरंग क्षणों के दौरान वह लगातार दवा की उस नई फैक्टरी के बारे में बात करती रही। ऐसा लग रहा था, मानो वह मेरे साथ न होकर किसी और के साथ थी। गाँव में अगर वह झगड़ा न हुआ होता तो मेरी हर रात उसी के साथ गुजरती।

मैंने अपने छिपने के स्थान से झाँककर देखा तो पाया कि ट्रकों की लंबी कतारें चली आ रही थीं। दूर स्थित फैक्टरी से आती रोशनियाँ, जो उसकी खिड़कियों से

छनकर आ रही थीं, उसे एक अजीब सी शक्ल दे रही थीं। इस दवा फैक्टरी में ही उसने मि. सोनी को पहली बार देखा था, जो नई 'जादुई दवा' बनानेवाली उस दवा फैक्टरी का मैनेजर था। वह फैक्टरी लाल नदी की उपजाऊ मिट्टी पर बनाई जा रही थी।

जब मैंने मि. सोनी को पहली बार देखा, वह शहरी लोगों के झुंड के साथ था। लेकिन हमारी नजरें तो उस सुंदर युवक पर टिकी रह गईं, जो एक सिने अभिनेता था। हम लोगों ने उसके जैसा आदमी पहले कभी नहीं देखा था। हीरी उसे 'युवा देवता' कहती थी, जिसने मानो मानव शरीर धारण कर लिया हो। उसकी सुंदर भूरी आँखें, मोती के दानों जैसे सुंदर दाँत और हलकी सी मुड़ी हुई नाक। मि. सोनी उसे लेकर चारों ओर ऐसे घूम रहा था, मानो वह इनाम में जीता हुआ घोड़ा हो। मि. सोनी उस फैक्टरी का मालिक नहीं था, पर व्यवहार ऐसे करता था, मानो मालिक वही हो। वह इतने प्यार से बातचीत किया करता था, मानो वह यह न चाहता हो कि कोई उसकी बात से पकड़ न ले कि वह मालिक नहीं है। माँ को न उस पर विश्वास था और न ही उस दवा फैक्टरी पर। जब गाँव में बैठक की जा रही थी तो झगड़ा शुरू हो गया। माँ ने साफ-साफ शब्दों में कह दिया कि यह 'जादुई दवा' एक फरेब है; क्योंकि एक ही दवा से सभी बीमारियों का, सभी रोगियों का इलाज हो, यह संभव नहीं है। मि. सोनी गुस्से में वहाँ से चला गया। पर अगले दिन बैंक के अफसर और गाँव के मुखिया के साथ आया और यह घोषणा कर दी कि हमारी जमीन फैक्टरी को सौंपी जा रही है। माँ ने कहा था कि इसमें मुखिया का हिस्सा भी अच्छा-खासा होगा। सारा समय मि. सोनी यही कहता रहा, 'तुम्हें चेक काटकर देता हूँ।' और 'हम एक या दो दिन में अखबार में विज्ञापन निकाल सकते हैं इसका।' और 'सभी के लिए मुफ्त दवाइयाँ और नौकरियाँ।' माँ ने मुखिया को धोखेबाज और मि. सोनी को ठग कहा। पर मुखिया का कहना था कि अब कुछ भी नहीं किया जा सकता, और कि बेची गई जमीन पर फैक्टरी बनेगी तथा हम लोग शौक से गाँव छोड़कर जा सकते हैं।

मैं यह सब सोच ही रहा था कि मेरे पैरों ने किसी के बालों का स्पर्श किया। मेरी मांसपेशियों की नसें मानो जम-सी गईं। अब मुझे महसूस हुआ कि मैं ब्लू वॉर्म मैगॉट के झुंडों के बीच था। ये मैगॉट लाशों को खाते हैं। हड़बड़ाहट में फिसलकर मैं उस गड्ढे में नीचे चला गया, जिस पर वह फूस की छत रख दी गई थी। मेरे सामने एक लाश थी। मेरी दोस्त बुधी मेरे सामने थी।

□

11

राथी ठाकरे
शनिवार, 7 नवंबर
दिनेश ठाकरे का बँगला

बंद पलकों पर छाए अंधकार में लाली-सी आ गई थी, जो राथी को यह इशारा कर रही थी कि सूरज निकल आया है। उसने धीरे-धीरे अपनी आँखें खोलीं, ताकि दिन की तेज रोशनी का सहजता से सामना कर सके। रात का अनखाया खाना अभी भी ट्रे में पड़ा हुआ था। उसे अचानक वैलेंटाइन के साथ बिताए वे उत्तेजनापूर्ण अंतरंग क्षण याद आ गए। फिर उसमें अपराध-बोध पैदा हो गया कि अभी उसके पिता की मौत हुई है और उसके मन में ऐसे खयाल आ रहे हैं!

राथी की माँ की मौत उसके जन्म के समय ही 'ब्रेन एट्रॉफी' की वजह से हो गई थी। उसके पिता हमेशा मजाक में कहा करते थे कि तुमने अपनी माँ का दिमाग चूसकर उसे मार डाला, और यह बात उसे बहुत लंबे समय तक डराती रही थी। जब दूसरे बच्चे उसे उसकी आँखों में उन सुनहरे व नीले धब्बों को लेकर चिढ़ाते थे तो उसके पिता ने उसे समझा दिया कि वह उन बच्चों से यह कहा करे कि जब वह पैदा हुई थी, उसी समय एक तारा टूटा था और उसी तारे की रोशनी उसकी आँखों में आ गई थी। यह तो उसे बहुत बाद में पता चला कि वास्तव में यह एक प्रकार की विकृति है, जो आँखों की पुतलियों से संबंधित है और अगर यह आनुवंशिक नहीं है तो फिर लाखों में से किसी एक में ही यह असमानता क्यों पाई जाती है। उसके पिता ने कभी भी उसे लेकर पारंपरिक पिता वाली चिंता नहीं जताई थी कि सड़क पर चलते समय ट्रैफिक का ध्यान रखो, कि अजनबियों से कैंडी नहीं लेनी चाहिए, या फिर बाद में जब उसने बहुत अधिक नशीली दवाएँ लेनी शुरू कीं और उसे रिहैब

सेंटर भेजा जाने लगा। जब वह फिल्मों की ओर मुड़ी तो भी वह अप्रतिबद्ध रहा और उसके डेब्यू प्रीमियर पर आना भूल गया; पर कठोर शब्दों में ट्वीट जरूर कर दिया था। 'राथी के अभिनय में वह जुनून, वह पैशन नहीं दिखता; पर वह पैसा जरूर कमा लेगी।' राथी उसके इस कमेंट के लिए कभी उसे माफ नहीं कर पाई; पर उसके मन का एक हिस्सा इस बात की सच्चाई को मानता था, क्योंकि आज भी जब उसे पर्याप्त सफलता मिल चुकी थी, उसे यही लगता था कि उसकी अभिनय कला खुद को जिंदा रखने का एक जरिया मात्र है, एक नौकरी है। जब उसके पिता ने अपनी उम्र से आधी उम्रवाली अभिनेत्री से शादी की तो बस, उसे लिखकर सूचित कर दिया और रातोरात उसे एक सौतेली माँ मिल गई। उनके बीच हुई एक तीखी झड़प उनकी आखिरी मुलाकात थी—जब उसकी वैलेंटाइन के साथ डेटिंग को लेकर उनके बीच झगड़ा हुआ था। उसने अपने पिता पर 'नैतिकता का पाठ' पढ़ाने पर तंज कसते हुए चेतावनी दी थी कि वह उसकी जिंदगी में दखल न दें।

यह सब एक साल पहले घटा था। और अब कुछ भी पूछने के लिए काफी देर हो चुकी थी। शायद उसे और अधिक कोशिश करनी चाहिए थी, उसे कुछ कहना चाहिए था—कुछ करना चाहिए था। वह और सोना चाहती थी, ताकि उसका दिमाग इन विचारों से खाली हो सके। पर उसके दिमाग में घुस चुका दिनेश ठाकरे उसे सहज नहीं रहने दे रहा था। घंटों बाद उसने निर्णय लिया कि वह इस दुःख को अपने ऊपर हावी नहीं होने देगी, और अपने पिता की मौत का शोक अजनबियों के साथ मनाने के लिए वह हॉल में चली आई।

शोक कक्ष सफेद गुलदस्तों में सफेद गुलाबों से भरा हुआ था। परदे भी सफेद थे और अधिकांश लोग भी सफेद कपड़ों में ही थे। उसकी दादी मोना ठाकरे का युवावस्था का एक बड़ा सा चित्र दीवार पर टँगा था, जिसमें वह नीले व सुनहरे धब्बों से युक्त अपनी आँखों से मानो मेहमानों का निरीक्षण कर रही हों। राथी की खोजी निगाहों ने जल्दी ही दादी को कमरे में ढूँढ़ लिया, जो कि मेहमानों को ऑरेंज जूस, गैज्पाचो शॉट, एवोकाडो व बटरनट स्क्वैश दे रही थी। आँखों में वही विशिष्ट घृणा और उपेक्षा का भाव लिये वह धीरे-धीरे चल रही थी, मानो लड़खड़ाने से बच रही हो। उसके साथ उसकी पुरानी सहेली और सुप्रसिद्ध अभिनेत्री बेला थी, जिसके चेहरे पर ऐसा भाव था, मानो वह अपने मनपसंद

थिएटर के शुरू होने का इंतजार कर रही हो। हालाँकि, समय ने मोना की सुंदरता छीन ली थी और जो चेहरा युवावस्था में दमकता रहता था, वह अब झुर्रियों से भर चुका था। परंतु उस औरत का अहंकार समय के साथ बढ़ता ही गया। अनेक अहंकारी लोगों की तरह वह भी सामाजिक नामावली में विश्वास रखती थी, जिसने उसे जन्म से ही सामाजिक पिरामिड के शीर्ष पर रखा। उसे अपने से निम्न स्तर के लोगों के साथ मिलना-जुलना बिल्कुल पसंद नहीं था। यहाँ तक कि आज भी राथी की दादी 'सर्विंग व सीटिंग' व्यवस्था को लेकर काफी सचेत थीं और इस बात का पूरा खयाल रखा गया था कि सबसे आगे की पंक्ति में समाज के उच्चवर्गीय लोग ही बैठें।

"मेरा बेटा···मेरा जिद्दी बेटा···बहुत ही रचनात्मक था। वह वंचितों की आवाज था।" मोना के बोलने का लहजा उसके भावों से मेल नहीं खा रहा था, "मुझे लगता है, हमें यह याद रखना चाहिए कि वह किस उद्देश्य से काम कर रहा था! प्रतिभा की धनी बेला, जिसने उसके कुछ प्रोजेक्टों में उसके साथ काम किया था, अब उसकी उस अवचेतन दुनिया से हम सबको अवगत कराएगी, जिससे हम अभी तक अनजान हैं।"

"निशि को यह मूर्खतापूर्ण 'स्टेनीस्लेव्स्की' बकवास पसंद नहीं आती···ओ.के. ? ऐसा मेरा मानना है। सॉरी, बस···एक और बात···मन खुले हुए घाव के समान होता है। अगर उसे बहुत समय तक खुला छोड़ा जाए तो उसमें संक्रमण होने का डर बना रहता है। इसलिए, हमें यह चेतन-अवचेतनवाली बकवास छोड़ देनी चाहिए।" बेला वाक्य पूरा किए बिना बीच में ही रुक गई। लोग दरवाजे पर खड़ी मुसकराती हुई उस युवा लड़की की ओर मुड़कर देखते रह गए।

लोग किमी व्हाइट को इस तरह आँखें फाड़कर आश्चर्य के साथ देख रहे थे, मानो उसने कोई कपड़े नहीं पहन रखे हों और मोना को उसे देखकर धक्का सा पहुँचा। वह लड़की एक क्षण के लिए ठिठकी कि शायद कोई उसकी अगवानी करेगा और उसका परिचय दिया जाएगा; पर जब किसी ने भी उसका स्वागत नहीं किया तो उसके चेहरे के भाव सख्त हो गए। सिर झुकाए, धुँधलाई आँखों के साथ किमी व्हाइट बिना बुलाए ही अंतिम संस्कार में शामिल होने आ गई। राथी को सिर हिलाकर अभिवादन का आदान-प्रदान किया। राथी उसकी इस निडरता की मन-ही-मन प्रशंसा किए बगैर नहीं रह पाई। हर कोई भ्रमित-सा दिख रहा था। बेला हँसते हुए अपनी जगह पर बैठ गई।

"तुम्हें किसने आमंत्रित किया? प्लीज, चली जाओ। यहाँ तुम्हारी कोई जरूरत नहीं है।" मोना की आँखें रैवेन्स अल बिनो की तरह पनियाली गुलाबी थीं।

"शांत रहो, मोना! मुझे निमंत्रण भेजने की जरूरत नहीं है। अभी तलाक पूरी तरह से हुआ नहीं है।" कहते हुए किमी ने कमरे में चारों ओर उड़ती हुई नजर डाली कि शायद कोई उसकी बात से सहमत हो, पर ऐसा कुछ भी नहीं दिखा।

"शर्म नहीं आती! हमें तुमसे कुछ भी लेना-देना नहीं है। अब यहाँ तुम्हारे लिए कोई सोने की खान नहीं रह गई।" मोना के शब्दों को सुन किमी के चेहरे पर एक काली छाया-सी आ गई, मानो सूरज काले बादलों से ढक गया हो।

"तुम मुझे मेरे पति के प्रति अंतिम श्रद्धांजलि देने से नहीं रोक सकतीं। अभी तक कानूनी रूप से तलाक पूरी तरह से हुआ नहीं था। क्या वकील ने तुमको बताया नहीं?" किमी ने धूर्ततापूर्वक पूछा।

"बाहर निकलो और उसी गली-कूचे में वापस चली जाओ, जहाँ से आई हो; नहीं तो मैं तुम्हें धक्के मारकर बाहर निकाल फेंकूँगी।" मोना लगातार उसे कोसने लगी। अचानक वह लड़खड़ाई और एक जोर की आवाज के साथ फर्श पर गिर पड़ी। बेला बड़ी मुश्किल से उसे खड़ा कर पाई। राथी अपने विचारों में खो गई। उसके पिता ने वाकई औरतों के चुनाव में अपनी कुशलता दिखाई थी। अंतिम संस्कार अब तीन रिंगवाला सर्कस, अर्थात् भ्रमित स्थितियों का अखाड़ा बन चुका था। उसकी नजरों में पिता के लिए की गई यह शोक-सभा तीसरी श्रेणी की हास्य-सभा बनकर रह गई थी।

राथी वहाँ से निकल गई। जितना तेज वह दौड़ सकती थी, दौड़ने लगी, मानो वहाँ से वह अधिक-से-अधिक दूर निकल जाना चाहती हो। वह तब तक भागती रही, जब तक कि उसके पैर जाम नहीं हो गए और वह गिर नहीं पड़ी। उसका शरीर काँप रहा था। उसने अपने सिर को अपने हाथों के बीच दबा लिया और फिर हँसने लगी; अपना पेट पकड़कर पागलों की तरह हँसती रही, मानो उस पर किसी भूत का साया हो! उसने हँसने की जितनी अधिक कोशिश की, उतने ही अधिक उसकी आँखों से आँसू बहते रहे। जब उसकी हँसी रुकी, उस समय तक भावनात्मक रूप से वह पूरी तरह से थक चुकी थी। पर वह भाव-शून्य नहीं हो गई थी और न ही नकार देने की मनःस्थिति में थी। शायद दुःख की पहली अवस्था से वह गुजर चुकी थी। जब उसने नजर उठाकर देखा तो खुद को एक बड़े से टैरेस गार्डन में पाया, जो उसके पिता का हुआ करता था; पर बाद में उसने इसे छोड़ दिया था।

गार्डन एक रहस्यमयी शांति में डूबा हुआ था। जब ठाकरे जीवित था तो इस स्थान पर लोगों के आने पर पाबंदी थी, खासकर इसलिए कि वहाँ पर उसकी पसंद के पौधे लगे हुए थे—जॉइंट क्रोकंस, पॉपी, हॉगवीड, मैंड्रेक एवं कुछ कैनाबिस भी और हेनबेन पौधा—पौधों की दुनिया के भयावह पहलू का एक क्रॉनिकल यहीं पर था। राथी ने स्वयं को बिल्कुल शांत कर लिया। उसे लगा कि शोर-शराबे से उसके पिता की यादें आहत होंगी। वह बड़ी सी दीवार पर लगी मल्टी शेल्फ स्टोरेज यूनिट की ओर बढ़ी, जिसमें पुराने आर्टिकल्स, अखबारों की कटिंग्स और पत्रिकाएँ रखी हुई थीं। यह सबकुछ अनोखे चिकित्सीय पौधों और दुर्लभ दवाइयों से संबंधित था। अगर कोई भी उनसे आती दुर्गंध की शिकायत दिनेश ठाकरे से करता था तो वह उनसे यही कहता कि 'दर्द' का इलाज ढूँढ़ने के लिए यह सब इकट्ठा कर रहा है। लेकिन जिस तरह उसने अपनी जिंदगी में हर चीज को यूँ ही अचानक छोड़ दिया था, इस गार्डन को भी उसके हाल पर छोड़ दिया था। और अगर मोना ने इस पर ध्यान देकर इसे पुनरुज्जीवित न किया होता तो गार्डन कब का सूख चुका होता। अजीब से दिखनेवाले एक पौधे की ओर राथी का ध्यान गया। जिस तरह से वह जमीन में लगा हुआ था, उसे देखकर ऐसा लग रहा था कि मिट्टी के नीचे कुछ है, जो उसे बढ़ने से रोक रहा है।

उसने एक चाकू ढूँढ़कर पौधे की मुरझाई पत्तियों को हटाया। पौधे के उभरे हुए तनों के पीछे अत्यधिक मधुर सुगंधवाले अनोखे फूल छुपे हुए थे, मानो कुछ गलत, अपवित्र-सा घटा हो। फूल भूरे होने लगे थे। पौधे की जड़ें आंशिक रूप से दिखाई पड़ रही थीं। राथी उस सूखी मिट्टी को और खोदती रही। उसे लग रहा था, शायद यह सूखता हुआ पौधा यह सब सहन नहीं कर पाएगा; पर वह इसे इस तरह मरने के लिए छोड़ भी तो नहीं सकती थी। वह फावड़े से और मिट्टी हटाती गई। फिर अचानक उसकी नजर एक काली पॉलिथीन में लिपटी किसी चीज पर पड़ी। अगले आधे घंटे तक वह उस जगह की मिट्टी हटाती रही और मिट्टी से लथपथ प्लास्टिक शीट को एक छोटे से लकड़ी के बक्से पर से हटाने में सफल हो गई। वह बक्सा जगह-जगह से टूटा-फूटा हुआ था। उसमें वे दवाएँ रखी हुई थीं, जिनकी एक्सपायरी डेट खत्म हो चुकी थी और वे बेकार हो गई थीं। राथी को लगा, वह बक्सा, जो वास्तव में एक ड्रॉअर था, दीवार पर लगी उस मल्टी शेल्फ स्टोरेज यूनिट का वह भाग था, जिसे अलग किया जा सकता था। उसने अपनी उँगलियों को और अंदर तक घुसाकर टटोलना शुरू किया और अचानक उसकी उँगलियाँ एक जाम

हो चुके शेल्फ से टकराईं। धीरे-धीरे बड़ी मुश्किल से उसने उसे खोल भी लिया; शेल्फ के अंदर टटोला, पर वह बिल्कुल खाली था।

आखिर, राथी वहाँ क्या मिलने की उम्मीद कर रही थी?

उसे एक अजीब सी निराशा का अनुभव हुआ और उसे लगा, इससे पहले कि मोना उसे ढूँढ़ते हुए उधर आए, उसे वहाँ से निकल जाना चाहिए। तभी उसके दिमाग में एक बिजली-सी कौंधी कि आखिर उसने यहाँ सबसे पहले कौन सी विचित्र बात देखी थी?

आखिर क्यों किसी ने दीवार में अच्छी तरह से, फिर उस शेल्फ से वह ड्रॉअर हटाया होगा? कुछ-न-कुछ तो गलत था उसमें और वह 'गलत' अभी भी वहीं है। बीम टॉर्च की रोशनी में राथी फिर से उस स्टोरेज यूनिट की तलाशी लेने लगी और यह याद करते हुए कि उसे वहाँ क्या अजीब सा लगा था, टॉर्च की रोशनी शेल्फ के किनारों पर डाली। झिलमिलाहट पर उसकी नजर पड़ी। जब उसने टॉर्च वहाँ से हटाई तो उसी स्थान पर फिर से झिलमिलाहट दिखाई पड़ी। पुराने अखबारों को शेल्फ से हटाकर अंदर झाँका, पर वहाँ कुछ दिखाई नहीं दिया। कुछ अजीब सी स्थिति में एक डिब्बा वहाँ रखा हुआ था। उसे इस तरह रखने का एक ही कारण था और वह कारण भी राथी ने जल्द ढूँढ़ निकाला—एक गुप्त रूप से रखा हुआ डिब्बा था। तीव्र उत्तेजना के साथ राथी ने उसमें एक मोटा सा लिफाफा रखा हुआ ढूँढ़ निकाला, फर्श पर बैठ गई और लिफाफे को खोलकर देखने लगी। लिफाफे में कुछ तसवीरें थीं, जिन पर जमी हुई धूल को झाड़ते हुए और करीब से उनका मुआयना करने लगी।

तसवीरों में कुछ आदमी थे, जिनके चेहरे छुपे हुए थे। वे तसवीरें रोशनी की विपरीत दिशा से ली गई थीं। उनके छाया चित्रों को देखकर राथी को यह अनुमान लगाने में कोई परेशानी नहीं हुई कि ये तसवीरें किसी नौसिखिए फोटोग्राफर ने ली होंगी। उन सभी आदमियों की नजरें एक बहुत ही छोटी लड़की, एक बच्ची, जिसकी उम्र मुश्किल से बारह-तेरह साल की रही होगी, पर टिकी हुई थीं और उस बच्ची के शरीर पर एक भी कपड़ा नहीं था। यह देखकर राथी सिहर उठी। राथी लड़की का चेहरा देखकर मानो सम्मोहित-सी हो गई थी—चेहरे पर निर्लज्ज-सी मुसकराहट, भरे-भरे होंठ और मोती के समान दाँत, मानो किसी डेंटल कॉस्मेटिक्स का विज्ञापन हो। तसवीर में जो आदमी थे, वे उस लड़की के वस्त्रहीन शरीर पर अपनी उँगलियाँ फेर रहे थे। पहले राथी ने सोचा कि नजरें हटा ले, पर फिर उसका ध्यान लड़की की ओर गया, जिसे न तो अपनी नग्नता पर, न ही उन आदमियों की हरकतों पर

कोई शर्म आ रही थी। तसवीरें बहुत पुरानी थीं और अस्पष्ट-सी थीं। उनमें उपस्थित आदमी अपने चेहरों को छुपाने के लिए छाया में थे। कैबिनेट के ड्रॉअर के नीचे से उसे एक और तसवीर मिली। हालाँकि, रोशनी काफी मद्धिम थी, पर उस तसवीर में दिख रहे आदमी के चेहरे को वह आसानी से पहचान सकती थी—वह चेहरा उसके पिता का था।

भविष्य में राथी इस क्षण को एक भयावह क्षण के रूप में याद करने वाली थी। लग रहा था कि अनियंत्रित भावनाओं ने उसके दिलो-दिमाग को, उसके पूरे अस्तित्व को चिथड़े-चिथड़े कर दिया हो। राथी को पूरा कमरा दमघोंटू व गंदा सा लगने लगा—चिड़िया पाशविक-सी, फल दुष्टात्मा-से दिख रहे थे। वहाँ की हवा दानवी और सूरज अनिष्टकर लग रहा था।

एक अनजानी-सी शक्ति ने उसे फिर से उन तसवीरों की ओर देखने के लिए विवश कर दिया। उसके पिता के चेहरे पर एक विचारहीन भाव था, जो उसने पहले कभी नहीं देखा था। इस बात ने राथी को उद्वेलित कर दिया।

तसवीर के ऊपर दाएँ कोने में घसीटकर लिखा हुआ था—'रूबी ब्लू'।

राथी लड़खड़ाती हुई बाथरूम में घुसी और नल खोलकर ठंडा पानी चला दिया। बाथटब के किनारे बैठकर पैरों को सिकोड़े हुए और सिर को अपने घुटनों के बीच रखकर ठंडे पानी को बहते हुए देखती रही। यह पानी मानो उस पर प्रहार कर रहा था; पर दर्द का जो सैलाब दिल में उमड़ा था, वह रोके नहीं रुक रहा था। कहीं से घंटी बजने की मद्धिम सी आवाज आने लगी और घंटी के इस निरंतर क्रंदन से उसका ब्रह्मांड मानो भर-सा गया हो। किंतु जब उसने ऊपर की ओर देखा तो पता चला कि उसका फोन बज रहा था। यह कोई अनजान नंबर था। फोन करनेवाला स्वयं को इन्वेस्टिगेटिंग ऑफिसर डोराब सिल्वा बता रहा था। उसने उसे बताया कि वही उसके पिता की मौत की जाँच-पड़ताल कर रहा है।

□

12

मौली लिमये
सोमवार, 9 नवंबर
प्रेस रूम, मेडिसी स्टूडियो

कोई गवाह नहीं, कोई स्पष्ट अपराध नहीं किया गया। इस प्रकार, बड़ी-बड़ी कंपनियाँ आपराधिक दुर्व्यवहार या फिर जैसा कि इस केस में है, इससे भी अधिक गलत हरकतों के लिए सजा पाने से बच जाती हैं। मौली लिमये उन लोगों के लिए झगड़ा मोल लेना नहीं चाहती। इस बार वह जिस केस पर काम कर रही थी, वह कोई धोखाधड़ी का मामला नहीं था, जिसमें कोई मिल या कंपनी लोगों के साथ जालसाजी करके भाग गई हो और न ही निचले स्तर की जासूसी का मामला था। उसने एक शक्तिशाली और काफी रसूखवाली कंपनी पर हाथ डाला था। पिछले कुछ सप्ताह से उसे एक अजीब से वाकये से दो-चार होना पड़ रहा था—उसके पास बेनाम पैकेट आ रहे थे। उन पैकेटों के अंदर जो कुछ था, उसने उसे परेशान कर दिया था—मेडिसी एवं कई एक कंपनियाँ, महत्त्वपूर्ण लोगों और गैर-सरकारी चेकों के विवरण, गिफ्ट वाउचर की छाया प्रतियाँ तथा प्रमुख एन.जी.ओ., नामी-गिरामी डॉक्टरों एवं जानी-मानी हस्तियों के बीच हुए लेन-देन और मेडिसी में इन सबका बढ़ाया गया प्रतिनिधित्व, इन सबके सबूत और व्यवस्थित ढंग से लिखे हुए तदर्थ समर्थक कंपनियों के नाम। पहले तो उसने इस पर ध्यान नहीं दिया। उसे लगा, यह पैकेट गलती से उसके पास पहुँच गया है; लेकिन आज सुबह जब फिर एक बेनाम पैकेट उसके पास पहुँचा तो फिर वह इसे एक और गलती मानकर छोड़ नहीं पाई। मेडिसी प्रेस कॉन्फ्रेंस में जाने से पहले जो थोड़ा-बहुत समय उसके पास बचा था, उसी समय में उसने शीघ्रतापूर्वक पैकेट के अंदर की सामग्री को खोजी निगाहों से देखा—अनेक वैधानिक शपथ-पत्रों

और प्रॉपर्टी बॉण्ड लिस्टिंग की छाया प्रतियाँ। कुछ का तो वह सिर-पैर कुछ भी नहीं समझ पाई। जिन अभिलेखों ने उसे थोड़ा सचेत किया, उनसे यही पता चला कि मेडिसी और अनेक बड़े ब्रांडों व शक्तिशाली कंपनियों के बीच आपसी साँठ-गाँठ थी। मौली ने पैकेट भेजनेवाले उस अज्ञात रहस्यमय व्यक्ति को 'एक्स' नाम दिया और अर्ध-गणितीय सूत्र की सहायता से इस रहस्य को सुलझाने का प्रयास किया—

1. 'एक्स' की मेडिसी से कोई पुरानी दुश्मनी है।
2. 'एक्स' कोई प्रतिद्वंद्वी फार्मा कंपनी है।
3. 'एक्स' मेडिसी के भीतर का ही कोई आदमी है (हालाँकि, इन सबकी वजह हो सकता है, इस संभावना को मौली ने सिरे से नकार दिया था।) निश्चित ही, यह काम किसी ऐसे व्यक्ति का तो नहीं था, जो बहुत कम पैसे मिलने की वजह से कंपनी से खफा हो। यह काम तो उसी का हो सकता था, जो मेडिसी से गहरी खुंदक रखता हो और उसे इन गोपनीय कागजात का महत्त्व भी पता हो।

शिकायत-पत्र

संदर्भ : जी.ओ.सी एवं एस.ओ. बनाम मेडिसी।

विषय : एवरग्रीन पेटेंट के लिए मेडिसी द्वारा की गई गैर-कानूनी कोशिश।

अदालत : रीजनल कोर्ट ऑफ फार्मा माल प्रैक्टिस (आर.सी.पी.एम.)

'सामाजिक संगठनों के एक जिम्मेदार निकाय के रूप में यह हमारी जिम्मेदारी बनती है कि हम मेडिसी फार्मास्यूटिकल कंपनी के द्वारा अपने 'हील ड्रग्स' के लिए एवरग्रीन पेटेंट अधिकार पाने की गैर-कानूनी एवं शर्मनाक कोशिशों को कोर्ट के संज्ञान में लाएँ। कुछ कंपनियाँ कुछ खास मेडिकल उत्पादों के लिए अपने पेटेंट अधिकारों को हमेशा के लिए सुरक्षित रखने के लिए जो रणनीति अपना रही हैं, वह वास्तव में चिंता का विषय है। अपने पेटेंट अधिकार को सुरक्षित रखने के लिए वे उन्हीं पुरानी दवाओं के कंपोजिशन में थोड़ा-बहुत बदलाव लाकर अपने पेटेंट अधिकार को रिन्यू करवाने की कोशिश कर रही हैं और इस विषय में ध्यान देनेवाली बात यह है कि इन बदलावों से मरीजों को कोई लाभ नहीं होने वाला है। जब भी मेडिसी का पेटेंट खत्म होने वाला होता है, वह यही रणनीति अपनाती है।

हमारी चिंता का मुख्य कारण यह है कि अगर 'हील ड्रग' पर पेटेंट मेडिसी को मिल जाता है तो इसका अर्थ यही होगा कि हम आनेवाले बीस वर्षों तक के लिए मेडिसी को इस 'हील ड्रग', जिसकी कीमत बहुत अधिक है, का एकाधिकार सौंप देंगे। एक महीने की दवा का मूल्य 1.2 लाख रुपए है, जो इसी दवा के जेनेरिक वर्जन के मूल्य 8,000 रुपए से कई गुना अधिक है।'

खंडन-पत्र

सदर्भ : मेडिसी बनाम जी.ओ.सी एवं एस.ओ.

'हमारा उद्‌देश्य गरीबों से पैसे ऐंठना नहीं है। पर क्या हम अपनी ही दवा का पेटेंट कराने का हक नहीं रखते हैं? हमारी यह लड़ाई सिद्धांतों की लड़ाई है। जी.ओ.सी. एवं एस.ओ. के प्रमुख अधिकारियों के इस आरोप को कि हमारी नई 'हील ड्रग' से कुछ नया फायदा नहीं होने जा रहा है, या कि हमारी दवाएँ गरीब मरीजों की पहुँच से बाहर होंगी, हम मेडिसी फर्म इसे सिरे से नकारते हैं। 'हील ड्रग' के खिलाफ अफवाहें एवं झूठी बातें फैलाई जा रही हैं।

'हम मेडिसी फर्म की ओर से यह निवेदन करते हैं कि इस बात की चिंता करने की कोई वजह नहीं है कि गरीबों का इलाज नहीं किया जाएगा, और कि इस स्कीम के तहत 85 प्रतिशत मरीजों का मुफ्त इलाज किया जाता है। हम यह भी स्पष्ट करना चाहेंगे कि हम लोग अपनी नई 'हील ड्रग' को लॉन्च करने की दिशा में आगे बढ़ रहे हैं।

'हम मेडिसी फर्म की ओर से यह तथ्य भी सामने रखना चाहेंगे कि 'हिल डेरीवेटिव वैक्सीन' की लॉन्चिंग के साथ ही एक सीरीज 'हीलर्स' भी रिलीज करेंगे, जिसमें मुख्य भूमिका में हमारे सरपरस्त एवं जाने-माने सुपर-स्टार मि. नेविले वैलेंटाइन नजर आएँगे। इस मूवी में काम करने के लिए नेविले हमसे एक भी पैसा नहीं ले रहे हैं, क्योंकि वह भी उन लाखों लोगों, जिनका हम सफल इलाज कर चुके हैं, की तरह हम पर विश्वास करते हैं और 'हीलिंग' करने के मेडिसी के संदेश को फैलाने में वह मेडिसी की सहायता करने के लिए तैयार हैं''।

एक तेज शोर होने लगा, जिससे पता चल गया कि हीरो आ चुका है। वैलेंटाइन के चारों ओर काफी भीड़ थी। अगर मौली इस दृश्य को कागज पर उतारती तो वह

लिखती कि एक सुंदर गठीला जादूगर अपने गुप्त स्थान से बाहर निकल रहा है, जिसने देखनेवालों को इस तरह सम्मोहित कर लिया है कि वे लोग खुद को उसका कैदी समझने को मजबूर हो गए हैं। किसी को भी यह बात अजीब नहीं लगती कि एक अकेला आदमी इतने सारे लोगों पर ऐसा अद्‍भुत प्रभाव डाल सकता है।

"लेडीज एंड जेंटलमैन! हमें अपनी नई 'हील ड्रग : बायोसाइड' को पेश करते हुए अत्यधिक गर्व महसूस हो रहा है। यह वैक्सीन रोग के उपचार हेतु प्रयुक्त की जानेवाली दवाओं के क्षेत्र में एक महत्त्वपूर्ण खोज है।" डॉ. डियाज निर्विघ्न बोलता रहा। लेकिन मौली को यह सब सुनाई नहीं पड़ रहा था, क्योंकि उसकी नजरें तो वैलेंटाइन पर टिकी हुई थीं। वह बिल्कुल पीला पड़ा हुआ था और थका-थका सा लग रहा था। मौली का मानना है कि किसी नशे के न मिलने के बजाय रातों में नींद न आने का असर अधिक तेज होता है।

"लेडीज एंड जेंटलमैन! मेडिसी में हमने प्रकृति के गर्भ से अनेक ऐसे महत्त्वपूर्ण रहस्य ढूँढ़ निकाले हैं, जिन्हें अभी तक और किसी ने नहीं जाना था। महत्त्व अब इस बात का नहीं है कि विज्ञान की शक्ति से हमें प्रकृति को जानना है, बल्कि इस बात का है कि विज्ञान की शक्ति से हमें प्रकृति पर अपनी जीत दर्ज करनी है। हम इस लड़ाई को इसके उचित मुकाम तक ले जाएँगे।…" मौली ने प्रश्न पूछने के लिए अपना हाथ उठाया, वैलेंटाइन के चेहरे के भाव सख्त हो गए और डॉ. डियाज ने उसके उठे हुए हाथ को अनदेखा कर दिया।

"लेडीज एंड जेंटलमैन! हमें प्रकृति के इस अभेद्य किले को मेडिसी द्वारा परिष्कृत किए गए साधनों की सहायता से जीत लेना है। हमने पौधों के गुण-धर्म को अलग कर, उन्हें निकालकर रसायनों व दवाओं में संश्लेषित कर दिया है। मानव शरीर मुख्य रणक्षेत्र बन चुका है और हम लोगों ने बीमारियों के खिलाफ लड़ाई छेड़ दी है। बायोसाइड संदूषित कोशिकाओं पर वार करेगा। हमारे पास दवाइयों एवं जादुई गोलियों की आयुधशाला है। इन सभी का लक्ष्य हर प्रकार की विरूपता व विकलांगता को समाप्त करना होगा। इस अद्‍भुत सेक्शन के लिए आप सभी का धन्यवाद। इससे पहले कि प्रेस कॉन्फ्रेंस समाप्त हो, हम आपके सामने b-Lui 243 पेश कर रहे हैं। b-Lui 243 पूर्णतया द्विलिंगी रेड फिश है, जिसे हमारे लैब द्वारा परीक्षित एवं अनुमोदित आहार देकर तैयार किया गया है। यह असाधारण तौर पर बहुप्रजनक है और एक दिन में एक हजार अंडे देती है।" मछली अपने फूले हुए मुँह के साथ गोल पेंदेवाले काँच के फ्लास्क में तैर रही थी।

"हे! तुम बहुत ढीठ लगती हो। तुम्हें तो बुलावा नहीं भेजा गया था!"

मौली कुछ कदम पीछे हट गई, क्योंकि बिंकी गुस्से में उसकी ओर ही आ रहा था। उसने बिंकी मेंडेज और अपने बॉस के प्रति उसकी वफादारी के बारे में काफी कुछ सुन रखा था। अपने खतरनाक स्वभाव के लिए जाना जानेवाला बिंकी उसके करीब पहुँच चुका था। मौली अच्छी तरह से जानती थी कि उसके इन अस्त-व्यस्त छोटे बालों के नीचे एक शातिर दिमाग छुपा हुआ था।

"मुझे लगता है, तुम जानती ही होगी कि मैं कौन हूँ! जिसके अनुसार अगर आप बिंकी मेंडेज से मजाक-मजाक में भी कुछ ऐसा कह देते हैं तो उसे आपका घर फूँक देने में लेशमात्र भी हिचकिचाहट नहीं होगी!"

"नहीं, मैं नहीं जानती।" बोलते हुए वह मुसकराई।

"तुमने तो मेरी कुछ ज्यादा ही प्रशंसा कर दी। अगर ईर्ष्या-द्वेष एसिड का रूप ले पाता तो मुझे लगता है, इस कमरे में मि. वैलेंटाइन का दाँतों और बेल्ट के बकल के सिवा कुछ भी साबुत नहीं बचता। लेकिन तुम उससे प्रभावित नहीं लगतीं।" बिंकी आरोप लगानेवाले लहजे में बोला।

"अगर आपके कहने का अभिप्राय वैलेंटाइन की प्रशंसिका होने से है, तो मैं उनकी नियमतः प्रशंसिका नहीं हूँ।"

"लोग उन्हें प्यार करते हैं।"

"लोग तो सरकार द्वारा अनुमति प्राप्त वेश्यालयों को भी खुशी-खुशी स्वीकार कर वहाँ जाया करते हैं। मेरे खयाल में, वे वेश्यालय मनुष्य की कुत्सित प्रवृत्तियों के कारण ही बने होंगे। एक ऐसा बाजार, जो होना ही चाहिए। मैं सोचती हूँ, फिर तो इस तरह की चीज भी लोगों को करके देखनी चाहिए।" कागज को काट देनेवाला पैनापन मौली की आवाज में था।

"तुम्हारे संपादक ने बहुत उचित वर्णन किया था तुम्हारा।"

"क्या कहा था उन्होंने?"

"भूखी, सस्ती और त्वरित गति से मंथन करनेवाली।" बिंकी ने प्रत्युत्तर में कहा।

"बहुत ही सटीक मूल्यांकन किया है।"

"तुम वहाँ पर कोई चटपटा मुद्दा तलाश रही हो, जहाँ कुछ है ही नहीं।"

"क्या यह सच नहीं है कि मेडिसी के खिलाफ एक औपचारिक शिकायत 'इंडस्ट्रियल माल प्रैक्टिस कोर्ट' में दर्ज कराई गई है कि मेडिसी 'हील ड्रग्स' के

पेटेंट को हमेशा के लिए अपने पास सुरक्षित रखने के लिए गैर-कानूनी हथकंडे अपना रहा है?"

"क्या मुझसे सवाल पूछा जा रहा है?"

"यह आपकी सोच पर निर्भर करता है। मैं संदर्भ देखता हूँ।"

"मतलब गंदगी साथ-साथ चलनी चाहिए।"

"यह बात अखबारों व पत्रिकाओं को फायदे में रखती है। हमारे संपादक का यही विचार है कि हमें मुनाफा कमाना है।"

"तुम तो इस तरह से पूछताछ कर रही हो, जैसे किसी ने यहाँ कोई अपराध किया हो? क्या यह हमारी कंपनी के किसी काल्पनिक अपराध, जो कि तुम्हारे दिमाग की उपज है, के लिए अदालत में मुकदमा चल रहा है? और तुम्हें लगता है कि मि. नेविले को तुम्हारे इन बेतुके सवालों का जवाब देना चाहिए?"

"यह तो लगाए गए अभियोग के आधार पर दोषी प्रतीत हो रहे हैं। मैं तो और भी बहुत कुछ सोच रही हूँ। पर मैं एक पत्रकार हूँ, न कि कोई विधिवेत्ता।"

"तुम्हें इस तरह गलत सूचनाएँ देकर अपना समय बरबाद नहीं करना चाहिए।"

"सच्चाई को आपके विश्लेषण की आवश्यकता नहीं।"

"तुम जानती हो, आज तुम्हारा सारा समय एक कलाकार पर आरोप लगाने में बीता है।"

"कलाकार? इस काम के लिए मि. वैलेंटाइन को हो सकता है कि किसी अन्य रूप में अच्छी तरह से प्रत्युपकृत किया गया होगा; पर जहाँ तक मुझे लगता है, उनको अनदेखा भी किया गया है। मीडिया, हाँ, कभी-कभी हम उसे भी इन सब में लपेटने से गुरेज नहीं करते हैं।"

"इन सबके लिए तुम्हें जो नुकसान उठाना पड़ेगा, वह इस कॉन्फ्रेंस की 'नाम-पंक्ति' में आने के आकर्षण से कहीं ज्यादा होगा। तुम्हें पता है⋯तुम जो कुछ भी करना चाह रही हो, वह क्या इतना महत्त्वपूर्ण है कि तुम इस नुकसान को भी सहने के लिए तैयार हो?"

"अगर मैं ऐसा नहीं करूँगी तो मुझे जरूर पछतावा होगा।⋯क्या आप मुझे धमका रहे हैं?" मॉटेल आइस मशीन जैसे ठंडे स्वर में मौली ने उस आदमी से पूछते हुए अपनी बातचीत खत्म कर दी।

बिंकी मेंडेज विचारपूर्ण मुद्रा में काँच के बरतन में फँसी उस रेडफिश को देखते हुए बोला, "तो b-Lui 243, आज रात तुम सूप में बदल दी जाओगी। प्रश्न यह है कि कोई तुम्हारी गंदगी का स्वाद चखने के लिए किस हद तक जा सकता है?"

□

13

रंगनाथन
सोमवार, 9 नवंबर
बेटर डील फार्मेसी, सिटी लिंक रोड, एग्जिट 3

सिटी लिंक रोड स्थित बेटर डील फार्मेसी एक छोटी सी दुकान थी, जहाँ कभी भी भीड़-भाड़ नहीं रहती थी, इसलिए रंगनाथन यहीं से दवा खरीदना पसंद करता था। लेकिन इस मेडिकल स्टोर में नया सी.सी.टी.वी. लगाया गया था। इस बात को लेकर वह थोड़ा परेशान था, क्योंकि वह नहीं चाहता था कि सी.सी.टी.वी. कैमरे में वह कंडोम का पैकेट खरीदता हुआ दिख जाए। 'क्या पता, कौन खरीद रहा हो?' वह कंडोम को आवश्यक सावधानी मानता था। किसे पता, ये लड़के किन लोगों के साथ रहे हों और उनको कोई इन्फेक्शन हो गया हो! वह नहीं चाहता था कि इस उम्र में उसे किसी तरह का इन्फेक्शन हो। कुछ चिंताएँ हमेशा उसे परेशान करती रहती थीं। उनमें से एक चिंता यह भी थी कि कहीं जिंदगी के अंतिम दिन उसे किसी फार्म पर एक अशक्त व अनुत्तेजक बूढ़े के रूप में न गुजारने पड़ें।

लेकिन यह नया लड़का तो मानो उसके लिए खुशियों का खजाना था। बाँहों में लेने पर उसका वजन कुछ ग्राम का ही लगता था, मानो कोई चिड़िया हो। लड़के का हलका शरीर उसे और अधिक आकर्षित कर रहा था। उसका मन अस्थिर हो उठा और उसने आँखें बंद कर लीं। पिछली रात लड़के का चिल्लाना रुका ही नहीं। रंगा को मुश्किल हो रही थी, इसलिए उसने लड़के को डाँट भी दिया। लेकिन लड़का इतना चिल्ला रहा था कि अंत में रंगा को दर्द कम करने के लिए अधिक पावर की दवा देनी पड़ी। रंगनाथन को दवाएँ पसंद नहीं। उनसे शिथिलता आ जाती है, आनंद नहीं मिलता।

एक समय था, जब उसे लड़कों का आतंकित होना, चीखना-चिल्लाना आनंद देता था; पर अब वह चाहता था कि लड़के स्वेच्छा से ही सबकुछ करें। अब उसमें बल-प्रयोग करने की ऊर्जा भी नहीं रह गई थी। रंगा को उस छोटे लड़के के लिए कुछ बुरा नहीं महसूस हो रहा था। उसे मालूम होना चाहिए था कि मुफ्त में कुछ भी नहीं मिलता। शायद वह धूर्त लड़का उससे अधिक पैसे ऐंठना चाह रहा था। लड़का तो कहीं जाने वाला नहीं था, क्योंकि उसे वे गोलियाँ खिला दी गई थीं; लेकिन इन सबसे पहले रंगा को अपने बिजनेस का भी खयाल रखना था।

□

14

असलम कपाड़िया
शुक्रवार, 13 नवंबर
मेडिसी स्टूडियो

असलम कपाड़िया नाम कमाने के लिए फिल्म इंडस्ट्री में आया था और वह अल्लाह का शुक्रगुजार था कि उसने उसकी इस दिली ख्वाहिश को पूरा कर लिया था। ठाकरे की मौत के बाद अब वही 'हीलर्स' का लीड डायरेक्टर बन चुका है। लेकिन समस्या यह थी कि लीड डायरेक्टर बनने के कुछ दिनों के बाद ही लोग कहने लगे कि उसकी शुरुआत अच्छी नहीं हो पाई।

"अरे मूर्ख, तुम इस काम के लिए उपयुक्त ही नहीं हो। यह तुम किस तरह से अपना पावर प्ले कर रहे हो? जो करने के लिए कहा गया है, वह करो। कूदो, नीचे कूदो।" असलम की आवाज जोर से बोलने के कारण फटी-फटी सी लग रही थी। असलम स्टंटमैन स्टड पर चिल्लाया, जो एक नकली दीवार से चिपका खड़ा था। असलम चाहता था कि परफेक्ट शॉट के लिए स्टड उसी दीवार से कूद जाए, पर डरे स्टंटमैन ने वैसा करने से मना कर दिया।

"स्टड स्ट्रैप हार्नेस का प्रयोग किए बिना नहीं कूदेगा।" असिस्टेंट डायरेक्टर ने असलम को बताया।

"तो? क्या तुम्हारा काम ऐसी स्थिति से निपटना नहीं है, फालतू आदमी? जाओ और उसे सँभालो।"

"हमारे पास हार्नेस नहीं है। आपने उसके लिए कोई बजट नहीं रखा। स्टड को डर है कि वह यह स्टंट करने में दुर्घटनाग्रस्त भी हो सकता है। मेरे खयाल से, इस खतरे को कम करने के लिए हमें प्रोफेशनल हार्नेस मँगा लेने चाहिए।"

"इस मुसीबत को किसी तरह सँभालो। मैं क्रिएटिव डिपार्टमेंट का हूँ। यह सब देखना मेरा काम नहीं है।" असलम ऊँची आवाज में चिल्लाया तो ऐसा लगा, मानो हवा में शॉटगन चलाई गई हो। अब तक प्रोडक्शन यूनिट असलम की रचनात्मक प्रक्रिया की असलियत से भलीभाँति परिचित हो चुकी थी। जिस तरह अंडा फर्श पर गिरकर टूट जाता है और उसकी चिपचिपी जर्दी बाहर फैल जाती है तथा किसी को समझ में नहीं आता है कि उसे साफ करे या उसे वैसे ही छोड़कर निकल जाए, और फिर अचानक ही उससे छुटकारा पा लेना चाहता हो, ठीक ऐसी ही असलम की रचनात्मक प्रक्रिया है।

"तो, मि. ठाकरे की दुःखद मौत के बाद मि. असलम, गेंद तो अब आपके पाले में है।" रंगनाथन ने कुछ ऐसे भाव से कहा, मानो केवल अच्छी खबर सुनना चाह रहा हो।

तभी असलम की नजर किमी व्हाइट पर पड़ी।

"यह यहाँ क्यों आई है?"

"तो फिर और कहाँ जाएगी? अब वह 'हीलर्स' का एक हिस्सा है। हम चाहते हैं कि इस शो में इसका रोल बढ़ा दिया जाए।" वकील और किमी की निगाहें आपस में मिलीं।

"रोल बढ़ा दूँ? किसलिए?"

"मुझे लगता है कि किमी को एक अच्छी वेश्या का रोल देना चाहिए; एक ऐसी वेश्या, जो अपनी जिंदगी में नया बदलाव लाना चाहती है, 'हील ड्रग' का प्रयोग करती है। आप मेरी बात समझ रहे हैं न?"

"सुनिए, यहाँ..."

"मैं तो शायद इसी फिल्म में काम करने के लिए पैदा हुई हूँ!" किमी की इस अतिशयोक्ति को कोई भी बकवास मानता, अगर उसे उसकी सच्चाई पर संदेह होता और कोई उसकी सम्मोहक सुंदरता से प्रभावित हो तो उसके प्रति सहानुभूति अनुभव करता।

"कलाकार को बिजनेसमैन के सवालों का जवाब देने में कभी खुशी नहीं होती।" किमी की गंभीरता की तुलना एक ऐसे बच्चे की व्याकुलता से ही की जा सकती थी, जो अपने मनपसंद खेल से बाहर नहीं होना चाहता हो। असलम का मन हुआ कि उसके मुँह में संगीन घुसा दे।

“हम इस बारे में निश्चिंत होना चाहते हैं कि यह शो मेडिसी के आदर्शों— शांति, प्रदूषण-विरोध एवं सतत विकास को आगे बढ़ाएगा और हमारे व्यवसाय पर भी कोई नकारात्मक प्रभाव नहीं डालेगा। तो, हम 'हीलर्स' के अंतिम सीन की स्क्रिप्ट कब देख सकते हैं?”

असलम ने उन दोनों को यूँ देखा, मानो स्क्रिप्ट की माँग बिल्कुल नाजायज हो। वह अभी यह तय कर ही रहा था कि वह बात मान ले या फिर मना कर दे, तभी एक जोर का धड़ाका हुआ और एक शोर-सा मच गया।

“स्टड कूदा और मुझे लगता है, उसकी एक हड्डी टूट गई है।” असिस्टेंट डायरेक्टर ने आकर बताया।

“मेडिसी कंपनी कभी भी मेडिकल या कानूनी मुद्दों के लिए जिम्मेदार नहीं होगी।” रंगनाथन की आवाज में नाराजगी साफ झलक रही थी, “खैर, मैं यहाँ यह बताने आया था कि मेडिसी का नया एग्जीक्यूटिव प्रोड्यूसर यहाँ पहुँचने वाला है। जितनी जल्दी यहाँ सबकुछ ठीक कर लिया जाएगा, उतना ही हम सबके लिए बेहतर होगा।”

रंगनाथन के शब्दों में, इस विवाद को अस्थायी तौर पर खत्म करने का संकेत था। असलम को मालूम था कि यह सब सँभालने के लिए उसके पास कुछ घंटे थे। उसे उम्मीद थी कि नया एक्जीक्यूटिव प्रोड्यूसर उसकी रचनात्मक प्रक्रिया में बहुत अधिक दखलंदाजी नहीं करेगा।

□

15

डोराब सिल्वा
शुक्रवार, 13 नवंबर
सिटी लिंक रोड, एग्जिट-11
केस संख्या 55/63/2018/दिनेश ठाकरे

"बॉस, आपने कर दिखाया!" जूनियर इंस्पेक्टर गौड़ को यह देखकर आश्चर्य होता है कि सिल्वा उस दिन भी काम कर रहा है, जिस दिन उसकी छुट्टी है, पर इससे वह निश्चित तौर पर यह भी नहीं कह सकता कि सिल्वा सामान्य अवस्था की ओर लौट रहा है। "अगर तुम यह पूछना चाह रहे हो कि मैं काम करने की स्थिति में आ गया हूँ, तो हाँ, यह सच है। अभी वह ऑपरेशन कराना रह गया है। डॉक्टर का कहना है कि डिस्क को बदलने की जरूरत है। नहीं तो वैसे मैं ठीक हूँ। धन्यवाद।" सिल्वा के चेहरे पर पड़ती शाम के ढलते हुए सूरज की रोशनी के कारण लग रहा है, मानो उसने कांस्य का मुखौटा लगा रखा हो।

"मैंने तो बस, यही पूछा कि आपकी दवाएँ अभी भी चल रही हैं क्या?"

"ऐसा बोलते हुए तुम बेवकूफ-से लग रहे हो।" सिल्वा ने तेजी से कार निकाली।

"बॉस, आपसे बात करने में हमेशा मजा आता है।"

सिल्वा ने उसकी बात पर कोई प्रतिक्रिया नहीं दी, क्योंकि उसे अखबारों की हेडलाइनें याद आ गईं, जो पूर्वानुमान-युक्त थीं—

हत्या या दुर्घटना?
क्या अवसाद ही मुख्य कारण था?
छलाँग लगाई या धकेला गया?

पुलिस के हाथों अभी तक कोई सुराग नहीं लगा।

और जो हेडलाइन उसे सबसे अधिक पसंद आई, वह थी—

कानून व्यवस्था तंद्रा की अवस्था में!

"क्या तुमको लगता है कि मिस ठाकरे ने हमें सबकुछ बता दिया है? मुझे तो उस लड़की पर विश्वास नहीं है।" राथी ठाकरे ने किन तथ्यों को उसके सामने प्रकट नहीं किया होगा, यह सोचकर सिल्वा परेशान है। वह लड़की उन लोगों में से थी, जो रहस्यों को अपने तक रख लेते हैं।

"बेटी, वह कोई साध्वी नहीं है। वैलेंटाइन के साथ उसके संबंधों को लेकर अनेक रोचक कहानियाँ कही जा रही हैं और इस दौरान वैलेंटाइन का शारीरिक संबंध इसकी सौतेली माँ से भी रहा है, जैसा कि पत्रिकाओं में छपता रहा है—और मजे की बात यह है कि वैलेंटाइन की उम्र इतनी है कि वह उन दोनों ही महिलाओं का पिता भी हो सकता है!" गौड़ अपनी आँखें नचाते हुए कहता है।

"चुप रहो, गौड़! उसकी निजी जिंदगी हमारी जाँच का विषय नहीं है। लेकिन हाँ, मैं यह भी मानता हूँ कि कुछ-न-कुछ तो अजीब सा है उसमें।"

"बॉस, आप क्या उम्मीद करते हैं? उसका बाप बदचलन था, यह बात सब लोग जानते हैं। आपने उसका चेहरा देखा था, जब हम लोगों ने उसे यह दिखाया था…" गौड़ अपने हाथ में पकड़ी तसवीर को सामने करता है।

"वह अपनी काम-वासना इस तरह के कृत्रिम साधनों के प्रयोग की सहायता से किया करता था।" सिल्वा ने कहा।

"क्या पता, उसमें कामेच्छा शेष रह भी गई थी या इस तरह से वह इस कमी की क्षतिपूर्ति मात्र करता था! लेकिन जिस किसी ने भी उस बदचलन आदमी की हत्या की, वास्तव में उसने तो उस पर एक तरह से उपकार ही किया। मेरा तो ऐसा ही मानना है। उसका शरीर तो मादक द्रव्यों का पिटारा बन चुका था।" गौड़ ने दृढ़ता से अपनी बात रखी।

"सोचनेवाली बात यह है कि किसी ने उसके दवाइयोंवाले कैबिनेट को साफ कर दिया, पर हमें एक 'प्रिस्क्रिप्शन पैड' भी नहीं मिला। उसकी तरह दवाइयों को शरबत की तरह गटकनेवाले आदमी ने अपने पड़ोस के केमिस्ट से जरूर दोस्ती कर ली होगी। और ऐसा भी कहा जा रहा है कि वह उस कामोत्तेजक क्लब 'फेटलाइफ' से भी संबंधित था और बेटी कहती है कि उसे नहीं मालूम था कि उसका बाप इतना बदचलन था! बकवास है।" गौड़ का दिमाग कुछ भी नहीं सोच पा रहा है।

"उसे बिल्कुल नहीं पता था।" ये शब्द मानो चारों ओर से सिल्वा के दिमाग पर प्रहार करने लगे और वह कुंठित-सा हो गया। उस दिन वह छुट्टी ले सकता था, पर अकेले घर में समय बिताना उसे मंजूर नहीं था; क्योंकि उसे लगता था, उसकी पत्नी की मौत के अहसास ने मानो खत्म न होने की ठान ली थी।

वह अपनी मृत पत्नी के विषय में सोचने लगा। सिल्वा की माँ ने उसकी पत्नी के बारे में कहा था, 'वह बाजारू औरत लगती है।' और यह सुनकर वह उस पर क्रोधित भी हुआ था। वह स्वयं अपनी पत्नी के प्रति अपने प्यार को नहीं समझ पाया था। इस प्यार में वासना थी, नाजायज प्यार था। अपनी वासना को वह समझता था और नाजायज प्यार उसने किया। उसकी पत्नी वास्तव में यह कभी जान ही नहीं पाई थी कि सिल्वा के मन में उसके प्रति कैसा शारीरिक आकर्षण है! उसे विश्वास था कि उनके बीच का संबंध दो आत्माओं का संबंध था। लेकिन सिल्वा जानता था, यह प्यार उसकी शारीरिक भूख को शांत करने का एक माध्यम था। जब उसने उसके सामने विवाह का प्रस्ताव रखा था, वह नाव में बैठी हुई थी और सूरज डूब रहा था। वह पानी से तुरंत बाहर आई थी और उसकी भीगी बिकनी से पानी टपक रहा था। उसके हामी भरते ही वह मुसकरा उठा था। उस समय उसे नहीं मालूम था कि उसकी होनेवाली पत्नी को नशे की लत थी। लेकिन जब उसे इस बात का पता चल भी गया तो क्या इससे कुछ फर्क पड़ा था? उसे इसका कोई अंदाजा नहीं था।

"परिवार को कुछ बातों का पता कभी नहीं चलता है।" सिल्वा निकोटिन के धुएँ में डूबा हुआ है, "तुम्हें पक्का पता है न कि जिस औरत—मीना मेह। से हम लोग मिलने जा रहे हैं, वह हमारी इस छानबीन में उपयोगी सिद्ध होगी?"

"बॉस, हमारे आदमियों को कुछ समय जरूर लगा, पर यह खबर बिल्कुल सही है। कुछ पुराने नशेड़ियों ने उसे पहचान लिया है। उन लोगों ने कसम खाकर यह बात कही है कि यह रहस्यमयी लड़की हमेशा उस मीना मेह के आसपास देखी जाती थी।

"मिस मेह के पीछे डेढ़ दिन लगाना पड़ा है। उम्मीद है, वह हमारे लिए उतनी ही उपयोगी भी साबित होंगी।"

"बॉस, क्या मैंने आपको बताया नहीं था? अपने सुनहरे दिनों में मिस मेह इसी क्लब 'फेटलाइफ' का मुख्य आकर्षण हुआ करती थीं। मुझे उड़ती-उड़ती यह खबर भी मिली है कि किसी नाबालिग का बलात्कार करने के जुर्म में वह जेल भी गई थी। 'फेटलाइफ' की बात करते हैं। यह बी.डी.एस.एम. के प्रतिभागियों के लिए

अत्यधिक लोकप्रिय अंडरग्राउंड सोशल नेटवर्किंग साइट है। 41,000 किंकस्टरों की एक सूची है। वे अलग-अलग शहरों में रह रहे हैं।"

"नाम¨?"

"अभी तक नहीं मिले हैं। यह एक गुप्त पंथ है, जिसके सदस्य कुछेक सनकी लोग हैं। इसमें अजीबोगरीब ढंग से शारीरिक संबंध बनाए जाते हैं। मेरे पास एक और केस आया था, जिसमें पीड़ित के शरीर पर स्वयं ही अपने अंग विकृत किए जाने के निशान थे; ठीक वैसे ही, जैसे इस औरत के शरीर पर हैं।" गौड़ ने कहा।

"औरत नहीं, एक बच्ची। वह एक बच्ची है।" सिल्वा की आवाज तल्ख हो गई।

"मुझे लगता है, बेटी झूठ बोल रही है। आखिर, उसके पास कोई भी सुराग कैसे नहीं है?"

"हर अपराधी के परिवार की यही कहानी है। उनको ही सबसे बाद में पता चलता है।"

एक लंबी चुप्पी के साथ सिल्वा कार ड्राइव करता रहा। उसका दिमाग एक अजीब सी उलझन में भटकता रहा।

परिवार ही आपको सबसे अधिक परेशान करता है। परिवार ही सबसे अधिक परेशान होता है।

जब से सड़क दुर्घटना में उसकी पत्नी की मौत हुई, उसके सभी शुभचिंतक व रिश्तेदार उसकी पीठ पीछे व्यंग्यात्मक लहजे में बात करते रहते हैं, उसकी मरी हुई पत्नी को लापरवाही से ड्राइविंग करनेवाली महिला के रूप में पेश करते हैं। वही रिश्तेदार उससे यह उम्मीद करते हैं कि अब वह अपनी जिंदगी में आगे बढ़े, क्योंकि उसकी पत्नी को मरे तीन साल हो चुके हैं। उसकी पत्नी को उसकी नौकरी पसंद नहीं थी, लेकिन उसे लगा था कि धीरे-धीरे वह उसका मन जीत लेगा। उसे लगा था कि उसके पास समय था, उनके पास समय था। उसने सपने में भी यह नहीं सोचा था कि छत्तीस साल की उम्र में वह विधुर हो जाएगा। क्या हुआ, अगर वह औरत, जिससे उसने प्यार किया, नशेड़ी निकली? जब आप इस उम्र में होते हैं तो मौत ही वह आखिरी चीज होती है, जो आपके दिमाग में आएगी।

"बॉस¨उस मोड़ पर ध्यान दें¨आप ठीक हैं? आप मुझे ऐसे क्यों घूर रहे हैं?¨" गौड़ बोल ही रहा था कि सड़क के उस मोड़ के दूसरी ओर से एक गाड़ी तेजी से निकलकर सड़क पर आ गई। वह एक जीप थी—कीचड़ से सनी हुई। जीप

की मोटर इतनी तेज आवाज कर रही थी, मानो वह किसी चीज का पीछा कर रही हो। अचानक ही जीप ने अपनी दिशा बदली और सीधा उनकी कार की तरफ आने लगी। सिल्वा ने कार के गियर को बदलते हुए उसे 0 से 70 पर लाने की कोशिश की और कार एक बड़े से पेड़ से केवल कुछ इंच की दूरी पर आकर रुक गई। कीचड़ से सनी उस जीप की हलकी सी रोशनी आ रही है और इतनी जोर की घरघराहट हो रही है कि ऐसा लगता है, मानो ब्रेकों का इस्तेमाल बहुत ही बुरे तरीके से किए जाने के कारण जीप के टायर ठीक से काम नहीं कर पा रहे हों और धूल के गुबार में जीप नजरों से ओझल हो जाती है। तेल की महक और जले हुए ईंधन की गंध अभी तक मौजूद है। सिल्वा को लगता है, मानो उसके सीने में दिल ने धड़कना बंद कर दिया है। मौत से बाल-बाल बचने के कारण गौड़ का चेहरा भय से सफेद पड़ गया है।

"जीप बहुत करीब से निकली थी। उसका नंबर नोट किया?" सिल्वा ने बदहवास होकर कार का निरीक्षण करते हुए पूछा।

"हाँ; पर बॉस, सारी गलती उसकी ही नहीं थी।"

"तब ठीक है। मुझे लगता है, उसने हमारी कार का नंबर नहीं लिया होगा। कार में बैठो।"

"बॉस, कार मुझे चलाने दें।"

"बकवास मत करो, गौड़, अंदर बैठो।"

"बॉस! देखिए, मैं अपने रिटायरमेंट के फायदों को बढ़ाने की एक कोशिश करना चाह रहा हूँ।"

"चुप रहो, बेवकूफ!"

"मुझे कार चलाने दें।" वह फिर कहता है। अब सिल्वा उसकी बात मानकर पीछे की सीट पर चला जाता है और अपने चेहरे को गीले तौलिए से लपेट लेता है। अपना काम पूरी दृढ़ता के साथ करने का इरादा करते हुए बाकी की यात्रा दोनों चुप रहकर तय करते हैं। रास्ते में धूल भरी चौड़ी सड़कें, अंधी गलियाँ, बूढ़े आदमी, गंदे कुत्ते, बिना ढक्कनवाले प्लास्टिक के कूड़ेदान, मल-त्याग करते बच्चे और अपने सिर पर बाँहें धरे लेटी हुई आलसी औरतें, जो दिन भर किए अपने कामों के बारे में सोच रही होंगी, को पार करते हुए गौड़ गाड़ी चलाता रहा। यह सब असाधारणता और साधारणता का एक अबाध क्रम-सा लग रहा था। कुछ स्टूडियो और सस्ते होटलों को पार करते हुए वे लोग मूनबीम स्टूडियोज, ऑफ एग्जिट सेवन, सिटी लिंक रोड पहुँच गए।

□

16

शुक्रवार, 13 नवंबर

केस संख्या 55/63/2018/दिनेश ठाकरे

मीना मेह

मूनबीम स्टूडियो, सिटी लिंक रोड, एग्जिट 7

यूनिट का कैंटीन बॉय सावधानीपूर्वक प्लेटों व बरतनों को मेज पर करीने से रख रहा है, क्योंकि उसे मालूम है कि वह पुलिस अफसरों को सर्व कर रहा है। थका हुआ और धूल से लथपथ गौड़, जो वास्तव में बहुत भूखा है, यह सब देखकर संतोषपूर्वक सिर हिलाता है। चेहरे पर एक लंबी सी बनावटी मुसकान चिपकाए सेट का प्रोडक्शन कोऑर्डिनेटर चेड्डी सिल्वा से हाथ मिलाते हुए कह उठा कि मीना मेह फिल्म के एक महत्त्वपूर्ण दृश्य की शूटिंग पूरी करके उनके सवालों का जवाब देने आएगी।

"ऑफिसर, तब तक आप लोग शो का मजा लीजिए।" चेड्डी ने आँखों से इशारा करते हुए कहा। इस इशारे का मतलब कुछ भी हो सकता था। सिल्वा को चेड्डी ऐसा आदमी लगा, जिसके शहर आने के दो ही कारण हो सकते हैं—पहला, पैसा बनाना और दूसरा, उस पैसे को तिगुना करना।

चेड्डी की फिल्म का हीरो भारी-भरकम शरीरवाला एक गंजा-सा आदमी था, जिसका पेट थोड़ा सा बाहर निकला हुआ था। एक बेहूदे से विग से उसने अपना गंजापन तो छिपा लिया था, पर पेट को छुपाना मुश्किल होता है। प्रोड्यूसर के हाथ हिलाकर इशारा करने और जोर-जोर से कुछ बोलने पर एक दुबली-पतली साँवली-सी लड़की एक सस्ता-सा 'वेडिंग' जैसी डिजाइनवाला गाउन पहने अपना सीन करने के लिए स्टेज पर चढ़ती है। अकेला कैमरामैन ऊबा हुआ और ऊँघता हुआ-सा लग रहा है।

"यह सब उदासी से भरा हुआ है।" गौड़ ने कहा।

"यह उतना ही अच्छा है, जितना यह हो सकता है।" चेड्डी की कल्पना-शक्ति इससे बेहतर हो नहीं सकती, सिल्वा का ऐसा विचार है। संगीत के बजते ही चमकीले कपड़े पहने डांसरों ने नाचना शुरू कर दिया। वे सब उत्कृष्ट भाव-भंगिमा प्रकट करने का प्रयास कर रहे थे; पर इसकी कमी स्पष्ट रूप से दिख रही थी। मुख्य नायिका, जो दिखने में सुंदर थी, कुछ अधिक ही भावावेश में बोल रही थी। उसके हाव-भाव से कुछ ज्यादा जोर लगाकर बोल रही थी, मानो उसके लिए उनका कोई अर्थ ही नहीं।

"ओ सुंदर पुरुष, मुझे ले चलो¨ मुझे ले चलो!"
"मेरे प्यार, मेरे हमदम, मेरे हाथों में अपना हाथ दो¨
मैं तुम्हें एक दूसरी ही दुनिया में ले चलूँगी¨ "

अभिनय का यही भोंडापन उसमें शर्मिंदगी का भाव पैदा कर रहा था, तो उससे उत्पन्न हास्य उसे मुसकराने पर भी मजबूर कर रहा था। कुल मिलाकर, यह एक्ट एक विचित्र सी अनुभूति पैदा कर रहा था, मानो कोई विकलांग बच्चा रेस में दौड़ने की जिद कर रहा हो। ठीक उसी समय मीना मेह अंदर आई। सेवन किए जा रहे मादक द्रव्यों की गंध अभी भी उसके साथ है। वह सुनहरे रंग के शॉर्ट्स व ब्रेस्टिपर्स में है। एक अजीब सी चुप्पी के साथ वह वहाँ ऐसे बैठ जाती है, मानो पुलिस अफसरों की मौजूदगी का उस पर कोई असर न हो।

"यह तो नकली है।" वह ऊँचे और स्पष्ट स्वर में बोल पड़ी, जब उसने पाया कि गौड़ उसे घूर रहा है। "मुख्य हीरोइन तो मैं हूँ। हर एक्टर के बदले उसकी जगह पर किसी और को रखा जा सकता है, पर मेरी जगह पर किसी और को नहीं रखा जाएगा। स्टेज पर जो लड़कियाँ हैं, वे सब फिलर मात्र हैं। जब किसी चीनी या जापानी पात्र के लिए मुख्य अभिनेत्री की जरूरत होती है तो ये लोग मुझे ही खोजते हैं।" यह कहकर वह यह प्रकट करना चाहती है कि वह कितनी महत्त्वपूर्ण है!

सफेद रोशनी में मीना थोड़ी छोटी दिख रही है। हालाँकि, उसे अधेड़ महिला नहीं कहा जाएगा, पर फिर भी, गौड़ के मन में उसके लिए ब्यूटी क्वीन की जो छवि थी, वह जरूर आहत हुई थी। गौड़ का अनुमान था कि मीना की उम्र 35 से 40

वर्ष के बीच रही होगी; पर जब उसकी आँखों के नीचे काले घेरों पर नजर पड़ी तो उसकी उम्र में दो साल और जोड़ दिए।

"आप लोगों ने मेरी शूटिंग देखी? आपका क्या खयाल है?" उसने कुछ ऊँची आवाज में पूछा।

"आपकी एक्टिंग बहुत असरदार थी।" सिल्वा ने कहा।

"यह फुल लेंथ की फीचर फिल्म है, जिसमें सेक्स सीन, हत्याएँ और बलात्कार की कई घटनाएँ दरशाई गई हैं। क्या मैं किसी मुश्किल में हूँ?" अचानक ही उसकी आवाज कुछ धीमी हो गई और लहजे में इतना अपनापन आ गया, मानो किसी पुराने दोस्त से अपनी बातें साझा कर रही हो, न कि किसी संदेहग्रस्त पुलिस अफसर के सवालों का जवाब दे रही हो।

"क्या आपको होना चाहिए?"

मीना ने सतर्कतापूर्वक नजर उठाकर देखा। सिल्वा को उसकी आँखों में धूर्तता की वही चमक दिखी, जो उन अपराधियों की आँखों में होती है, जो निर्दोष होने का ढोंग कर रहे होते हैं और जिन्हें यह बता दिया गया होता है कि जिस सजा के वे लायक हैं, उससे कम सजा उन्हें मिलने वाली है।

"मि. चेड्डी मुझे फिल्म से बाहर निकाल देंगे।" वह मूर्खतापूर्ण ढंग से बड़बड़ाती है।

"मिस मेह, मि. चेड्डी आपको क्यों निकाल देंगे?"

"क्योंकि अगर उन्हें लगेगा कि मैं किसी बड़ी मुसीबत में हूँ तो वह मेरे रोल के लिए किसी और को आसानी से खोज लेंगे। पुलिसवालों का आना कोई भी पसंद नहीं करता।"

"फिर तो हमें समय बरबाद नहीं करना चाहिए। मुझे यह कहाँ मिलेगी?" बोलते हुए सिल्वा ने एक तसवीर उसके सामने रख दी। मीना ने पहले तो अपना मुँह खोला, पर फिर बंद कर लिया, जैसे कोई मछली हवा लेने के लिए मुँह खोलती है और फिर बंद कर लेती है। और फिर, मानो मीना की तरह की सूचना देकर वह खुद को मुसीबत में नहीं डालेगी। कम-से-कम तब तक तो कुछ नहीं ही बताएगी, जब तक कि वह यह न जान ले कि ये पुलिसवाले उससे क्या कहने वाले हैं!

"नहीं, मैं इस चेहरे को नहीं पहचानती।" हलके स्वर में बोलते हुए वह फोटो आगे सरका देती है।

"क्या आपको पक्का यकीन है कि आप सही कह रही हैं? क्योंकि हमें मिली जानकारी किसी और ही बात की ओर इशारा कर रही है।" सिल्वा ने ब्रांडी के गिलास को नीचे रखा और डरानेवाले अंदाज में अपनी उँगलियाँ चटकाते हुए तसवीर को फिर से आगे सरका दिया। सिल्वा को अहसास हो चला है कि मीना की कॉग्नेक आँखें वास्तव में कॉण्टेक्ट लेंस हैं।

"क्या आपको मालूम है, मिस मीना, कि पुलिस अफसर के सामने आप जो कुछ कहते हैं, अंत तक आपको अपनी उसी बात पर कायम रहना होता है? और फिर, जो कुछ भी आपने कहा हो, सच या झूठ, उसका परिणाम भुगतने के लिए भी तैयार रहना चाहिए। अगर अभी आपने झूठ बोला है तो फिर आगे भी झूठ ही बोलना पड़ेगा और फिर एक छोटे से झूठ को सच साबित करने के लिए न जाने कितने और झूठ बोलने पड़ सकते हैं! और इस तरह, एक छोटी सी गलती के चलते आप गलतियों के जाल में फँसते जाते हैं। निश्चित तौर पर, आप इस झंझट में नहीं पड़ना चाहती होंगी।" सिल्वा के बोलने का अंदाज कुछ खास था—उकसानेवाला और सुरक्षित। मीना तय नहीं कर पा रही थी कि उस पर विश्वास करे या नहीं?

"इस तरह के झंझट हमेशा आते ही रहते हैं।" मनहूसियत भरे स्वर में गौड़ बोल पड़ा।

"इससे पहले कि आप कुछ कहें, मैं आपको बता दूँ कि हमारे पास इस लड़की की और भी कई तसवीरें हैं, जिसमें आप और कुछ अन्य लड़कियाँ भी उस आदमी के साथ दिख रही हैं, जो अब दुर्भाग्यवश मर चुका है। आप जानती हैं, मैं किस मरे हुए आदमी के बारे में बात कर रहा हूँ? मि. ठाकरे की मौत की खबर चर्चा का विषय बनी हुई है—एक लड़की गायब है और एक आदमी मर चुका है। और कुछ तसवीरों में आप उन दोनों के साथ हैं। मेरे पास अच्छी-खासी वजह है आपको पुलिस स्टेशन बुलाने की।"

"आप यकीन के साथ कैसे कह सकते हैं कि मैं उसे जानती हूँ? हो सकता है, यह लड़की मेरी फैन हो और इसलिए मेरे साथ फोटो खिंचवा ली हो।…" उसकी आवाज में घबराहट साफ झलक रही थी।

"हमारे पास आप दोनों की ऐसी तसवीर भी है, जिसमें आप दोनों उस आदमी, जो अब मर चुका है, के साथ ऐसे पेश आ रही हैं, जिससे साफ पता चल जाता है कि आप लोग प्रशंसिका मात्र तो बिल्कुल नहीं हैं।" सिल्वा ने अँधेरे में तीर छोड़ा। मीना मेह व्यग्रता में अपने होंठ काट लेती है।

"तो ये तसवीरें ही आपके पास पुख्ता सुबूत हैं। आजकल तसवीरों में चेहरों को बदलना कोई मुश्किल काम नहीं है।" उसने कहा, "बिल्कुल सही। तकनीक की सहायता से कुछ भी अजूबा किया जा सकता है। कुछ ही दिन पहले मैंने एक तसवीर देखी, जिसमें मंडेला हिटलर के साथ खड़े थे और कसम से, तसवीर बिल्कुल वास्तविक लग रही थी। पर जहाँ तक इन तसवीरों की बात है, मैं आपको बता दूँ कि इस लाइन में आपसे काफी पहले से आए हुए एक सीनियर आर्टिस्ट ने कहा है कि यह तसवीर असली है।"

"मेरा इन सब बातों से कोई लेना-देना नहीं है।" अब तक जिंदादिल और भावुक-सी दिखनेवाली मीना संदेह से भर चुकी थी।

"मैंने तो कभी नहीं कहा कि आपका इन सबसे कोई वास्ता है! क्या मैंने ऐसा कहा? आप यहाँ अपने दोस्तों से पूछ लें। कई लोगों ने यह बात कही है कि आप उसे अच्छी तरह से जानती थीं। और यह आदमी भी अब तो मर चुका है।"

"देखिए, यहाँ हर कोई हर किसी को जानता है। लोगों को जानना तो कोई अपराध नहीं। यह एक छोटी सी दुनिया है।" कमजोर सी आवाज में उसने कहा।

"जितनी जल्दी आप मुझे इस लड़की के बारे में बता देंगी, यह दुनिया बेहतर भी हो जाएगी।"

"हम्म···ठीक है, मुझे एक बार फिर से देखने दीजिए।···मैं पहले इसे पहचान नहीं पाई, पर अब मुझे लगता है कि यह उस लड़की जैसी दिखती है, जिसे मैं जानती थी···मुझे लगता है, इसका नाम शायद हीरी या ऐसा ही कुछ था। एक मिनट···यह हीरी की बेटी एस्टे भी हो सकती है। बेटी की शक्ल माँ से बहुत मिलती थी। रुकिए, यह काफी पुरानी तसवीर लग रही है। यह हीरी ही होगी। हाँ, बिल्कुल, यह वही है—मखौल उड़ाती बिल्ली जैसी आँखें, मानो वह हम सबसे सुंदर दिखती हो। वह खुद को बहुत खास समझती थी, मानो किसी जादुई जगह से निकलकर आई हो··· क्या बेहूदी बात है! हमेशा कोक के नशे में धुत्त रहना और अपने सुंदर चेहरेवाले राजकुमार के बारे में बातें करते रहना। अगर आप उसके बारे में मेरे विचार जानना चाहेंगे तो मैं तो कहूँगी कि बिल्कुल पागल ही थी। हमेशा मुसीबत ही पैदा करती थी। उन लोगों ने तो उसे स्विश सेट से बाहर निकाल दिया था···।"

"स्विश सेट? इसका क्या मतलब हुआ?" सिल्वा ने पूछा, "शहर के जाने-माने लोगों के लिए लड़कियाँ 'फेट लाइफ' लाई जाती थीं। अब आप यह मत कहिएगा कि आपने इसके बारे में कुछ सुना नहीं है! अमीर लोग, बिजनेसमैन,

कॉरपोरेट, जाने-माने अभिनेता—सबके सब अमीर, जिनके पास इतना अधिक पैसा होता है कि उन्हें समझ में नहीं आता कि इन पैसों का क्या करें! आप समझते ही हैं कि ऐसे जाने-माने लोग···" उसने बताया।

"जाने-माने लोग? ठाकरे जैसे लोग?"

"हाँ, शायद···देखिए, क्लब में कोई भी अपने असली नाम का प्रयोग नहीं करता है। अधिकांश प्रोफाइल्स बिना नाम की थीं। इसलिए, मैं यकीन से नहीं कह सकती हूँ। यहाँ बिछाए गए जाल में लड़कियाँ मछलियों की तरह फँस जाती हैं। लोगों को उनकी यौन-रुचियों के आधार पर पहचाना जाता था—अपने शरीर पर लगी चोटों और रस्सी के निशानों की तसवीरें खींचते थे, अपने पार्टनर को पिंजरे में रखना, क्लैंप व क्लिप का प्रयोग करना, नन व पादरी का खेल खेलना, बेंत से पीटना जैसे अनेक प्रयोग किए जाते थे।"

"आप दोनों लंबे समय से क्लब की सदस्या थीं?" सिल्वा ने पूछा।

"मेरी तुलना में वह यहाँ ज्यादा लंबे समय तक सदस्या रही थी, यह मैं यकीन के साथ कह सकती हूँ।"

"आप इस क्लब की सदस्या नहीं रह गई थीं?"

"हाँ, आप ऐसा कह सकते हैं।"

"क्यों? जो पैसा मिलता था, उससे खुश नहीं थीं?"

"नहीं, ऑफिसर! मुझे यहाँ इतने अधिक घंटे बिताने होते थे, जो मुझे पसंद नहीं था।"

"अन्य लड़कियों के बारे में क्या कहना है? क्या आपको कोई और लड़की याद है, जो आप लोगों के साथ उठती-बैठती थी?"

"देखिए, ऐसा नहीं था कि हम लोगों की कोई यूनियन वगैरह थी। और कोई ऐसा भी नहीं था, जिससे दोस्ती की जा सके। मैंने कुछेक के साथ दोस्ती करने की कोशिश तो की, पर सफल नहीं हो सकी। ऑफिसर, मैं अपने सीन से ही नहीं, बल्कि अपनी स्किन से भी बहुत प्यार करती हूँ। लेकिन उसका यहाँ अच्छा-खासा नाम था। नहीं मालूम, उसे यहाँ कौन लाया था? उसने इस बारे में कभी कोई बात नहीं की। शुरू-शुरू में वह बड़ी-बड़ी पार्टियों में जाती थी, खूब पैसा कमाती थी। उसने अच्छा-खासा पैसा जमा कर रखा था; पर हाँ, थोड़ी पागल-सी थी। यहाँ आनेवाले पुरुषों में जो सबसे अधिक उत्तेजक होते थे, वे उसे पीटते थे।"

सिल्वा ऐसी स्त्रियों के बारे में जानता था। उनको किसी अन्य व्यक्ति पर या

स्वयं को शारीरिक पीड़ा देने पर ही यौन संतुष्टि प्राप्त होती थी। समय बीतने के साथ-साथ ऐसी स्त्रियाँ अपने पुरुष साथी से और अधिक शारीरिक पीड़ा देने की माँग करने लगती थीं।

"बस, मैं आपको इतना ही बता सकती हूँ।" उसका लहजा सपाट और थका-थका सा था।

"क्या आप इतना ही जानती हैं?"

"वह हर समय नशे में धुत्त रहनेवाली एक पागल-सी लड़की थी। दिन में उसे राक्षस दिखाई देते थे, एक दिन अपनी बेटी एस्टे को खोजने में उसने तमाशा खड़ा कर दिया था। जब एस्टे वापस आई तो वह गर्भवती हो चुकी थी। इसकी कोख में बच्चा था। हीरी चीखती-चिल्लाती रही। यहाँ किसी के पास यह सब तमाशा देखने का समय नहीं होता। मैं और कुछ नहीं जानती। आप उसे उस 'ड्यून' में खोज सकते हैं।" कहते-कहते मीना मेह उठ खड़ी हुई।

"ठीक है। अभी के लिए मैं आपकी बात मान लेता हूँ। लेकिन आपके पैरों पर ये निशान कैसे हैं? लोगों का कहना है कि इससे पीड़ा होती है।"

मीना मेह जब अपनी कुरसी से उठी तो उसकी तिरछी निगाहें दहकती हुई छोटी सी भट्ठी का अहसास करा गईं। "मैं एक कलाकार हूँ, एक अभिनेत्री हूँ। इस शहर में कुछ नहीं होने का अहसास कैसा होता है, यह समझने के लिए आपको इस क्लब का सदस्य बनना ही पड़ता है। पर मैं कोई वेश्या नहीं हूँ, कम-से-कम यहाँ की अधिकांश स्त्रियों या पुरुषों की तुलना में कम बदचलन तो जरूर हूँ। प्यार आपके बिलों का भुगतान तो नहीं करेगा न! इसलिए अगर आप में कोई प्रतिभा नहीं है तो फिर अपने महँगे शौकों को पूरा करने के लिए वेश्यावृत्ति ही एकमात्र तरीका रह जाता है। आपको पता है, इसे सुंदर 'ड्यून' की घाटी कहा जाता है। यही वह जगह है, जहाँ शहर के अमीर लोग उनको छुपाकर रखते हैं, जिनका सामने आना उनके लिए शर्मिंदगी की वजह बन सकती है।" एक अजीब से गर्वीले अंदाज में अपने पंखवाले टोप को सिर पर व्यवस्थित करते हुए मीना मेह वहाँ से चल देती है।

"बॉस, आपका क्या खयाल है?" गौड़ ने पूछा।

"सोचना क्या है? चलो, चलते हैं 'सुंदरता की घाटी' की ओर।"

□

17

शुक्रवार, 13 नवंबर
केस संख्या 55/63/2018/दिनेश ठाकरे

X लड़की
द ड्यून

यह 'ड्यून' कुरूपता की सारी परिभाषाओं को गलत साबित करने जैसा था। घिनौनी व भद्दी आवाजें आ रही थीं। चारों ओर नशीले पदार्थों की गंध फैली हुई थी। इस इलाके का पूरा माहौल ही बहुत अधिक घिनौना और मनहूसियत भरा था। जिंक शीट से बनी छतों से टपकता पानी नीचे खस्ताहाल सड़कों पर गिर रहा था। सड़कों के दोनों ओर मल-मूत्र, इस्तेमाल में लाए हुए कंडोम बिखरे पड़े थे। कुल मिलाकर, यह जगह इतनी भद्दी और गंदी थी कि एक बार नजर पड़ जाने के बाद आप दोबारा इसे देखने की हिम्मत नहीं जुटा सकते। मीना मेह द्वारा बताई गई 'सेक्स शॉप', जो 'फेट लाइफ' क्लब के सदस्यों की पसंदीदा जगह थी, में अच्छी-खासी चहल-पहल थी। लगता था, 'सेक्स शॉप' का बिजनेस खूब चल रहा था। शॉप के बाहर लगाए गए निओन बल्ब की रोशनी उन पोस्टरों पर पड़ रही थी, जिनमें वहाँ उपलब्ध 'सेवाओं' की पूरी रेंज दी हुई थी। शॉप के शेड में लड़के-लड़कियों का एक ग्रुप खड़ा था, जो अपना काम बिल्कुल प्रोफेशनल ढंग से करता था। वे सबके सब इस काम में पारंगत थे और अप्राकृतिक यौन-क्रियाओं के हर रूप को अपनाने के लिए तैयार रहते थे। इस इलाके में छोटे-छोटे 'स्ट्रिप क्लब' थे, जिनका आगे का भाग ऑल नाइट बार के रूप में दिखाया जाता था। ऐसे हर बार के बाहर दुबली-पतली लड़कियाँ छोटी-छोटी बिकनी और

चीते की खाल जैसी प्रिंटवाली हिल्स पहने, हाथों में सस्ता सा प्लास्टिक का पर्स लटकाए इधर-उधर टहल रही थीं।

जब वे कॉलगर्ल्स एक-दूसरे से टकराईं तो जोर से चिल्ला उठीं, "वू...हू...हू!"

"हम तुम्हारे साथ चलने को तैयार हैं। कितना पैसा दोगे?" गौड़ ने उनकी ओर देखा, "इन लड़कियों को देखिए। निस्संदेह कार या पिकअप ट्रक की बैक सीट पर ही इनको गर्भ ठहरा होगा।"

अचानक 'सेक्स शॉप' पर जोर का शोरगुल होने लगता है। दो औरतों के बीच पैसों को लेकर हाथापाई हो रही थी।

"अरे, यहाँ क्या चल रहा है?" गौड़ वहाँ पहुँचकर उन लड़ती हुई औरतों को एक-दूसरे से अलग करता है। दोनों ही औरतें इतनी क्रोधित थीं कि अगर उनका वश चलता तो एक-दूसरे की आँखें ही नोच डालतीं। पुलिस की वरदी देखते ही उनका गुस्सा शांत हो गया। वह पतली सी लड़की, जिसके नाक-नक्श सुदूर पूर्वी क्षेत्रों में रहनेवालों की तरह दिखते थे, उसके होंठों से खून बह रहा था और वह मोटी तथा धूर्तता से भरी आँखोंवाली औरत, जिसने उस पर हमला किया था, अपने अक्खड़ अंदाज से देनदार लग रही थी, जो शायद अपना पैसा वसूल नहीं कर पा रही थी।

"तो कौन दलाल है और कौन वेश्या?" गौड़ ने गरजते हुए अंदाज में पूछा। इस साधारण से प्रश्न ने उस दुबली लड़की को अपने इस झगड़े को एक साधारण सी बहस बताने के लिए बाध्य कर दिया। पर वह अपने क्षेत्र की भाषा में बात कर रही थी, इसलिए स्थिति और जटिल हो गई। पुलिस अफसरों को लगा कि शायद अधिक नशा कर लेने के कारण वह चीजों को सही ढंग से बता नहीं पा रही है।

"हम इस लड़की को कहाँ पा सकते हैं?" सिल्वा ने उस शोर-शराबे के बीच में ही उस लड़की के सामने तसवीर फेंकते हुए पूछा।

लड़की ने तसवीर को थोड़ी देर देखा और फिर उसके चेहरे पर मूर्खता भरी हँसी उभरी; पर अगले ही क्षण उसका चेहरा भावहीन हो गया।

गौड़ ने ठंडी साँस भरी।

"सुनो, अगर तुम सोचती हो कि तुम हम लोगों की बात अनसुनी कर पैसे कमाने में लग जाओगी, तो तुम गलत सोचती हो। बॉस के सवालों का जवाब दो।" गौड़ ने 'बॉस' उँगलियों को आर्क की मुद्रा में घुमाते हुए कहा, जो पूरे शहर की ओर इशारा कर रहा था।

"तो, या तो अपना मुँह खोलो या फिर तुम पर इतने सारे आरोप लगाकर जेल में डाल दिया जाएगा कि तुम वहाँ से कभी बाहर नहीं निकल पाओगी···और अगर बाहर आ भी जाओगी तो तुम्हारी हालत एक जोकर से भी बदतर होगी। यहाँ पर यह जो कूड़ा-करकट बिखरा पड़ा है, उसे भी शायद तुम पर फेंका जाना गवारा न हो।"

उसने अपनी बात पर जोर डालने के लिए उस भिखारी की ओर उँगली से इशारा किया, जो उसी कूड़े के ढेर में शायद खाने की कोई चीज या कोई और उपयोगी चीज ढूँढ़ रहा था। वह भिखारी अपने हाथों की उँगलियों के नाखूनों से मैल निकालकर, उसकी छोटी-छोटी गोलियाँ बनाकर मुँह में रख लेता है और लँगड़ाते हुए उनकी तरफ बढ़ता है। गौड़ उसको वहाँ से भगा ही देता, अगर सिल्वा ने उसे रोक न दिया होता। भिखारी हाथ से इशारा करता है कि वह पैसों के बदले उन्हें कुछ जानकारी दे सकता है; पर दोनों पुलिस अफसर चकित हो उठते हैं, जब वह पुलिस कार की बैक सीट पर उछलकर बैठ जाता है और कहता है, "मैं आप लोगों को उसके पास ले चलूँगा—आप लोगों को उस लड़की के पास ले चलूँगा। 'रूबी ब्लू' चलें। वह इस इलाके की सबसे बढ़िया सेक्स शॉप है!" कहते हुए वह आँखें झपकाता है।

एस्टे

द ड्यून

वह ऐसी लड़की तो नहीं दिखती, जिसने अपनी आत्मा शैतान के हाथों बेच दी हो—यही वह पहला खयाल था, जो सिल्वा के मन में एस्टे को देखने के बाद पैदा हुआ था। वह स्ट्रीट लाइट के नीचे एक टूटे हुए ए.टी.एम. की दहलीज पर खड़ी थी। हाथ में एक छोटा सा बंडल था। सिल्वा ने देखा कि उसने ऐसे कपड़े नहीं पहन रखे थे, जिनसे अंग प्रदर्शन हो और न ही वह नशे में लग रही थी। अगर वह इस बदनाम इलाके के बजाय किसी दूसरी जगह पर खड़ी होती तो कोई भी यही समझता कि वह कोई नौकरी-पेशा लड़की है, जो कैब का इंतजार कर रही है। उसकी बाँहों में जो बंडल है, उसमें कुछ हलचल-सी होती है तो सिल्वा को अहसास होता है कि उसने बाँहों में एक बच्चे को थाम रखा है। जैसे-जैसे वह लड़की के करीब पहुँच रहा है, उसे वह उतनी ही अधिक सुंदर लग रही है। सुनहरी त्वचा एवं छरहरी काया वाली इस लड़की में उसे स्वाभाविक सौंदर्य का बोध होता है और यह बात उसे दुःखी कर देती है।

लड़की की दृष्टि स्पष्ट और सीधी है। जब वह उनकी ओर बढ़ती है, न जाने क्यों, सिल्वा का दिल अजीब ढंग से धड़कने लगता है।

"आप मुझे खोज रहे हैं? मैं ही एस्टे हूँ।"

"तुम्हें पता था कि हम आ रहे हैं?"

"यहाँ खबरें तेजी से फैलती हैं।"

"तब तो तुम्हें यह भी मालूम होगा कि हम लोग यहाँ क्यों आए हैं!"

"जब आप इन गलियों में देर तक रह जाते हैं तो आपको शैतान के बारे में भी पता चल जाएगा।" न जाने क्यों, पर वह उसकी बात पर विश्वास करना चाहता है।

"क्या तुम कार के अंदर आ सकती हो?…मेरे कहने का मतलब है कि हम तुमसे कुछ बात करना चाहते हैं।"

"मैं यहीं पर बात करना चाहूँगी। मैं पुलिसवालों के साथ तब तक कहीं नहीं जाती, जब तक कि वे पैसे न दे दें; और ऐसा कभी होता ही नहीं।" उसने स्पष्ट शब्दों में अपनी बात रख दी, "इसके अलावा, मेरा घर पास ही में है।"

"ठीक है, एस्टे! अगर तुम यहाँ ऐसे खड़ी रहकर बात करना चाहती हो तो मुझे भी कोई एतराज नहीं है। लेकिन इसमें कुछ ज्यादा समय लग सकता है और तुम्हारे बच्चे को भी ठंड लग रही है।" सिल्वा को ऐसा लग रहा है, मानो वह किसी लड़की को डेट पर चलने के लिए कह रहा हो।

गौड़ कार के अंदर से फुत्कारता है।

"बच्ची ठीक है।" एस्टे सोती हुई बच्ची को थपथपाते हुए कहती है, "मैं अपनी माँ के लिए आइसक्रीम खरीदना चाहती थी। उसे बहुत गरमी लग रही है।"

"हम लोग उस कोने में चलकर बातें करते हैं। वहाँ पर आइसक्रीम की दुकान भी है। मैं आइसक्रीम खरीद दूँगा।" सिल्वा ने कहा।

"जैसा डेट पर करते हैं?" एस्टे ने पलकें झपकाते हुए पूछा।

"हाँ। यहाँ सभी लड़के स्काउट और लड़कियाँ गाइड हैं।" सिल्वा ने कहा। गौड़ ने और जोर से फुत्कार भरी।

"और उसका क्या?" जब एस्टे ने गौड़ को देखा तो उसके माथे पर बल पड़ गए।

"उसके चेहरे पर ध्यान मत दो। वास्तव में वह अच्छा आदमी है। वह चुपचाप पीछे बैठा रहेगा।" गौड़ पीछे की सीट पर और पसरकर बैठ गया।

"इस वक्त बाहर निकलने पर डर नहीं लगता।" सिल्वा ने पूछा।

"डर! नहीं! किससे डरूँ? आप जैसे पुलिसवालों से?"

"उनसे भी?"

"डर? नहीं। वितृष्णा जरूर पैदा होती है। खासकर तब, जब पुरुष यह सोचते हैं कि इन ठंडी रातों में किसी मानव-देह की गरमी का अनुभव करने में कुछ गलत नहीं है और बदले में चाहते हैं कि मैं उनकी शुक्रगुजार रहूँ, मानो वे सब पुरुष न होकर भगवान् हों! और फिर, वे लोग पैसे भी नहीं देते हैं। मुझे लूटा जाता है। मेरा बलात्कार किया जाता है। मुझे पीटा जाता है। सच बात यह है कि कभी-कभी कोई-न-कोई ऐसा आदमी मिल जाता है, जो हावी होना चाहता है। अगर मुझे पैसे दे दिए जाएँ तो फिर ठीक है। केवल ईश्वर के लिए ही मैं बिना दाम के बिक सकती हूँ और ईश्वर अलग-अलग तरीकों से मेरी परीक्षा लेता रहा है। लेकिन आप औरों जैसे नहीं लगते।"

"ठीक है, तब हम अपनी डेट पर चलें!" गौड़ अपनी आँखों की पुतलियों को खास अंदाज में घुमाता है। एस्टे एक वनीला ब्रिक और एक पिस्ता कोन लेती है।

"तो तुम जानती हो कि हम यहाँ क्यों आए हैं?" सिल्वा जानना चाहता है।

"हाँ, उन लोगों ने बताया कि दो पुलिस अफसर एक खास औरत को ढूँढ़ रहे हैं। मैंने सोचा कि बात करने के बदले में मुझे पैसे मिलेंगे।" उसने कोमल आवाज में कहा, "मैं किसी मुसीबत में नहीं पड़ना चाहती। मुझे अपनी बच्ची का खयाल रखना है।"

"और माँ का भी?"

"माँ? यकीनन हाँ। क्या मैं किसी मुसीबत में हूँ?"

"हम लोगों से बात करने के कारण। नहीं?"

"मैंने इन सड़कों पर इतना समय बिताया है कि मुझे लोगों की नीचता का पता चल जाता है। आप नीच नहीं लगते।" एस्टे की आवाज कँपकँपाती चुप्पी में खो जाती है।

"तुम्हारी वास्तविक उम्र क्या है?" सिल्वा ने पूछा।

"इतनी बड़ी तो हो ही चुकी हूँ कि अपनी स्थिति समझ सकूँ।" उसने फटकारते हुए कहा। तभी उसकी बच्ची ने अपनी गुदगुदी उँगलियों से उसके गाल को पकड़ा तो वह खिलखिलाकर हँस पड़ी। बच्ची सिल्वा को अपनी साफ और निडर आँखों से टकटकी लगाकर देखने लगी। सिल्वा उन आँखों की असाधारणता पर मंत्रमुग्ध हो गया।

"इसकी आँखें असाधारण हैं··· यानी मतलब तुम्हारी आँखों से बिल्कुल अलग हैं।" उसने कहा।

"मैं समझ रही हूँ आपका मतलब। इसकी आँखें अपने पिता से मिलती हैं।"

"क्या वह भी यहीं है?" इस बात को इससे बेहतर ढंग से नहीं पूछा जा सकता था।

"नहीं, इसके पिता की मौत हो चुकी है।" उसने मुसकराते हुए कहा।

सिल्वा ने इस संबंध में और आगे नहीं कुरेदा।

"आक्छी!··· कायी, तुमने मेरे कपड़े गंदे कर दिए।" कहते हुए एस्टे ने अपनी जेब से एक रूमाल निकाला। बच्ची होंठों को गोल कर अपना आश्चर्य प्रकट करती है।

"उन लोगों की सुंदर त्वचा मुझे अचंभे में डाल देती है।" उसने बात बदलते हुए कहा, "इतनी अच्छी और खूबसूरत! जिंदगी का कड़वा अनुभव अभी तक कायी को नहीं हुआ है।"

"यह नाम असाधारण है। इस नाम का अर्थ क्या है?"

"इसके अंकल ने इसका यह नाम रखा है। तो आप मुझसे क्या पूछना चाहते थे?" उसने उसकी बात बीच में ही काटते हुए कहा।

"मैं तुमसे इस लड़की के बारे में पूछना चाहता था।" सिल्वा ने उसे वह तसवीर दिखाते हुए कहा। उसकी भाव-भंगिमा में आ गई स्थिरता और रहस्यमयी चुप्पी या तो इस मामले की गंभीरता के कारण थी या फिर दिन भर की थकान की वजह।

"इस लड़की के बारे में क्या? यह तो काफी लंबे समय पहले से ही लड़की नहीं रह गई थी।" सिल्वा के चेहरे पर परेशानी के भाव देखकर उसने कहा, "यही तो मेरी माँ है। इस तसवीर में यह जवान है। मैं भी काफी हद तक इसी की तरह दिखती हूँ, ऐसा लोगों का कहना है। हाँ, इस तसवीर में वही है।"

"यह तुम्हारी माँ है? तुम्हारी माँ? वह यहीं रहती है?"

"रहती है? वह बस, कहने भर को जिंदा है।"

"इस बात का क्या मतलब हुआ?"

"कहने का मतलब यह है कि वह केवल जिंदा ही है। बस, साँसें चल रही हैं। मरे हुए के समान ही है मेरी माँ··· उसका दिमाग ठीक से काम नहीं करता। लगता है, सबकुछ धुँधला सा गया है।" वह अपनी कनपटियों की ओर इशारा करते हुए बोली।

"अब तुम्हारी इस बात का क्या मतलब समझूँ?"

"देखिए, अगर आप चाहें तो मैं आपको उसके पास ले चलूँगी। आप खुद उसे देख लेना।" कहते हुए वह तेजी से पास की गली की ओर चल पड़ती है।

"ठीक है, हम तुम्हारी माँ से मिलना चाहेंगे।"

सिल्वा उसके पीछे चल पड़ता है। उसे इस बात का डर है कि उस इलाके के भूगोल से अपरिचित होने के कारण वह कहीं एस्टे को खो न दे! गौड़ मनहूस-सी चुप्पी के साथ चल पड़ता है।

"जहाँ तुम रहती हो, क्या वह जगह काफी दूर है? क्या तुम्हारे परिवार में माँ के अलावा भी कोई और है?" सिल्वा ने पूछा। पर एस्टे जवाब दिए बिना तेज कदमों से चलती रही।

एस्टे ने कहा तो था कि वह पास ही में रहती है; पर वास्तव में वह जगह उतनी करीब भी नहीं थी। समुद्र के किनारे-किनारे लगभग एक मील की दूरी उन लोगों ने तय की और फिर एस्टे के पीछे-पीछे वह मद्धिम रोशनीवाले बार में घुसे। बार में गहरे लाल रंग और गहरे नीले रंग का प्रयोग किया गया था, जो बार के नाम 'रूबी ब्लू' के अनुकूल ही था। वहाँ शराब पीनेवालों की इतनी भीड़ थी कि काफी सारे लोग बाहर ही खड़े थे और इस भीड़भाड़ के कारण साइन बोर्ड पर रोशनी नहीं पड़ पा रही थी। दोनों एस्टे के पीछे-पीछे चलते हुए किनारे निकलकर एक पतली सी गली में पहुँचे, जहाँ छोटे-छोटे कमरे बने हुए थे, जिनकी छतें काफी नीची थीं। छतों पर लहरदार टीन शेड पड़ी हुई थीं और सीलिंग पर नीले रंग की मोटी सी प्लास्टिक शीट लगी हुई थी। वीरान पड़े कॉरीडोर में केवल बल्ब, पंखे, लकड़ी के हुक और प्लास्टिक की बालटियाँ पड़ी हुई थीं।

"वह अंदर है···मेरी माँ, हीरी।"

हीरी

बहुत पहले ही खत्म हो चुकी खुशी और टूट चुके सपनों की गंध अब तक मानो उस कमरे में बसी हुई थी। कमरे के पिछले हिस्से में, जहाँ पूरी रोशनी भी नहीं पहुँच रही थी, एक मानव देह की झलक दिखाई पड़ती है। कमजोर, अंदर की ओर धँसे हुए गाल, ऊँचे जबड़े, जिसके कारण उसके दाँत बाहर की ओर निकले हुए दिख रहे थे। इन सबके बावजूद उसके और एस्टे के चेहरों की समानता चौंकाने

वाली थी। एस्टे ने सिल्वा के लिए कुरसी आगे खींची तो उसे लगा, मानो उसकी चमड़ी पर कुछ खरोंचा जा रहा हो और फिर, जब कुरसी की गंदी सी गद्दी पर वह बैठा तो सिहर-सा गया। कई तकियों का सहारा लेकर हीरी बैठ गई और आइसक्रीम खाने लगी। जब तक उसने आइसक्रीम खत्म नहीं कर ली, एक शब्द भी नहीं बोली। वह उसे इस तिरस्कारपूर्ण भाव से देख रही थी कि सिल्वा को आश्चर्य हुआ कि कोई वेश्या उसे ऐसी नजर से देख सकती है!

"मुझे अकेला छोड़ दो। तुम मेरा पीछा क्यों कर रहे हो?" हीरी ने एक सूती चादर से खुद को लपेटते हुए कहा, "नीच लड़की, तुम यह किसे लेकर आ गई हो?"

"माँ, ये पुलिस अफसर हैं।"

हीरी तसवीरों और पोस्टरों के एक ढेर को छुपाने के लिए अपनी बाँहों से उन्हें ढकने का प्रयास करती है; पर जब उसे लगता है कि ये पुलिसवाले उससे उसका खजाना छीनने का इरादा नहीं रखते हैं तो उसे चैन मिलता है।

"जो तुम्हें चाहिए, क्या वह तुम्हें इस लड़की से नहीं मिलेगा? अब मुझमें देखने जैसा कुछ बाकी नहीं रहा है।" हीरी गंभीर लहजे में कहती है।

"माँ, वह ऐसा कुछ पाने की चाह में नहीं आया है।"

"तुम तो अपना गंदा थोबड़ा बंद ही रखो!"

अब तक सिल्वा की आँखें अँधेरे में देखने की अभ्यस्त हो गई थीं। उसकी नजर कुछ फिल्मी अभिनेताओं के चमकीले पोस्टरों पर पड़ती है। वास्तव में, सारे पोस्टर्स एक ही फिल्म स्टार के हैं—नेविले वैलेंटाइन। वह गहरी साँस लेता है।

"उसे देखना बंद करो। वह केवल मेरा है।" पुराने दिनों की याद में खोकर हीरी की आवाज कुछ भारी हो जाती है।

"यह तो पोस्टर ही है, माँ! और ये लोग पुलिस अफसर हैं।"

"चुप रहो। सब एक जैसे ही होते हैं। औरत के संसर्ग की चाहत में ये मर्द लोग कहीं भी जा सकते हैं। अच्छा, तो यह मूर्ख लड़की बिना पैसे लिये ही तुम्हारे साथ है! यह आवारा लड़की पैसे लिये बिना ही आदमियों को यहाँ ले आती है! नीच आदमी, तुम क्या देख रहे हो?"

"अरे माँ, तुम भी क्या फालतू बात लेकर बैठ गईं!"

"तुम यहाँ क्यों आए हो? तुम्हें जो गंद मचानी है, वह तुम कहीं और भी जाकर कर सकते हो। यहाँ इतनी ठंड है और तुम इतना कमा भी रही हो—तो तुम

मेरे लिए हीटर क्यों नहीं खरीद देतीं! मैं ठंड से ठिठुरती रहती हूँ।" यह भूलकर कि कमरा इतना गरम है कि उसकी चमड़ी झुलस गई है, हीरी ठंड की बात कर रही है।

"माँ, यहाँ काफी गरमी है और तुम्हें हीटर की जरूरत नहीं है।"

"यह नीच आदमी तो मुझे इस तरह घूर रहा है कि···पर मेरी बेटी मुझ पर ध्यान देती है क्या? नहीं, वह ध्यान नहीं देती है।" हीरी गुस्से में फुफकारते हुए बोली। गरमी की वजह से त्वचा पर उभर आए दानों को वह खुजलाने लगती है। सिल्वा उसके जैसी बहुतों को पहले भी देख चुका है, जो इतना नशा करती हैं कि उनकी मौत काफी करीब आ जाती है।

"तुम पुलिसवाले हो? भूत उस ओर से अंदर आने की कोशिश करता है और अगर वह अंदर आ गया तो मुझे पकड़ लेगा। ऑफिसर, मुझे बचा लो। तुम भी तो मेरे ही पीछे पड़े हो!" हीरी खिड़की की ओर इशारा करते हुए अपने आप में बड़बड़ाती है।

"कोई भी नहीं है, माँ! कोई भी तुम्हारे पीछे नहीं पड़ा है, भूत भी नहीं। ये पुलिस ऑफिसर भी नहीं। कोई भी आदमी नहीं। यह सब बस, तुम्हारे दिमाग की उपज है।" एस्टे अनपेक्षित रूप से ऊँची आवाज में बोलती है, जिसके कारण हीरी दिल दहला देनेवाले अंदाज में रोने लगती है।

"तुम बदचलन, नीच औरत! यहाँ से निकलो! आक्थू···"

"इसकी हालत बद से बदतर होती जा रही है। जब इसे छाँह में रखती हूँ तो यह चिल्लाती है। हर समय यही शिकायत करती रहती है कि मेरी हड्डियाँ ठंड से ठिठुर रही हैं।" एस्टे ने रास्ते में कहा और जब वे लोग कार तक पहुँच गए तो उसने थोड़ा ठहरकर बड़ी कोमलता से पूछा, "क्या आप फिर आएँगे?"

सिल्वा को एक विचित्र सी उत्तेजना का अनुभव हुआ। लड़की की निगाहें मानो उसकी पीठ को भेदती हुई अंदर घुस गईं। दिल में होनेवाली हलचल को वह बड़ी मुश्किल से दबाता है। अचानक ही उसके मन में यह खयाल आया कि क्या वह लड़की जानती होगी कि वह क्या चाहता है कि वह चाहता है, कि उसके कोमल हाथ उसे सहलाते रहें, कि उसके मन में ये खयाल उठ रहे थे कि उसकी कोमल त्वचा का स्पर्श कैसा लगेगा और उसके बालों से उठती सुगंध कैसी होगी? वह पीछे मुड़कर देखता है। वह अभी भी बिजली के लंबे से खंभे के नीचे खड़ी है और थकी-थकी सी दिख रही है।

"क्या आपने उसके शरीर पर पड़े निशानों को देखा? हुक सस्पेंशन्स एवं

रस्सी के निशान थे और ये सारे निशान काफी पुराने थे। शायद वे निशान उस समय के थे, जब वह जवान रही होगी। वह औरत 'फेटलाइफ' क्लब की पुरानी सदस्या लग रही थी।" गौड़ा अपने केस को हर तरह की दलील देकर मजबूत करने के प्रयास में लगा रहा।

अपने सूखे गले में बर्फ की तरह ठंडे पानी को उड़ेलते समय अचानक ही सिल्वा के ऊपर पागल कर देनेवाली निराशा छा जाती है। उसे लग रहा है कि वह किसी महत्त्वपूर्ण कड़ी को भूल रहा है। जैसे कि उसने कुछ महत्त्वपूर्ण शब्दों को लिख तो लिया, पर यह याद नहीं कर पा रहा हो कि आखिर उसने उन शब्दों को लिखा क्यों था?

□

18

राथी एवं वैलेंटाइन
शुक्रवार, 13 नवंबर
बेसमेंट सेलर, 555 नेवरलैंड

राथी के उत्तेजक शरीर को देखकर वैलेंटाइन की काम-वासना जाग उठी। राथी भी अपने दर्द से छुटकारा पाने के लिए उसके साथ शारीरिक संबंध बनाने की प्रबल इच्छा लिये वहाँ आई थी। उनकी कामेच्छा अपने चरम बिंदु पर पहुँचकर पूरी हुई, जिसने राथी को मानसिक रिक्तता की स्थिति में पहुँचा दिया और कुछ ही देर के लिए सही, पर उस समय उसके मन में कोई भी दर्द भरी अनुभूति नहीं रह गई थी। पर राथी इस तथ्य से भी अच्छी तरह परिचित थी कि जब संतुष्ट इंद्रियाँ और थका हुआ शरीर उस दर्द को मन में प्रवेश करने से रोक नहीं पाएँगे तो यह उल्लासोन्माद समाप्त हो जाएगा। ठीक वैसे ही, जैसा कि वह जानती है कि वह फिर से यह सोचने लगेगी कि जो कामोन्मत्त मनोभाव उसने वैलेंटाइन के साथ अभी-अभी साझा किया, क्या वह उस सुख-भाव से कुछ अधिक महत्त्व रखता है, जो रात में ट्रेन में अजनबियों के साथ बर्थ शेयर करने पर होता है। वैलेंटाइन की कामेच्छा ज्यों ही संतुष्ट हुई, वह उठकर बैठ गया था। पर राथी का ध्यान इस ओर नहीं गया।

"मेथ लेने के बाद ज्यादा मजा आता है।" वैलेंटाइन ने भाव-शून्य एवं बड़े ही भद्दे लहजे में कहा और आश्चर्य की बात है कि राथी उसकी इस टिप्पणी पर कोई ध्यान नहीं देती है। संभवत: लगातार मिलनेवाले धोखों ने ऐसे चोट पहुँचानेवाले शब्दों के प्रति, अपनी अवमानना के प्रति, उसकी संवेदनशीलता को कम कर दिया था। या फिर, शायद खुद को छोड़कर किसी के प्रति भी संवेदना न होने के कारण वैलेंटाइन को राथी में अपराध-बोध न होना कुछ सहारा दे जाता है। लेकिन वह

कौन होती है कि उसमें नैतिक संकोच के न होने पर वह कोई निर्णय ले या इस तरह दोषी नहीं थी, जब उसने अपने कामोन्माद को नैतिकता पर हावी हो जाने दिया। यह आदमी उसकी 'सौतेली माँ' के साथ भी सो चुका था।

ठीक अपने बाप की ही तरह थी वह भी।

"उनसे नफरत करना मेरे लिए कठिन है। क्या मैं बिल्कुल पागल ही हूँ?" वह सोचने लगती है।

"तुम्हें देखकर दिनेश का खयाल आ जाता है।…" वैलेंटाइन उससे नजरें मिलाते हुए बोला। लेकिन वह अपनी निगाहें फेर लेती है।

"जिसे हम सुंदर समझते हैं, वास्तव में वह एक खतरनाक बीमारी है; एक तरह की असामान्यता—असाध्य 'आइरिस मैलिग्नेंट मेलानोमा'। यह एक आनुवंशिक बीमारी है। यह कुछ-कुछ ऐसा है, मानो आँखें यह तय नहीं कर पा रही हों कि उनका रंग नीला रहे या धूसर और दो जिद्दी जीन्स—दोनों में से कोई भी पीछे हटने को तैयार नहीं होता, और अंततः माँ से बेटे को आनुवंशिक रूप में यह बीमारी मिल जाती है। और मेरे मामले में—पिता से बेटी को मिली। पीढ़ियों से चली आ रही कुछ बीमारियों के बारे में वह बात किया करते थे और उन्हीं में से एक बीमारी खुद उनको ही हो गई। लाखों में किसी एक को इस बीमारी के होने की संभावना होती है। मुझे डर है कि हो सकता है, मुझे अपने पिता से कुछ और बीमारियाँ भी मिली हों, जो शायद बाद में उभरकर सामने आएँ या फिर शायद ऐसा हो ही न।"

"युवा पीढ़ी परिवार को बहुत अधिक महत्त्व देती है। मेरी माँ में शायद ही कोई अच्छाई रही होगी। उसकी बीमारियों के साथ या उनके बिना मैं हर हाल में खुश रहता हूँ।" वैलेंटाइन विचारपूर्ण लहजे में बोला।

"वह कभी-कभी मुझे डरा देते थे। लगता था, जैसे मुझे कुछ बताना चाह रहे हों।"

"शायद यह कि मैं एक बुरा आदमी हूँ। हो सकता है, वह जानते हों कि मैं वास्तव में कितना बुरा हूँ!"

वैलेंटाइन के चेहरे के भाव राथी को चुप करा देते हैं। वह सोचने लगती है कि क्या वैलेंटाइन का कामोन्माद अभिनय मात्र था? उसे यह भी अहसास होता है कि जब से उसने उन तसवीरों को देखा है, हर चीज में, हर बात में उसे गंदगी और नीचता दिखती है। लेकिन उसे इस बात की खुशी भी है कि अब उसके मन से उदासी का भाव खत्म हो चुका है और यह अच्छा संकेत है। उसे आज वैलेंटाइन के

साथ हमबिस्तर होने में आनंद मिला है तो इसका अर्थ यह हुआ कि उसने शोक के तीसरे चरण को भी पार कर लिया है। लेकिन जल्दी ही उसे अपने संदेहों के जवाब तलाशने होंगे। होशियारी के साथ की गई जाँच-पड़ताल से, 'द ड्यून' व 'रूबी ब्लू' जैसी जगहों के बारे में पता चला था, जहाँ संदेहास्पद लोगों का आना-जाना था और वहाँ हर तरह का अवैध धंधा किया जाता था। क्या पुलिस ऑफिसर को शक हो गया था कि वह सुबूत छिपा रही थी?

"मैडम, आपको पूरा यकीन है न? कुछ और तो बताने को नहीं है न?"

"नहीं, ऑफिसर, और कुछ भी नहीं है बताने को शायद।" 'रूबी ब्लू' की बात पुलिस अफसरों से छिपाने के पीछे परिवार की इज्जत की बात दिमाग में आई हो? इस मामले में वह अपनी दादी जैसी है।

एक ठंडी हवा का झोंका उसके चेहरे से टकराया और उसके अंदर एक नई ऊर्जा भर गया। कोई उसके सामने खड़ा है और उसकी साँसें उसके चेहरे से टकराती हैं, पर वह उसे देख नहीं पाती है। वह कल्पना करती है, जैसे कोई बड़ा सा भेड़िया छोटे-छोटे सूअरों के घर के बाहर खड़ा होकर गहरी साँसें भर रहा हो।

वह वहाँ बैठा हुआ है।

और वह भी तैयार हो चुकी है।

"बस, एक बार यह ले लूँ।" कहते हुए उसने गहरी साँस भरी और अपना सिर पीछे की ओर कर लिया, ताकि वह मिश्रण उसके गले से नीचे चला जाए और उसका पूरा शरीर झंकृत हो उठे। उसने तो राथी से कहा था कि इसमें पानी मिलाकर इसे पतला कर दिया गया है, पर राथी को उसकी बात पर यकीन नहीं है।

वैलेंटाइन और राथी दोनों में से किसी ने भी बेडरूम की खुली खिड़की के बाहर खड़ी किमी व्हाइट का क्रोध से तमतमाया सफेद चेहरा नहीं देखा। उसने कसकर अपना मुँह बंद किया हुआ था और उसकी आँखें इस्पात की तरह सख्त थीं। उसके हाथ में एक पतला सा मेगा पिक्सल कैमरा फोन था, जिसमें मैनुअल फोकस और इन्फ्रारेड स्टेबलाइजर भी था, ताकि एच.डी. फोटो निकाली जा सके। रंगनाथन ने उसे चेताया था कि सुबूत एकदम स्पष्ट होने चाहिए। वह अपने काम से संतुष्ट है, क्योंकि यह कैमरा अँधेरे में बहुत ही अच्छे ढंग से काम करता है।

□

19

मौली लिमये
शुक्रवार, 13 नवंबर
अपार्टमेंट नं. 503, ग्लेनगेट (मौली लिमये की बिल्डिंग)

मौली लिमये का सिर घूम रहा है; लेकिन इसका बिंकी मेंडेज की उस चेतावनी से कोई लेना-देना नहीं है, जिसमें उसने उसे वैलेंटाइन से दूर रहने को कहा था; क्योंकि जहाँ पिछले दो बेनाम पैकेटों ने उसकी उत्सुकता को जगाया था, वहीं बाद में आनेवाले पैकेटों ने उसे काफी चिंतित भी कर दिया था। बदहवासी की स्थिति में वह मेडिसी के खिलाफ की गई नवीनतम शिकायत की फोटोकॉपी को फिर से पढ़ती है।

शिकायत-पत्र

नेशनल वैक्सीन इन्फॉर्मेशन सेंटर (एन.वी.आई.सी.)
संदर्भ : जी.ओ.सी. एवं एस.ओ. बनाम मेडिसी
विषय : पेटेंट पर अपना सर्वाधिकार बनाए रखने के लिए मेडिसी द्वारा किए गए गैर-कानूनी प्रयास
कोर्ट : (आर.सी.आई.एम.) रीजनल कोर्ट ऑफ इंडस्ट्रियल माल प्रैक्टिस

“यदि मेडिसी राज्य को यह समझाने में समर्थ हो कि अभियोग लगाए जाने की स्थिति में दवा कंपनियों को नवीन ‘वैक्सीन/ड्रग इंजुरी कंपेंसेशन अल्टरनेटिव’ के माध्यम से आंशिक देयता सुरक्षा पर विचार करना उचित होगा तो ‘नेशनल वैक्सीन इंजुरी एक्ट’ में ऐसा प्रावधान होना

चाहिए, जो आम नागरिक को यह अधिकार प्रदान करे कि जब कंपनी के पास किसी वैक्सीन को कम विषाक्त बनाने की तकनीकी क्षमता रहते हुए भी वह ऐसा करने से इनकार कर दे तो वह उस पर मुकदमा दायर कर सके। हम 'पब्लिक कोर्ट ऑफ इंडस्ट्रियल माल प्रैक्टिस' के संज्ञान में यह बात लाना चाहते हैं कि कुछ जज, जो मेडिसी के पक्ष में प्रचार कर रहे हैं, इस देयता सुरक्षा जाल को व्यापक टीकाकरण प्रणाली से हटा देने की कोशिश कर रहे हैं और इस प्रकार, उनका प्रयास यही है कि बड़ी दवा कंपनियाँ इस पुराने वैक्सीन इंजुरी एक्ट के प्रावधानों की अनदेखी कर सकें, और इस तरह इन कंपनियों के हाथों में एक ब्लैंक चेक थमा देने की कोशिश हो रही है। यह तो लोक स्वास्थ्य के लिए उचित नहीं है। यह फार्मास्युटिकल उद्योग द्वारा जाल में फँस गए लोगों से असीमित लाभ कमाने की बात है और वे डॉक्टर, जो इस क्षेत्र में काफी रसूख रखते हैं, जिन्होंने कभी वैक्सीन को देखा तक नहीं है, ऐसा आदेश नहीं देना चाहते थे। यह दवा कंपनी के स्टॉक होल्डरों का सपना है, स्वास्थ्य पर ध्यान देनेवाले व्यक्ति का सबसे डरावना सपना है और आम लोगों पर जुल्म ढाने का एक नायाब तरीका भी है। मेडिसी द्वारा दायर की गई याचिका पर किसी भी तरह का नरम रुख अपनाने का अर्थ होगा—राज्य द्वारा निर्देशित वैक्सीनों से हुई क्षतियों एवं मौतों के प्रति दवा कंपनियों को अपनी जिम्मेदारी लेने से बचाना। और अगर ऐसा हो गया तो यह जनता के साथ धोखा होगा।"

मेडिसी ने मौली लिमये द्वारा 'हील' पिल्स के ट्रायल का नतीजा देख लेने के लिए किए गए अनुरोध को अनसुना कर दिया था। उन लोगों ने 'ड्रग ट्रायल के नतीजे उन दवा कंपनियों की संपत्ति हैं, जो उनके लिए पैसा देती हैं' वाले स्टैंडर्ड जवाब से संबंधित उसकी पूछताछ में न केवल रुकावटें डाली थीं, बल्कि कंपनी की 'पी आर' फर्म उसके पास जानी-मानी मेडिकल पत्रिकाओं में कंपनी के पक्ष में प्रकाशित होनेवाले रिव्यू और रिपोर्ट मेल भी कर रही थी।

मौली इन रिव्यू को लिखनेवालों का पता लगाने में विफल रही थी और उसे पूरा शक था कि ये रिव्यू उसी 'पी आर' फर्म द्वारा लिखवाए तथा प्रकाशित करवाए जा रहे थे, ताकि कंपनी के पक्ष में सुबूत तैयार किए जा सकें और ये सारे हथकंडे कंपनी अपनी बिक्री को बढ़ाने के लिए अपना रही थी। एक भी

नकारात्मक रिपोर्ट दवा को फिर से बनाने की माँग को मजबूत कर देगी। तो फिर वर्षों का समय और अरबों की लागत, जो इस रिसर्च में लगी थी, सब बेकार चली जाती और कंपनी की साख भी दाँव पर लग जाती। इन सबको बचाने के लिए कंपनी किस हद तक जा सकती है? इसका पता वह जल्दी ही लगा लेगी, इस बात पर मौली को संदेह है।

□

20

बिंकी मेंडेज
शुक्रवार, 13 नवंबर
अपार्टमेंट नं. 52, वेरोना (मौली लिमये के अपार्टमेंट के सामनेवाली इमारत)

वेरोना का रेंटेड अपार्टमेंट अँधेरे व उदासी में डूबा हुआ था, पत्थर की तरह ठंडा भी था और तीन ओर से नाले की तरफ खुलता था। लेकिन बिंकी मेंडेज ने उस फ्लैट को उसके बाजार भाव से दुगुनी कीमत पर लिया था और उसका एकमात्र कारण उस फ्लैट के किचन की खिड़की थी, जहाँ से बगलवाले ग्लेनगेट बिल्डिंग के पाँचवें फ्लोर पर स्थित अपार्टमेंट नं. 503 के सामने का पूरा व्यू दिखता था। बिंकी मेंडेज को मौली लिमये के अपार्टमेंट पर चुपचाप नजर रखे आज नौवाँ दिन था। उसने अपनी पीठ खुद थपथपाई कि उसने न केवल उस लड़की को ढूँढ़ निकाला था, बल्कि उसके अपार्टमेंट पर नजर रखने के लिए यह फ्लैट भी किराए पर ले लिया। इस जर्नलिस्ट की निगरानी करते समय बिंकी एक अच्छी क्वालिटीवाले टेली फोटो लेंस से तसवीरें भी ले रहा था और एक दिन यह साबित भी हो गया कि उसका शक बेबुनियाद नहीं था। उसने अभी अपना कैमरा सेट ही किया था कि उसने कुछ ऐसा देखा कि उसका दिल जोर-जोर से धड़कने लगा। उस जर्नलिस्ट के अपार्टमेंट के आसपास झाँकता हुआ एक अजनबी दिखाई पड़ा, जो उसके दरवाजे पर एक पैकेट छोड़ता है और आश्चर्य की बात यह है कि वह डिलीवरी स्लिप पर उस लड़की से साइन करवाने के लिए रुका नहीं और सड़क पर आकर कहीं गुम हो गया। यह देखकर बिंकी का दिमाग घूमने लगा। वह आदमी जिस तरह के कपड़े पहने हुए था, उससे उसकी उम्र या पहचान के बारे में किसी भी तरह का अनुमान लगाना मुश्किल था। लेकिन उसकी बॉडी लैंग्वेज में कुछ ऐसी

बात थी कि बिंकी के शरीर में उत्तेजना-सी भर गई। बिंकी अभी यह तय नहीं कर पाया था कि उसे वह पैकेट उठा लेना चाहिए या नहीं, तभी टेली फोटो लेंस में किसी का चेहरा जूम होता है और उस चेहरे का दिखना इतना अनपेक्षित था कि उसकी आँखें आश्चर्य से फटी-की-फटी रह जाती हैं—

किमी व्हाइट और रंगनाथन, मेडिसी का वकील—येलो बार और लाउंज में एक साथ।

बिंकी यह सब देखकर चकित रह जाता है, पर इससे उसके सोचने की प्रक्रिया बाधित नहीं होती। वह केवल भाग्य के भरोसे बैठा रहनेवाला शख्स नहीं है, बल्कि तुरंत निर्णय लेने की क्षमता भी है उसमें। बिजली की-सी तेजी के साथ वह अपना मोटा विंड ब्रेकर, मफलर और कैप उठाकर एक बुर्का, जो इस तरह की निगरानी करने के काम के लिए प्रयोग में लाता था, को पहन लेता है। बिंकी यह तय करता है कि वह जर्नलिस्ट वाली पहेली बाद में सुलझाएगा। अभी उसका पूरा ध्यान यह जानने पर है कि किमी व्हाइट का इरादा क्या है?

□

21

रंगनाथन

शुक्रवार, 13 नवंबर

येलो बार एवं लाउंज

"क्या किसी ने तुम्हें देखा?" रंगनाथन ने किमी से पूछा।

"मुझे लगता है, मैंने पूरी सावधानी रखी है। मैं नहीं जानती कि मुझे यहाँ आना भी चाहिए था या नहीं!" किमी ने हलके से कहा।

"सुनो, तुम यह नहीं सोचो कि तुम लोगों पर उपकार कर रही हो। ठीक है? तुम यहाँ इसलिए हो, क्योंकि तुम्हारा प्रेमी दगाबाज है।"

किमी का शांत चेहरा इन शब्दों को सुनकर सुलग उठा। "मुझे यह उम्मीद तो नहीं थी कि वह साधु-संत निकलेगा। आखिरकार, वह एक सुपर स्टार है।"

"तो तुम अभी भी उसके उद्देश्यों को लेकर स्वप्निल भ्रम में पड़ी रहना चाहती हो?"

"केवल इसलिए कि मैं मुँह पर जवाब नहीं दे रही हूँ।"

"श्श्श्श, मिस किमी!" रंगनाथन उँगली उठाते हुए बोला।

"क्योंकि सच्चाई यही है कि तुम यह सोच-सोचकर पागल हुई जा रही हो कि कोई और महिला, जो रिश्ते में तुम्हारी सौतेली बेटी है, तुम्हारे प्रेमी के साथ उसके बिस्तर पर थी। पर अब बहुत हुआ। तुम्हारी समझ में बात आई या नहीं?"

किमी के चेहरे का रंग उड़ गया। हलकी रोशनी में उसकी आँखों के सूजे हुए पपोटे साफ दिखाई पड़ रहे हैं और रेड मीट के टुकड़ों जैसे लग रहे हैं।

"लेकिन हमने तुम्हारा व्यवहार देखा है। हालाँकि, तुम्हारी उम्र कम है, फिर भी, तुम में वह सबकुछ है, जो तुम्हें मेडिसी के अगले ब्रांड एंबेसडर के लिए

उपयुक्त पात्र बनाता है। अगर एक बार ऐसा हो गया तो फिर तुम राथी ठाकरे को काफी पीछे छोड़ दोगी।" इस बात पर किमी का बेरंग चेहरा थोड़ा खिल उठता है और उसके होंठों पर एक हलकी सी मुसकराहट आ जाती है।

"राथी ठाकरे न तो सुंदर है, न ही उसमें प्रतिभा है। अब किसी को मूर्ख ही पसंद हो तो…"

"बहुत सही! तो अब हम इसे देखें?"

किमी अपना बैग रंगनाथन को देकर बैठ गई।

"बहुत खूब!" रंगनाथन सीटी बजाते हुए प्रभावित अंदाज में मुसकराता है।

"मुझे कुछ और भी मिला है।" एक विजयी मुसकराहट के साथ वह अपने बड़े से हैंडबैग में से एक छोटा सा लैपटॉप निकालकर उसमें डेटा कार्ड घुसा देती है। अचंभित-सा रंगनाथन यह सब देख रहा है।

दोनों ही इस बात से बेखबर हैं कि बुर्का पहने एक औरत उनकी बातचीत सुन रही है।

आधे घंटे बाद किमी और रंगनाथन दोनों वहाँ से निकलकर अपने-अपने रास्ते चल देते हैं। बुर्केवाली औरत भी वहाँ से निकलकर बाहर खड़ी कार में बैठ जाती है। बुर्के के अंदर बिंकी मेंडेज का दिल किमी व्हाइट की दगाबाजी को देखकर गुस्से की वजह से जोर-जोर से धड़कने लगता है।

□

1993

बड़ी मुश्किल से मैं बुधी, या जो कुछ भी उसमें शेष बचा था, की ओर देखने की हिम्मत जुटा पाया। उसके हाथ ठूँठ हो चुके थे, क्योंकि हाथों की उँगलियाँ काट दी गई थीं। उसके शरीर पर (अगर उसे शरीर कहा जा सके) कपड़े का एक टुकड़ा भी नहीं था। पूरे शरीर पर पीटने और जलाने के निशान थे। उसकी आँखें निकाल ली गई थीं और अब उनके स्थान पर काले छेद दिख रहे थे। जमीन पर गिरे हुए मांस के टुकड़े, शरीर से बहा हुआ खून—इन सबसे आती मौत की गंध से मेरा जी मिचलाने लगा और मैंने उलटी कर दी। बुधी को ऐसी सजा उन्हीं लोगों ने दी थी, जिनकी बीमारी के समय उसने वर्षों सेवा की थी। बुधी का भाग्य इस अफवाह से कि उसके द्वारा बनाई गई दवा से दो गर्भवती महिलाएँ अचानक मर गईं और तीन नवजात शिशु अंधे पैदा हुए हैं, दुर्भाग्य में बदल गया। जब कुछ बच्चे गायब हो गए तो लोगों ने उस पर काला जादू और नर-बलि देने का आरोप लगाते हुए उसे 'डायन' घोषित कर दिया। मुखिया और फैक्टरी के कुछ लोग, जिनमें मि. सोनी भी शामिल थे, ने एक सभा, जिसमें उन लोगों ने हीरी से कसम खाकर यह बात कहने को कहा कि बुधी जादू-टोना करती है और उसी ने उन बच्चों की बलि चढ़ा दी है, ताकि उसकी जादुई शक्ति और बढ़ जाए। बस, इतना कहना ही उनके लिए पर्याप्त था। हीरी के इन झूठों ने बुधी की जिंदगी नारकीय बना दी। लेकिन मुझे अभी भी विश्वास नहीं हो पाया था कि हीरी ने हम लोगों को धोखा दिया था। उस रात मैं हीरी से सच जानने के लिए उसके घर गया; पर वह वहाँ नहीं थी। मुझे वह फैक्टरी में मिली। वह एक साधारण सी सफेद ड्रेस पहने हुए थी, जिसमें से उसका शारीरिक आकर्षण साफ झलक रहा था।

वह उसी अभिनेता के साथ थी, जिसके पोस्टरों से सिनेमाघरों की दीवारें अँटी पड़ी थीं। मैंने उसे उसके प्रेमी के साथ यौन-क्रिया में लिप्त पाया। फिर वहाँ एक

और आदमी आया, जिसने हीरी को इस तरीके से छुआ, मानो सारा बदन जल उठा हो। फिर भी, मैं यह बात भलीभाँति समझ चुका था कि वे दोनों आदमी ही हीरी के साथ शारीरिक संबंध बनाएँगे। उसे वहाँ से वापस लाने के लिए अब काफी देर हो चुकी थी।

उस रात जब मुखिया के नेतृत्व में गाँववाले, मि. सोनी और फैक्टरी के कुछ आदमी जबरदस्ती हमारे घर में घुसे तो उन लोगों ने मुझे व माँ को एक कमरे में बंद कर दिया और बुधी को घसीटकर ले गए। मैंने दूसरों के मुँह से बुधी के ऊपर किए गए अत्याचारों के बारे में सुना; उसे सजा देने का काम काफी लंबा चला था। उसकी आँखें निकाल दी गई थीं और हथौड़े से उसके दाँत तोड़कर एक पुराने बरगद के पेड़ से उसे लटका दिया गया। अगली सुबह माँ ने उसके शरीर को नीचे उतारा; पर तुरंत ही भीड़ इकट्ठा हो गई और उसके शरीर को फिर से लटकाने के लिए शोर मचाने लगी। जब माँ ने मना किया तो उसी को पीटने लगे। बुधी की लाश उससे छीन ली और माँ को भी घसीटकर ले गए। जाने से पहले वे लोग मुझे धमकाते गए कि अगली बार वे सब मेरे लिए आएँगे। मैंने दिन भर माँ को तलाशा और अंत में वह मुझे हमारे घर के पासवाली सड़क के बीचोबीच बेहोश तथा भीगी हुई पड़ी मिली। उसकी आँखों के भावों को पढ़ना मुश्किल था। चेहरे का रंग उड़ा हुआ था। माँ ने मुझे ड्यून के जंगलों में छुप जाने को कहा और मैं नहीं जानता था कि अगली बार मैं उसे तब देखूँगा, जब उसकी हत्या हो चुकी होगी; और फिर कभी भी नहीं। जब मैंने बुधी की टूटी हुई हड्डियों और चिथड़े कर दिए गए अंगों को इकट्ठा किया तो क्रोध की तेज लहर मेरे अंदर धधक उठी। उसके बालों, जो मेरे पैरों में चिपक गए थे, को अनदेखा करते हुए मैं पत्थर की दीवारों से चिपक गया। वे दीवारें, जिन पर बुधी के मांस के टुकड़े एवं खून के छींटे चिपके हुए थे और मैंने दिन की रोशनी की ओर पहला कदम बढ़ाया। धीरे-धीरे मैं आगे बढ़ता गया।

जब मैं गाँव की ओर वापस लौटा, उस समय काफी ठंड थी और बारिश हो रही थी।

□

22

हीरी
शनिवार, 14 नवंबर
द इयून

हीरी न तो सोना चाह रही थी और न ही जागना। दोनों ही स्थितियों में भूत उसे पा लेगा। वह भावनात्मक आतंक की स्थिति में पहुँच चुकी है, जिसमें भय और अपराध-बोध दोनों ही उसमें गहराई तक समा चुके हैं। उसे डर है कि भूत वापस आ जाएगा। उसकी नजरें उसे परेशान करती हैं। उसके दिमाग में अजीबोगरीब विचारों का बवंडर उठता है। अच्छा यही होगा कि वह सोए नहीं। वह खुद से ही बातें करती है। उसकी थकी हुई आँखें थकान के कारण मुँद जाती हैं और वह एक बुरा सपना देखती है। बिस्तर पर भूत उसका इंतजार कर रहा है। हीरी बार-बार उसका नाम लेती है, लेकिन भूत का चेहरा बदलने लगता है और लगातार बदलता ही जाता है। वह उठना चाह रही है, पर भूत काफी मजबूत है। एक उदास चेहरेवाला बच्चा रेंगता हुआ उससे बाहर निकलता है, मानो किसी टब के काले व रिसते हुए किनारों पर लाल झाग हों और यह दृश्य उसके अंदर भर जाने की तीव्र इच्छा उत्पन्न कर जाता है। जब वह जागती है तो भूत उसके बिस्तर के सिरहाने खड़ा है।

"बाहर निकलो!" वह अपना चेहरा तकिए में छुपा लेती है। वह भूत झुककर उसके बर्फ से ठंडे होंठों को चूम लेता है। वह चिल्लाना चाहती है, अपनी बेटी को पुकारना चाहती है, पर उसके मुँह से कोई आवाज नहीं निकल पाती।

"हीरी, यह मैं हूँ। तुम तो मुझे जानती हो न! तुम, बुधी और मैं···पहाड़ों में···" यह उसकी आवाज या उसके शब्दों की कोमलता थी या फिर उसके चेहरे पर पड़नेवाली रोशनी? कारण जो भी रहा हो, पर उस चमक भरे क्षण में उसने उसे पहचान लिया। पहचानने के साथ ही भय की एक छाया उसके चेहरे पर तैर गई।

"तुम···यह तुम नहीं हो सकते···तुम कैसे हो सकते हो?"

"हीरी···"

"तुम यहाँ क्यों आए हो?"

"मैं तुम्हारे लिए यहाँ आया हूँ, हीरी।···"

"बाहर निकलो। तुम भूत हो···तुम जिंदा नहीं हो सकते।"

"भूत! हीरी, अगर मैं भूत हूँ तो फिर तुम भी भूत ही हो, जैसा कि हम सभी होते हैं।" बहुत ही सौम्यता के साथ उसने कहा।

"तुम मेरे पास से दूर हटो।" हीरी कमजोर सी आवाज में बोली। वह जानती है, अब भूतों से भागने का कोई मतलब नहीं रह गया है। उस आदमी की नशीली काली आँखों में दो लाल चिनगारियाँ-सी चमकती हैं। अचानक ही हीरी के मन में यह चाहत पैदा हो जाती है कि वह आदमी उसके प्रति करुणा रखे। और जब उसने उसके चेहरे को कोमलता से छुआ तो उसके मन में यह खयाल आया कि काश, वह उसे फिर से प्यार करे!

"तुम्हें क्या हो गया था, हीरी? तुमने ऐसा क्यों होने दिया?"

"उसने···उसने मुझे ऐसा करने को कहा था···उसने कहा था कि वह मुझे अपने साथ ले जाएगा।···उसने कहा कि अगर मैं ऐसा कहूँगी कि बुधी ने यह सब किया है, तो वह मुझे प्यार करेगा···इसलिए मैंने यह सब किया। मैंने वह सब कहा था···" और कमरा उसके रोने की आवाज से भर गया।

हीरी को अपनी गरदन पर उसके हाथों के दबाव का अनुभव हुआ। लगा कि एक क्षण में ही वह उसका गला घोंट देगा, पर ऐसा हुआ नहीं। उसने उसे अपनी बाँहों में थाम लिया और उसे प्यार करने लगा। वह रोती रही। उसने हीरी को समझाया कि वह उसके मन में उठनेवाले तूफानों को शांत कर देगा और उसे ऐसी जगह पहुँचा देगा, जहाँ खुशियाँ और शांति-ही-शांति होगी। यह सुनकर वह निश्चिंत हो जाती है और उसके चेहरे पर एक सुंदर सी मुसकराहट खिल जाती है।

उस आदमी ने हीरी के चेहरे को शांत होते और आँखों को संगमरमर से भी अधिक सफेद होते देखा। अंतत: उसका बेजान शरीर एक ओर झूल गया और वह गंदे कपड़ों के ढेर की तरह पड़ी रही। काम खत्म करते-करते वह पसीने से लथपथ हो चुका था। आँखों से आँसू बह रहे थे। हीरी के निर्जीव शरीर को उठाकर वह आखिरी बार उसके माथे को चूमता है। उसकी पीड़ा के लिए जो भी व्यक्ति जिम्मेदार हैं, उन्हें इसकी अच्छी कीमत चुकानी पड़ेगी।

□

23

असलम कपाड़िया
शनिवार, 14 नवंबर
मेडिसी स्टूडियो

> *मि. कपाड़िया, आपको यह तीसरा और अंतिम नोटिस भेजा जा रहा है कि आप 'हीलर्स' के आखिरी सीन की स्क्रिप्ट शेयर करें। यदि आप ऐसा नहीं करते हैं तो इसके परिणाम आपको भुगतने होंगे और निश्चित ही ये परिणाम वित्तीय मात्र नहीं होंगे।*

—रानी नड्डा, चीफ क्रिएटिव कंसल्टेंट, मेडिसी!

असलम को यह सख्त नापसंद था कि कोई उसे आदेश दे और इससे भी अधिक उसे यह बात नागवार थी कि कोई महिला उसे आदेश दे। महिलाओं के प्रति उसके मन में इस नफरत की वजह उसके बचपन में घटी एक घटना थी, जिसमें उसकी एक चचेरी बहन ने उसके दोस्तों को उसकी एक ऐसी कमी के बारे में बता दिया था, जिसे लेकर उसके दोस्त उसे महीनों तक चिढ़ाते रहे थे और उसके लिए अपशब्दों का प्रयोग करते रहे थे। यह एक अपमानजनक अनुभव था और यह अपमान उसमें हीन-भावना भर देता था।

ऐसी मन:स्थितिवाले असलम को मेडिसी की नई क्रिएटिव कंसल्टेंट रानी नड्डा का नया मेमो मिला और औरतों के प्रति अपनी नफरत व गुस्सा निकालने के लिए उसे एक बलि का बकरा चाहिए था और वह बलि का बकरा किमी व्हाइट ही बनने वाली थी, क्योंकि सेट पर वही एकमात्र महिला थी।

"किमी व्हाइट के रेपवाले दृश्य में उसे लात-घूँसों से मारना भी है। चाकू, छड़ी, रस्सी—जो उचित लगे, उसका प्रयोग करो। यह रेप गैंगरेप-सा दिखना

चाहिए। बहुत सारे आदमी उस पर भेड़ियों के झुंड की तरह झपट पड़ते हैं। इसे अब तक का सबसे अच्छा रेप सीन बनाना है। उसे इस बुरी तरह से पीटना है कि उसका खून बहने लगे, मांसपेशियाँ टूट जाएँ। इसमें क्रूरता दिखनी चाहिए। जबड़ा भी तोड़ा जा सकता है। कम-से-कम कुछ दाँत तो···"

"मि. असलम, मुझे इस पर कुछ आपत्ति है···" किमी आतंकित हो उठी।

"बिल्कुल! क्यों नहीं! अपना मुँह खोलो और दुनिया को अपने सुंदर दाँत दिखाओ।"

"तुम मुझसे इस तरह बात नहीं कर सकते हो। यह सीन तो डरावना है।"

"गैंग रेपवाला सीन या मरे हुए कुत्ते के साथ पानी के अंदर रहनेवाला सीन— इन दोनों में से कौन सा सीन तुम करना चाहोगी, सोचकर बताओ?"

"मैं मरे हुए कुत्ते के साथ पानी के अंदर नहीं जाना चाहती। मेरे लिए नकली कुत्ता मँगवा दो।"

"किमी व्हाइट, हम लोग महँगे खिलौने पर पैसे क्यों खर्च करें, जब मुफ्त में मरे हुए कुत्ते और सस्ती कॉलगर्ल उपलब्ध हों।" असलम ने तंज कसा, "और···हाँ, ऐसा नहीं है कि मैं कटर से तुम्हारे पैर की उँगलियाँ काटने वाला हूँ; हालाँकि, ऐसा होने पर दर्शकों की खूब वाहवाही मिल सकती है।"

"बंद करो यह सब! हम तुम्हें महिलाओं से इस तरीके से बात करने की अनुमति नहीं दे सकते, मि. असलम!" यह तेज और महीन आवाज रानी नड्डा की थी। दुबली-पतली और तेज निगाहोंवाली उस महिला की आँखें किनारे से तिरछी थीं। उसका चेहरा कोन के आकार का था। यह महिला अब 'हीलर्स' की नई क्रिएटिव कंसल्टेंट है। रानी नड्डा जब बोलती है तो उसके पूरे दाँत दिखाई पड़ते हैं। उन्हें देखकर असलम को लगता है, मानो वह भालू को पकड़ने के लिए प्रयोग में लाए जानेवाले जाल को देख रहा है।

"अच्छा होगा कि तुम यह बात अच्छी तरह से समझ लो कि 'हीलर्स' मेडिसी का उपहार है लोगों के लिए।" वह सिगरेट का धुआँ छोड़ते हुए बोली। वस्तुतः वह किमी का पक्ष नहीं ले रही थी, बल्कि वह चाहती थी कि उसके इस रवैए से लोग उसे महिलाओं के अधिकारों का पक्षधर समझें।

"फिल्म के इस सीन में न ही कोई अश्लीलता और न ही कोई क्रूरता दिखलाई जाएगी।"

"सीन के एक-तिहाई भाग में अश्लीलता भरी है और दो-तिहाई भाग में खून-

खराबा!" असलम व्यंग्यात्मक लहजे में बोला। लेकिन बोलते-बोलते ही वह इतना तनावग्रस्त हो जाता है कि अपनी बात सही ढंग से रख नहीं पाता।

"वाह! यह तो बहुत अच्छा है कि तुम सबकुछ इतने अच्छे ढंग से कर लेते हो।" रानी का लहजा सख्त है, "तो क्या ये अभिनेता और अभिनेत्रियाँ बस एक ही काम करना जानते हैं?"

"ओफ्फो! ठीक है, हम उन सभी के बारे में बात करते हैं, ताकि उन्हें भी मालूम हो कि शो में कितना अंग-प्रदर्शन किया जाना है। यह फिल्म का क्रिएटिव अंश है।" असलम अभी भी हार मानने को तैयार नहीं है।

"क्रिएटिव! हुँह, अच्छा मजाक है। मेडिसी 'हीलर्स' में महिलाओं को निकृष्ट जीव के रूप में प्रयुक्त नहीं होने देगा। मुझे स्क्रिप्ट देखनी पड़ेगी। मुझे यकीन है, स्वर्गीय मि. ठाकरे ने अपने आइडिया को तुम्हारे साथ अवश्य ही शेयर किया होगा।"

"नहीं, नहीं किया था ऐसा कुछ उस आदमी ने। उस नीच आदमी, जिसे 'लीजेंड' कहा जाता था, ने मुझे कुछ भी नहीं दिखाया। मेरे पास कोई स्क्रिप्ट नहीं है; कुछ भी नहीं है।"

"कोरियन वीडियो गेम से मुझे एक आइडिया मिला, जो काफी अच्छा है।"

"हीरो के चेहरे पर चोट के निशान क्यों होने चाहिए?" रानी नड्डा बीच में बोल उठी।

"यह निशान उस आदमी की देन है, जिसने उसकी बहन का बलात्कार किया था।" असलम ने जवाब दिया।

"हीरो को एक सीन में 'पियरे अर्नाड' मोटर साइकिल पर क्यों दिखाया गया है? यह तो काफी महँगी बाइक है।"

"क्यों? क्योंकि मुझे यही ठीक लगा।" असलम का लहजा सख्त था।

"नहीं। यहाँ वह नहीं होगा, जो तुम चाहते हो; बल्कि वह दिखाया जाएगा, जो दर्शक चाहते हैं—अच्छी-खासी लड़ाई के दृश्य, बदला लेने के लिए हीरो द्वारा किया गया पौरुषपूर्ण प्रयास। यह सब तो ठीक है, लेकिन हमें यह सब पीछे छोड़कर सीधे उनकी आँखों में चाकू से वार करने का सीन रखना चाहिए। यह सब दर्शकों की उम्मीद के मुताबिक ही होगा।"

"मेरे खयाल में, नशे में धुत्त हीरो गुलाबी शर्ट पहनकर विलेन को मारने के लिए एक बिल्डिंग से दूसरी बिल्डिंग की खिड़की पर गोली चलाए, तो यह भी तो उम्मीद के मुताबिक ही होगा!" उसने प्रतिवाद किया।

"हीरो मेडिसी की प्रॉपर्टी है। हम उसे इस तरह शर्मिंदगी उत्पन्न करनेवाली स्थिति में नहीं दिखा सकते। स्क्रिप्ट, असलम—अभी चाहिए।"

"नहीं दे सकता। अभी अजान का समय है।" कहकर असलम ने अपना मुँह बंद कर लिया और उसका चेहरा गुस्से से लाल हो गया था। उसका गुस्सा अब बाहर आ चुका है। ऐसा लग रहा है, मानो वह गुस्से में धधक रहा हो।

"तुम मजाक कर रहे हो न? वह तो केवल शुक्रवार को ही करना होता है।"

"नहीं, वह जुम्मा है। मैं वह भी करता हूँ।"

"भगवान् के लिए तुम मुझे स्क्रिप्ट दिखा दो।"

"बेकार में भगवान् को बीच में मत लाओ।" इस शोर-शराबे में किसी ने यह ध्यान नहीं दिया कि स्टड अपनी बाईं बाँह को मोड़े हुए उस उठे हुए स्टेज पर आता है। उसके हाथ में चट्टान के छोटे-छोटे टुकड़े हैं, जो उसने सेट के किनारे से उठा लिये थे। वह टेनिस बॉल के आकार के एक टुकड़े को उठाकर पूरी ताकत से फेंकता है, जो असलम की बाईं कनपटी के पास से गुजरते हुए जमीन पर गिर जाता है।

"अरे, रोको इसे। जिसने भी यह किया है, उसकी मौत निश्चित है।"

दूसरा पत्थर, जो दाँत तोड़ सकता था, रानी नड्डा के सिर से 2 इंच ऊपर से गुजरता है। असलम की दिली ख्वाहिश यही थी कि काश, यह पत्थर रानी का सिर फोड़ देता! यदि उसे मालूम चल जाए कि स्क्रिप्ट उसके पास नहीं है तो वह तुरंत खाली हाथ बाहर कर देगी। कल्पना में वह ठाकरे को मुसकराते हुए देखता है—ठाकरे, जिसकी खोपड़ी 'मैगट' से भरी हुई थी।

मगर, आकाश में बादल छा गए और जोर-जोर से बिजली कड़कने लगी। अल्लाह की ओर से एक इशारा···आदतन वह तुरंत निष्कर्ष पर पहुँच गया। असलम नीले रंग की एक जैकेट उठाता है, जिसमें ठाकरे की 'हीलर्स' की अधूरी स्क्रिप्ट है। वह अपने स्टोरी बोर्ड स्केचों को, जिन्हें ठाकरे ने कूड़ेदान में फेंक दिया था, उस स्क्रिप्ट में लगा देता है। किसी को पता नहीं चलेगा। अगर यह सबको पसंद आया तो खुद क्रेडिट ले लेगा, नापसंद होने पर उसे ठाकरे के मत्थे मढ़ देगा। असलम जब हँसा तो उसे लगा, वह कई सप्ताह से मुसकराया नहीं था।

□

24

डोराब सिल्वा
शनिवार, 14 नवंबर
पुलिस कैंटीन, साउथ सिटी पुलिस हेडक्वार्टर
केस नं. 55/63/2018/दिनेश ठाकरे

अफसरों का मेस गरम तेल की गंध से भरा हुआ है। फर्श पर हरे रंग का लिनोलियम बिछा हुआ है, जिसका रंग उड़ चुका है। उस पर पहाड़ियों और घाटियों के चित्र बने हुए थे। लकड़ी का काम चिकना और काले रंग का था। तीन बड़े-बड़े सीलिंग फैन चल रहे हैं, जिनसे मेस की गरम हवा बाहर निकल रही है। यहाँ का खाना इतना मसालेदार और चिकनाई-युक्त होता है कि अगर आप रोज इसे खा रहे हैं तो आपको क्रॉनिक कोलेस्ट्रॉल की समस्या हो ही जाएगी। लेकिन फिर भी, 'बाउज जॉइंट' में खाली मेज मुश्किल से ही मिल पाती है। फर्श पर बिछे लिनोलियम के एक कोने में मटमैला-सा तौलिया पकड़े शेफ 'बाऊ' खड़ा था। वह आज भी वैसा ही दिख रहा था, जैसा बीस साल पहले दिखता था—पीले रंग का चितकबरा एप्रन पहने हुए, जिस पर कॉफी, सब्जी, मटन, ग्रीज, चिकन का खून और न जाने किस-किस के अनगिनत धब्बे पड़े हुए थे।

"क्या आप नाश्ता ऑर्डर करने के लिए मेन्यू देखना चाहेंगे या फिर आपको याद है?" बाऊ काउंटर के पीछे से भारी आवाज में बोला। उसके बोलने के लहजे से पता चल जाता है कि उनके बीच पुराना संबंध है।

"तुम अभी भी डीलक्स बॉम्बे स्टीक बर्गर बनाते हो?" गौड़ा ग्रीज के धब्बों से भरे उस मेन्यू की ओर देखे बिना ही पूछता है। बाऊ ने सैल्यूट करते हुए सहमति

में सिर हिलाया और सिल्वा को यह देखकर काफी राहत मिली कि उस कुक के नाखून उसके एप्रन की तरह गंदे न होकर काफी साफ हैं।

"उसने फोन कब किया, बॉस?"

"पिछली रात। उसने बताया कि उसकी माँ की मौत हो गई है, हार्ट अटैक से।"

एस्टे ने जब सिल्वा को फोन किया था, तब वह रो रही थी और उसने गौड़ा को यह भी नहीं बताया कि उसने एस्टे से मिलने का वादा कर लिया था। सिल्वा को यह अहसास बड़ा अजीब सा लग रहा है कि उसका दिमाग एस्टे, न कि उसकी माँ के बारे में सोच रहा है; वह माँ, जिसकी बीती रात अपनी यादों की अँधेरी दुनिया में रहते-रहते मौत हो गई थी।

"मुझे यह सब सुनकर कोई आश्चर्य नहीं हुआ। आपने उसको उस दिन देखा था, बॉस! पागल-सी थी और उसे देखकर ही लग रहा था कि वह जल्दी ही मर जाएगी। निश्चित रूप से वह तंबाकू, मारिजुआना और अन्य नशीले पदार्थों का इतना अधिक सेवन करती थी कि हो सकता है, उसके अंदर खून की जगह नशीले पदार्थ ही मिलें। टूटी हुई सीटी की तरह अंदर से खोखली होगी। अगर मुझे उसका पोस्टमार्टम करने को मिले तो मैं उसकी खोपड़ी के अंदर झाँकना चाहूँगा, न कि उसके दिल, फेफड़े और आमाशय के अंदर।" गौड़ा बाऊ को इशारा करता है कि उनका ऑर्डर जल्दी पूरा करे।

"तुम्हें मालूम है, पागलपन के विषय में लोगों का क्या कहना है?" सिल्वा ने कहा, "पागल हो जाने पर आप कभी भी पहले की तरह सामान्य नहीं हो सकते।"

"ठीक है, कम-से-कम वैलेंटाइन के पोस्टरों से यह बात तो साबित हो ही जाती है।" गौड़ा ने तंज कसा और फिर बात आगे बढ़ाई, "शायद वह उस हीरो पर फिदा थी।"

"पर क्या बात, बस इतनी सी ही है? कुछ तो है, जो हमसे छूट रहा है। एक प्रसिद्ध डायरेक्टर एवं सुपर-स्टार, जो अपनी विचित्र यौन-क्रियाओं के लिए और नशेड़ियों के अड्डे के रूप में जाना जाता है और मीना मेह ने कसम खाते हुए यह बात कही थी कि हीरी इस क्लब 'फेटलाइफ' की ऑनरेरी मेंबर थी। हो सकता है, उसे इसके कुछ राज मालूम हों!"

"और अब डायरेक्टर मर चुका है और यह औरत भी मर चुकी है।…" गरम बरतन में तेल डालने की आवाज में गौड़ा के मुँह से निकलनेवाले शब्द स्पष्ट रूप से सुनाई नहीं पड़ते।

"उसके शरीर पर पड़े निशानों को याद करो। उसकी त्वचा विकृत-सी हो गई थी। कुछ जादू-टोना जैसी बात लगती है। यह काफी महँगा शौक है। मैंने गूगल पर सर्च किया था। उसके इस शौक को पूरा करने के लिए पैसे कौन दे रहा था?" सिल्वा की आवाज में आश्चर्य का पुट स्पष्ट था। गौड़ा डीलक्स बॉम्बे स्टीक बर्गर का एक बड़ा सा टुकड़ा काटकर उसे अपने गले से नीचे उतारते हुए जवाब देता है—

"बिल्कुल ठीक, बॉस! उसे देखकर ऐसा लगा, मानो अपनी आधी जिंदगी उसने इंजेक्शन के माध्यम से नशा लेते हुए गुजार दी होगी। शायद X और मेथ मिलाकर लेती थी। इस तरह मिलाकर लेने से नशा बहुत बढ़ जाता है—और ये काफी महँगे भी होते हैं। तो प्रश्न अभी भी वहीं-का-वहीं है—आखिर उसे यह सब मिलता कैसे था?"

"बॉस···बॉस···आप ठीक हैं न, बॉस?" गौड़ा चिंतित स्वर में बोल उठा।

"तो, उसे यह सब मिलता कैसे था?"

"एक चलता-फिरता टाइम बम···तुम्हें मालूम होना चाहिए···क्या तुम्हें मालूम था, वह एक लड़की थी?"

उसकी बीवी के पेट में लड़की थी। वह नहीं जानता था कि उसकी बीवी गर्भवती है। जब उसने 'मेथ' की गोलियाँ ली थीं और तबीयत बिगड़ने पर उसे हॉस्पिटल ले जाने वाला था, तब तक उसे यह बात नहीं मालूम थी। किसी को भी अंदाजा नहीं था कि वह बड़ी गाड़ी पीछे की ओर आने लगेगी और बीच सड़क पर चलने लगेगी।

"मैं ठीक हूँ। बस, उन गोलियों के बारे में भूल गया था।"

दोनों चुप होकर एक-दूसरे को एकटक देखते हैं।

"ठीक है, बॉस!"

"सुनो, मुझे एस्टे से मिलना है···मेरा मतलब हीरी की बेटी से। इसमें कुछ समय लगेगा। मेरा इंतजार मत करना। क्या मेरी कार ग्रेड क्रॉसिंग पर है?"

"हाँ, बॉस! क्या आप कार चलाएँगे?"

"बकवास मत करो!"

"ठीक है, बॉस! मैं रिपोर्ट फाइल करके उसकी एक कॉपी आपको भेज देता हूँ। फोरेंसिक की रिपोर्ट से उसे मिलाने पर हो सकता है, हमें हमारे कुछ सवालों के जवाब मिल जाएँ।"

"यह जवाब पाने के बजाय अपेक्षाओं को नियंत्रित करने से संबद्ध है।"

यह उसकी पत्नी की पसंदीदा लाइन थी। जिस दिन वह मरी, उस दिन भी वह यही कहना चाह रही थी।

इन यादों ने सिल्वा को इस कदर अभिभूत कर दिया था और उसे यह भी याद आया कि वह मिनी वैन अचानक ही उसके सामने आ गई थी। पर तब तक काफी देर हो चुकी थी। जब भी वह उस दुर्घटना के बारे में सोचता था, वैन का रंग हर बार बदल जाता था, मानो उसके दिमाग में लगा कैमरा उस बिंदु पर एडजस्ट होना चाहता था, जहाँ उसके दिमाग में बननेवाली इस छवि से सारे रंग गायब हो जाएँ। जब उसने वैन को सामने पाकर कार तेजी से मोड़ी थी तो उसकी बीवी सीने के बल गिर पड़ी और अगले ही क्षण वह अपनी सीट पर नहीं थी। जब वह अपनी कार से बाहर निकला तो वह उसे पार्किंग लॉट में गिरी हुई दिखी। उसका पर्स तब भी उसके कंधे पर था और हाथ में अनखाई चॉकलेट थी। उसके पेट में जो बच्चा था, वह लड़की थी। सिल्वा काले रंग का दवा का बॉक्स निकालता है और बोतल से दो पॉइंट रंगहीन टिंक्चर निगल लेता है। आज व कल और आनेवाले दर्द भरे कल के लिए…।"

□

25

शनिवार, 14 नवंबर
एस्टे एवं सिल्वा
केस नं. 55/63/2018/दिनेश ठाकरे

एस्टे का फ्लैट, द ड्यून

एस्टे का दरवाजा खुला हुआ है। सिल्वा इसे एस्टे से अनजाने में हुई चूक मानते हुए अंदर आ जाता है। कमरा बहुत छोटा है। एक चारपाई पर बिस्तर लगा हुआ है। एक कैबिनेट, एक छोटा सा टी.वी., छोटा फ्रिज, दो कुरसियाँ और एक छोटी राइटिंग टेबल—कुल यही फर्नीचर था उसके पास। लेकिन सबकुछ करीने से, व्यवस्थित ढंग से सजा हुआ था या फिर शायद खिड़की के छोटे-छोटे पैनलों से छनकर आती हुई खुबानी के रंग जैसी रोशनी का असर था कि सबकुछ सुंदर लग रहा था। खिड़की के पास उसकी एक तसवीर थी, जिसमें वह अपनी बच्ची को लिये हुए है। उसका अपना अंदाज उसे खूबसूरत बना देता है। सिल्वा को अपनी पत्नी का 'कारलेटी' द्वारा लिखित पसंदीदा उद्धरण याद आ जाता है—"सौंदर्य उन सभी अंगों का कुल योग है, जो इस ढंग से काम कर रहे होते हैं कि उसमें न तो कुछ जोड़ने की और न ही कुछ घटाने की गुंजाइश होती है।" सिल्वा को यह एक विडंबना ही लगती है कि एक वेश्या ने उसके अंदर के कवि को उभार दिया है। हीरी जैसी स्त्री की संतान होने के कारण एस्टे को अपने सीमित विकल्पों के बारे में काफी पहले ही पता चल गया होगा। वह दिखने में एक साधारण सी सुंदर लड़की है और सिल्वा को यह बात परेशान कर जाती है कि एस्टे ने इस दुर्भाग्यपूर्ण जीवन को पूरी तरह से स्वीकार कर लिया है। कम-से-कम ऊपर से तो ऐसा ही लगता है। जब वह उसके पास आती है तो उसने केवल एक

स्लिप पहन रखी है और उसमें कुछ तो ऐसा है कि सिल्वा को उसके लिए दर्द महसूस होता है। और फिर, एक अजीब सी चाहत उसके अंदर जाग उठती है। उसके अंदर का जानवर जाग जाता है और इससे पहले कि वह कुछ समझ पाता, वह उसके साथ उसके बिस्तर पर होता है। एस्टे के साथ बनाए इस शारीरिक संबंध से उसे वही खुशी मिलती है, जो एस्टे ने उम्मीद लगा रखी थी, या फिर पाँच सालों तक स्त्री के स्पर्श का अहसास न होने को इसकी वजह मानें। खैर, वजह कुछ भी रही हो, उससे कोई पूछ तो रहा नहीं है। अचानक एस्टे उसका चेहरा छूकर बोली, "किसे याद करके तुम दुःखी हो रहे हो? कौन थी वह?"

स्तब्ध-सा सिल्वा एक क्षण के लिए चुप हो गया और फिर उसने स्वयं को एस्टे से बात करते हुए पाया।

"मेरी पत्नी।"

"मैंने सुना है कि लोग अपनी पत्नियों में अपनी माँ की छवि ढूँढ़ते हैं। क्या मैं उसकी जैसी दिखती हूँ?"

सिल्वा पूरी तरह से सच नहीं बोल रहा था और उसे स्वयं पर आश्चर्य होता है कि वह अपनी अंतरतम बातों को एक वेश्या के साथ साझा कर रहा है, जिससे वह एक हत्या के सिलसिले में सड़क पर मिला था। उसको इस तरह चकित और किंकर्तव्यविमूढ़ देखकर एस्टे उससे परे हट जाती है।

"उसकी लाश सबसे पहले किसे मिली?" उसने एस्टे से पूछा। उसे यह अनुभव करके अजीब सा लग रहा है कि वह सही ढंग से प्रश्न भी नहीं पूछ पा रहा है। आखिरकार, उसे इस घटना की छानबीन तो करनी है न!

"मैंने देखा था। जब दिन काफी चढ़ आया, तब जाकर मुझे अहसास हुआ कि वह मर चुकी है।"

"सुनकर अफसोस हुआ।"

"अफसोस करने की जरूरत नहीं है। उसकी आत्मा तो बहुत पहले ही उसका साथ छोड़ चुकी थी। मैं ही नहीं समझ पाई। बहुत गंदी दुर्गंध आती थी। काफी लंबे समय से वह बीमार चल रही थी। तुमने भी तो देखा था, अपने आखिरी समय में वह कैसी हो गई थी! मुझे भी नहीं पहचानती थी। आखिरी वक्त में, मुझे लगता है, मैं भी उसके लिए एक अजनबी ही रह गई थी।"

रात की रोशनी में एस्टे का शरीर एक बार फिर उसे आमंत्रित करता-सा लगता है और दोनों दोबारा काम-क्रीड़ा में लिप्त हो जाते हैं।

"उम्र में तुम मेरी बेटी होने लायक हो।"

"पर मैं तुम्हारी बेटी नहीं हूँ।" शेल्फ पर रखा एक फोटो फ्रेम नीचे गिर जाता है और अचानक हुए इस शोर पर दोनों ही हँस पड़ते हैं। बाद में, सिगरेट पीते समय उस तसवीर में वह एस्टे को पहचान लेता है। वह काफी खुश दिख रही है और एक पुरुष के करीब खड़ी है, जिसके हाथों में उसकी बच्ची बड़े सुकून से है। यह एक पारिवारिक तसवीर लग रही थी, जिसमें शांति और सुरक्षापूर्ण माहौल का आभास स्पष्ट तौर पर हो रहा था। उस पुरुष के गालों की हड्डियाँ काफी उभरी हुई थीं। तेज निगाहों के साथ, कुल मिलाकर वह एक प्रोफेसर जैसा लग रहा था। वह ध्यान से तसवीर देखता है।

"क्यों, क्या कोई बात है?" एस्टे ने पूछा।

"बस, अधिक काम की वजह से थका हुआ मेरा दिमाग बिखरे हुए सूत्रों को जोड़ने की कोशिश कर रहा है। क्या यह आदमी इस बच्ची का पिता है?" अपनी व्याकुलता छुपाते हुए उसने पूछा।

"नहीं-नहीं, यहाँ न कोई बाप है, न कोई बेटी।"

सिल्वा को अहसास हुआ कि कुछ प्रश्न ऐसे होते हैं, जिन्हें किसी वेश्या से नहीं पूछना चाहिए।

"वह मेरे एक अंकल हैं, जो कभी-कभी हम लोगों की मदद कर देते हैं।" एस्टे के चेहरे पर खोए हुए-से भाव हैं और सिल्वा को खुद पर आश्चर्य हो रहा है कि वह उसकी हर बात पर तुरंत ही विश्वास करता जा रहा है। उसके मन का एक कोना इसकी वजह भी जानता है—एस्टे का शरीर इतना कामोत्तेजक है कि सिल्वा को लगने लगता है कि पिछले पाँच वर्षों से उसे जिस चीज की कमी खल रही थी, वह यही थी। उसका स्पर्श मात्र उसे उत्तेजित कर जाता है। वह उसके प्रति अपने मन में काम-भोग की अदमनीय भावना महसूस करता है।

"मुझे छुओ।" उसने उसके कान में फुसफुसाते हुए कहा और वह हँस पड़ी।

दोनों पुनः रति-क्रिया में खो जाते हैं और चरम आनंद का अनुभव हो जाने पर वह निःशक्त-सा उसके बगल में लेटा रहता है।

"मैंने कहा था न कि मेरा साथ मजेदार रहेगा।"

"मैं जानता था, इस सब में खूब मजा आएगा!" उसे नींद आ रही है। तभी उसकी नजर एक पोस्टर पर पड़ती है, जिसमें वैलेंटाइन मुसकरा रहा था। पोस्टर में उसके चेहरे को बुरी तरह से बिगाड़ दिया गया है। देखकर ऐसा लग रहा है, मानो किसी ने बहुत ही बुरी तरह से बिगाड़ दिया है। उसे इस सुपर स्टार से मिलना पड़ेगा।

□

26

नेविले वैलेंटाइन
शनिवार, 14 नवंबर
मेडिसी स्टूडियो
हीलर्स की शूटिंग चल रही है

चमकीली धातु से बने हेक्साग्राम के छहों स्पाइक स्टूडियो की रोशनी में चमक रहे हैं। यह तपे हुए सोने जैसे रंगवाला षट्भुज है, जो आध्यात्मिक उपचार का सुस्वीकृत प्रतीक है। 'हीलर्स' के एक खास दृश्य को फिल्माने के लिए बनाए गए भव्य सेट की यह पृष्ठभूमि है—वैलेंटाइन पर एक खास ढंग का स्टंट फिल्माया जाने वाला है, जिसमें विशालकाय 'डैनियल चॉपर सुपरबाइक' भी इस्तेमाल की जाएगी। वह बाइक अपने आप में इतनी विशालकाय और भारी-भरकम है। इस बाइक को पियरे अर्नाड ने विशेष तौर पर डिजाइन किया है। पियरे अर्नाड को इस प्रोजेक्ट के लिए नया फिल्म स्टाइलिस्ट नियुक्त किया गया है। एक लंबी और थका देनेवाली प्रक्रिया के तहत उस विशाल सुपरबाइक को बड़े-बड़े हुकों एवं सीलिंग से लटके उत्तोलकों की सहायता से धीरे-धीरे ऊपर लाया जाता है और अंतत: उसे उसकी निर्धारित जगह पर लाकर टिका दिया जाता है।

"या अल्लाह!" असलम बुदबुदाया, "अल्लाह को ढूँढ़ने की यह कैसी जगह है? क्या मुझे उस बड़ी बाइक पर बैठना है?" वैलेंटाइन ने अवाक् होकर पूछा।

"हे भगवान्! वह एक देवी-सी नहीं लग रही है? ओह, यहाँ की सबसे सुंदर वस्तु¨हमारे स्क्रीन के देवता के लिए एक सुंदर देवी!" पियरे ने वैलेंटाइन से कहा।

"क्या हम तुम्हारी इस देवी की सवारी कर सकते हैं?" असलम ने मजाक उड़ानेवाले अंदाज में कहा। शायद वह केवल किसी की हँसी ही उड़ाना जानता है।

"नहीं···नहीं···इस पर चढ़ना नहीं है, मि. असलम कपाड़िया! हम देवी की सवारी नहीं करते, हम देवी के साथ ऊपर उठते हैं।" पियरे ने तंज कसा।

"ठीक है, ठीक है। यह कोई बड़ा मसला नहीं है।"

"बड़ा मसला नहीं है! यह क्या बात हुई? यह किसी भी और बात से ज्यादा महत्त्वपूर्ण है। मैंने तुम लोगों के लिए इस विशालकाय बाइक बनाम 'मेटेल गॉडेस' को डिजाइन किया, जो खलनायकों के मन में डर पैदा कर दे और तुम कहते हो कि कोई बड़ा मसला नहीं! यह मेरे बेहतरीन कामों में से है···मि. असलम कपाड़िया, मेरा काम सबसे अच्छा है।"

500 सी.सी. का इंजन, दोनों ओर से लगे हुए चमचमाते स्विंगआर्म, उत्कृष्ट श्रेणी का दर्पण, 300 एम.एम. के रियर टायर—सब मानो वैलेंटाइन का इंतजार कर रहे हैं।

"यह तो बहुत आसान है। मैं तो आँखें बंद करके ऐसा कर सकता हूँ।" वैलेंटाइन बोला। जिस विश्वास से उसने यह बात कही थी, उसका अंशमात्र भी उसकी आँखों में नहीं दिख रहा था। बाइक को जमीन से लगभग 50 फीट ऊपर तक उठा दिया गया है। आपस में चोटी की तरह गुँथे हुए केबल की सहायता से वैलेंटाइन को इस सुपरबाइक पर बिठाने में पूरे एक घंटा लग गया। उसके पैरों में मजबूत रस्से बाँधे गए थे। इस विशालकाय सुपरबाइक को कई पेटियों, पट्टों और मजबूत रस्सों की सहायता से हवा में लटकाया गया था। धातु और मानव देह के बीच एक गत्यात्मक शारीरिक तनाव उत्पन्न करने में पियरे ने जो प्रतिभा दिखाई थी, उससे वैलेंटाइन बहुत खुश और प्रभावित हो गया था। वैलेंटाइन का पतला और लचीला शरीर उस बड़ी सी बाइक पर बहुत आकर्षक लग रहा है। जब बाइक हिलना शुरू करती है तो ऐसा लगता है, मानो बीच हवा में तेज घूर्णन बल के कारण तीव्र वेदना से जकड़ी हुई हो। यह दृश्य देखकर सबका मुँह खुला रह जाता है और उस पर बैठा सुगठित शरीर का स्वामी वैलेंटाइन किसी गंधर्व की तरह दिख रहा है।

शुरू में, नीचे होनेवाले शोरगुल के कारण उसका ध्यान इस ओर नहीं गया; पर जब असलम और दूसरे लोगों ने उसकी ओर देखा और फिर कंप्यूटर की ओर देखने लगे तो वैलेंटाइन को पहली बार थोड़ी असहजता महसूस हुई। वैलेंटाइन को वहाँ से उतरने में लगनेवाला पंद्रह मिनट का समय ऐसा लग रहा था, मानो वह कभी खत्म ही नहीं होगा। वह उन लोगों की भीड़ को चीरता हुआ बाहर आता है, जो एक भद्दे ढंग से शूट किए और एडिट किए गए वीडियो को दिलचस्पी से देख रहे थे, जिसमें एक पुरुष और एक महिला बाथटब में आपत्तिजनक स्थिति में थे। कैमरे के

और करीब लाकर वीडियो शूट किया गया है। अब दोनों के चेहरे स्पष्ट दिख रहे हैं—बाथटब में वैलेंटाइन राथी के साथ है। पास से गुजरते हुए वैलेंटाइन की नजर इस वीडियो पर पड़ती है तो उसे गहरा झटका लगता है।

"यह वीडियो इंटरनेट पर है। किसी ने इसे इंटरनेट पर पोस्ट कर दिया है। इस वीडियो को बहुत ज्यादा व्यू मिल रहे हैं।" असलम पागल की तरह बार-बार यही बात दोहराने लगा और आमतौर पर खुशनुमा क्रिएटिविटी एवं तुरंत सुझाव देने की क्षमता रखनेवाला पियरे भी इसको देखकर अचंभित रह गया।

"कला की दृष्टि से बहुत ही गंदा है यह वीडियो। लगता है, किसी नौसिखिए या बेवकूफ ने बनाया है। औरत और आर्ट को कभी भी मिलाना नहीं चाहिए।"

वैलेंटाइन के अंदर कहीं से एक गुर्राहट निकलती है और उसके गले के अंदर ही घुटकर रह जाती है। उसने सेट असिस्टेंट के घबराए हुए शब्दों को नहीं सुना।

"मि. वैलेंटाइन, ए.सी.पी. डोराब सिल्वा दिनेश ठाकरे केस के संबंध में आपसे मिलने आ रहे हैं। मि. रंगनाथन फोन पर आपका इंतजार कर रहे हैं। उनका कहना है कि आपने 'मॉरल क्लॉज' का उल्लंघन किया है। इसके अलावा, बिंकी मेंडेज भी आपसे बात करना चाह रहे हैं। वह कह रहे हैं कि उनके पास आपके लिए अत्यधिक महत्त्वपूर्ण जानकारी है इस वायरल वीडियो के संबंध में।"

अगले कुछ मिनटों तक वैलेंटाइन पूरी दिलचस्पी के साथ बिंकी की बातें सुनता रहा, फिर तेजी से मेडिसी स्टूडियो के ईस्ट विंग की ओर चल दिया, जहाँ जूनियर कलाकार हुआ करते हैं। वह सीधा किमी व्हाइट के कमरे की ओर गया।

किमी ने घटनाओं में आए इस खतरनाक मोड़ को अपेक्षाकृत बहुत ही संतुलित ढंग से सँभाला। उसने केवल इतना ही कहा कि उसे अपनी निजी वस्तुएँ लेने की अनुमति दे दी जाए। इस बात में तो कोई संदेह नहीं रह गया था कि किमी की दुनिया बरबाद हो चुकी थी। उसे इस बात पर आश्चर्य था कि आखिर बिंकी मेंडेज को वकील के साथ हुई उसकी मुलाकात के बारे में पता कैसे चला? प्रतिशोध किए बिना और दिल में बदले की भावना लिये उसने सेट छोड़ दिया।

"अपनी घृणा का निर्माण करो। जिन लोगों ने तुम्हारी जिंदगी में अनधिकार प्रवेश किया है, उनसे बदला लो।"

नए जमाने के जादूगरों का यह कोड बदला लेने के तरीकों की गैर-परंपरागत व्याख्या पर प्रकाश डालता है। वह खुद से वादा करती है कि बिंकी से बदला लेना ही इस प्रसंग का सर्वोत्तम भाग होगा।

□

27

सिल्वा एवं वैलेंटाइन
शनिवार, 14 नवंबर
वैलेंटाइन का चैंबर, मेडिसी स्टूडियो
केस नं. 55/63/2018/दिनेश ठाकरे

"उजाड़–सा लग रहा है न? दीवारों पर कोई तसवीर नहीं, कोई अवार्ड, मेडल कुछ भी नहीं। एक सुपर स्टार के लिए यह सब तुम्हें अजीब सा लग रहा होगा न!" सिल्वा को कमरे में सजावट की कोई वस्तु न देखकर चकित होता पाकर वैलेंटाइन धीरे से बोला, जिससे चैंबर में छाई मनहूस चुप्पी टूट जाती है।

"अब, जब आप खुद ही इस ओर इशारा कर रहे हैं तो…"

"मुझे खाली–खाली जगह पसंद है। परिवार की यादों, बनावटी रिश्तों की तसवीरों और कभी मिले मेडलों को सजाकर रखना तथा फिर भावनात्मक रूप से उनसे बँध जाना मुझे हमेशा से नापसंद रहा है। यह सब बेकार और बरबाद करनेवाला होता है। पर मैं अपनी नई उपलब्धियों के लिए जगह बनानेवाला हूँ।" वैलेंटाइन एक पेंटिंग की ओर इशारा करता है, जिसमें एक आदमी एक ऊँची चट्टान पर खड़ा है और एक विरूपित इंद्रधनुष की पृष्ठभूमिवाले किसी बगीचे के साइप्रस वृक्षों को मंत्रमुग्ध–सा देख रहा है। यह उदास–सा चित्र गहरे अकेलेपन के भाव को व्यक्त कर रहा है।

"एक युवा प्रतिभाशाली कलाकार ने इसे बनाया है। मेरा प्रशंसक है, इसलिए उसने इस पेंटिंग के लिए मुझसे पैसे नहीं लिये। बेवकूफ लड़का है। वह कभी भी ढेर सारे पैसे नहीं बना पाएगा। हो सकता है, जब वह मरे, उसके पास एक कौड़ी न हो। तुम तो समझते ही होगे कि अगर कोई अपने माल की मार्केटिंग न कर सके, उसे

बेच न सके तो ऐसी प्रतिभा का क्या फायदा! किसी ने कहा है, "हम सब सामान (मान) ही हैं।" वैलेंटाइन बोलना जारी रखता है, "हमें लोगों को मजबूर कर देना चाहिए कि वे हमारा पूरा दाम चुकाएँ।"

"क्या मि. ठाकरे ने भी दाम चुकाया था?"

"यह इस बात पर निर्भर करता है कि उसने खरीदा क्या था; ऐसा मेरा मानना है। पर इस बारे में मुझे कोई जानकारी नहीं है। वास्तव में, मुझे यह सोचकर आश्चर्य हो रहा है कि जब ठाकरे सौ मीटर की ऊँचाई से नीचे गिरा होगा तो उसे कैसा महसूस हुआ होगा? माफ करना, अगर मेरी बातों से हृदयहीनता झलकती हो। लेकिन अगर तुम यह समझते हो कि इस इंडस्ट्री में लोगों के पास दुःखी होने की कोई वजह नहीं होती तो सॉरी, तुम्हें निराश होना पड़ेगा। हमें ऐसे तनाव और दबाव झेलने पड़ते हैं, जो किसी भी सामान्य व्यक्ति को विक्षिप्त कर दें। सबसे पहले भावनाओं पर ही असर पड़ता है।"

"मि. ठाकरे दबाव में थे। क्या आपको इस बारे में कुछ भी मालूम है?"

"अगर वह खिड़की से बाहर कूदा होगा तो इसका मतलब तो यही है कि उस पर कोई-न-कोई दबाव तो रहा ही होगा। या फिर किसी ने उसे वहाँ से धक्का देकर गिराया होगा, जैसा कि मीडियावाले अनुमान लगा रहे हैं।"

"अभी सब अटकलें हैं, जब तक कि हमें कोई सुबूत न मिल जाए।"

"मीडियावालों के खिलाफ तो कानून बनना चाहिए। अपनी बेवजह की अटकलों और अपरिपक्व विचारों से लोगों पर वार करते रहते हैं। किसी भी बात पर तेजी से निष्कर्ष पर पहुँचकर अपना निर्णय भी सुना देते हैं; जैसे कि हमारी सुंदरता कम हो रही है, हमारे गालों में गड्ढे पड़ रहे हैं, बाल पतले हो रहे हैं, आँखें निस्तेज हो रही हैं...जैसी अनेक बातें। हम कब जागते हैं, कब क्या करते हैं, इन सबकी मॉनिटरिंग करने के लिए ये लोग स्वयं ही हमारे मॉनिटर बन जाते हैं।" वैलेंटाइन ने पैशन फ्रूट का एक टुकड़ा काटा। उस साइट्रस फल की महक चारों ओर फैल जाती है। एक कसाई की तरह हाथ में चाकू थामे वह उस टुकड़े को फेंक देता है।

"थू!...यह तो सड़ा हुआ है।"

"मुझे तो इसका स्वाद बिल्कुल ठीक लग रहा है।" सिल्वा ने एक छोटे से टुकड़े को मुँह में रखते हुए कहा।

"हो सकता है, मेरा वाला सड़ा हुआ हो। सॉरी, मेरी तबीयत कुछ ठीक नहीं लग रही है। सुबह मैंने तीन बार ब्रश किया, माउथवॉश का भी प्रयोग किया, पर

लगता नहीं कि कुछ फायदा हुआ हो। पर तुम यहाँ यह सब सुनने के लिए तो नहीं आए होगे। क्यों?"

"आप हमें दिनेश ठाकरे के बारे में क्या बता सकते हैं?"

"हम एक जैसे भी थे और अलग भी थे।"

"मि. ठाकरे के साथ आपके संबंध कैसे थे?"

"उन दो लोगों की तरह, जो लंबे समय से साथ रह रहे हों—हर सुख-दुःख, हर प्रतिकूल परिस्थिति का हमने मिलकर सामना किया। जो छूटा रह गया, वह कृत्रिम और क्रूर था। ऑफिसर, तुम तो जानते ही हो, जीवन में वास्तविक दुःख किस भद्दे ढंग से आता है; जैसे—मौत, प्यार, माँ-बाप। बिल्कुल भद्दा, अश्लील, जिसमें कोई स्टाइल नहीं, कोई संबद्धता नहीं।"

"क्या उन्होंने आपसे कभी भी यह कहा था कि उन्हें किसी से, किसी भी तरह का कोई भय है? अपना कोई राज आपसे साझा किया था?"

"हम सभी के अपने राज होते हैं। क्या तुम्हारा कोई राज नहीं है? हो सकता है, उसे बहुत कष्ट सहने पड़े हों। अब सही बात क्या थी, कौन बता सकता है?"

"ठाकरे की कुछ तसवीरें हैं, जिनमें वह एक लड़की के साथ है। क्या आप इस लड़की को पहचानते हैं?" कहते हुए सिल्वा हीरी की तसवीर वैलेंटाइन के सामने रख देता है।

"नहीं, कौन है यह?"

"यह 'द ड्यून' के इलाके में रहती थी।"

दोनों चुपचाप एक-दूसरे को देखते हैं।

" 'द ड्यून' से, यही कहा न तुमने? तो, तुम जो बात वास्तव में जानना चाहते हो, वह यह है कि क्या ठाकरे 'द ड्यून' में रहनेवाली वेश्याओं के पास जाता था? अगर जाता भी था तो उससे क्या मतलब?"

"आपने मेरे सवाल का जवाब नहीं दिया।"

"औरतों को कोई भी समझ नहीं सकता और अब यहाँ वेश्याओं के बारे में कोई बात नहीं होगी। शायद मैं उपयुक्त आदमी नहीं हूँ, जिससे तुम ठाकरे की निजी जिंदगी के बारे में जान सको। लेकिन तुम्हें यह तसवीर कैसे मिली?"

"इस लड़की की तसवीरें ठाकरे के घर में ही छुपाई गई थीं। हमें अभी तक यह नहीं पता चला है कि इस लड़की का ठाकरे की मौत से कोई संबंध है या नहीं!"

वैलेंटाइन ने तसवीर हाथ में ले ली और उसके चेहरे पर आश्चर्य के भाव प्रकट

हुए, मानो उसे उम्मीद नहीं थी कि ऐसा कुछ इस तरह से उसके हाथ में आएगा। सिल्वा ने देखा कि वैलेंटाइन तसवीर की ओर सीधा नहीं देख रहा है, मानो लड़की के चेहरे पर नजर न पड़े, इसलिए कहीं और देख रहा हो।

"इस लड़की से ही क्यों नहीं पूछ लेते?" वैलेंटाइन ने कहा।

"यह मर चुकी है। क्या आप इसे किसी भी तरीके से जानते हैं?"

"नहीं।"

"उसके कमरे में आपके कई पोस्टर थे।"

"ऑफिसर, यह तो कोई अपराध नहीं है। फिर भी..." वैलेंटाइन खुलकर हँसता है।

"नहीं, अपराध तो नहीं है। लेकिन मरने से पहले उसने आपके पोस्टर के साथ ऐसा किया था।" सिल्वा ने उसे वह पोस्टर दिखाया।

"लगता है, मेरी कोई प्रशंसिका थी, जो नाराज थी! शायद मेरी फिल्में पसंद न करती हो! वैसे, ऐसी प्रतिक्रिया तो अपनी पराकाष्ठा पर है; लेकिन आपके प्रशंसक कब कैसी प्रतिक्रिया देंगे, कहा नहीं जा सकता।" वैलेंटाइन ने अपनी घड़ी पर नजर डाली और उठ खड़ा हुआ, जो इस बात का संकेत था कि मीटिंग खत्म हो गई है।

"सॉरी, लेकिन मेरे पास तुमको बताने के लिए कुछ भी नहीं है। शायद मेरे विरोधियों का यह कहना सही है कि उस भूमिका के बिना, जो मुझे बोलती है, मैं क्या कहूँगा? एक ऐसा आदमी, जिसके पास अपनी खुद की दो पंक्तियाँ भी नहीं हैं बोलने के लिए। प्लीज, अब मुझे माफ करो। मेरा मेकअप खराब हो गया है। ओह, तुम बिल्कुल समय पर आए हो। यह पुलिस ऑफिसर जा ही रहे हैं।"

सिल्वा उन सपाट आँखों को खुद पर टिकी पाता है, जिनमें घबराहट के भाव हैं और वह भी सिर हिलाता हुआ उठ खड़ा होता है।

"मैं हमेशा कानून की सहायता करने में विश्वास रखता हूँ। हालाँकि, मुझे अभी भी यह नहीं मालूम कि तुम मुझसे जानना क्या चाह रहे थे! तुम ठीक हो न? तुम्हें पसीना आ रहा है, ऑफिसर!"

~✤~

सिल्वा के वहाँ से निकलते ही वैलेंटाइन काउच पर गिर पड़ता है। वह बुरी तरह से थका हुआ है। उसके पूरे बदन में एक कँपकँपी-सी दौड़ गई और एक अनजाने से भय ने उसे बुरी तरह से जकड़ लिया। सिगरेट के गरम धुएँ से अपना

फेफड़ा भर लिया, पर उससे भी कोई फायदा नहीं हुआ और सीने पर छलक आई पसीने की बूँदें धीरे-धीरे मानो बर्फ बन गईं। 'माइक्रो डोजिंग' का प्रभाव उसकी आँखों पर हो रहा है और उसे लग रहा है कि वह एक अजीब सी जगह पहुँचकर फँस गया है, जहाँ सबकुछ गड्ड-मड्ड हो गया है और इस स्थिति को सही करने से वह अभी मीलों दूर है। उसे तैयार होने से पहले अपने सेरोटोनिन लेवल को संतुलित करना होगा। पर यदि इसके बदले थोड़ा सोने का मौका मिल जाए तो यह कोई बुरा सौदा नहीं होगा, भले ही सोने के लिए नींद की दवा क्यों न लेनी पड़े—एक ऐसी नींद, जिसमें न सपने होंगे और न ही सही अर्थों में कोई आराम।

जब रंगनाथन बिना पूर्व सूचना के अंदर आता है, वैलेंटाइन उसे भावहीन नजरों से देखता है।

"बाहर निकलो!" वैलेंटाइन की आवाज काफी तल्ख है।

"क्या! सच में? नहीं, धन्यवाद। मैं तो रुकूँगा। यह मेडिसी की संपत्ति है। क्या मैं तुम्हारे लिए एक पेग बनाऊँ?" रंगनाथन एक जिद्दी बच्चे की तरह होंठ बिचकाते हुए बोला और फिर दोनों के बीच एक मनहूस-सी चुप्पी छा जाती है।

"मैंने सुना है, तुमसे मिलने कुछ लोग आए थे?"

"हाँ, पुलिस आई थी।"

"पुलिस, हुँह! यह तो काफी परेशानीवाली बात बनती जा रही है। हमारा एक 'मॉरल क्लॉज' था, क्या मैं तुम्हें उसकी याद दिलाऊँ?"

"तुम लोग मेरी आड़ में अपने पाप मिटा रहे हो, यही बात मेरे लिए सबसे बड़ी चिंता का विषय है। तुम लोगों के इस गंदे बिजनेस के कारण मैं भी अपराधी ही लगने लगा हूँ, क्या तुमको ऐसा नहीं लगता?" वैलेंटाइन ने थके हुए भाव से अपने सिर को दबाते हुए कहा, "इसके अलावा, जिस दिन लोग नैतिकता को महत्त्व देने लगेंगे, उसी दिन तुम्हें भी अपनी दुकान बंद कर देनी पड़ेगी। अगर तुम्हारी जगह मैं होता तो उन लोगों के लिए जरूर दुआ माँगता, जो बीमारी के और बिगड़ जाने की वजह से घबराहट में इधर-उधर भाग-दौड़ कर रहे होते हैं।"

दोनों व्यक्ति एक-दूसरे को खा जानेवाली निगाहों से देखते हैं, क्योंकि दोनों ही एक-दूसरे के शिकार करने के ढंग से भली-भाँति परिचित हैं।

"वे लोग क्या जानना चाहते थे?"

"पुलिस मेरे पास एक वेश्या की तसवीर लेकर आई थी। आह, बॉय!" वैलेंटाइन 'बॉय' पर चिल्ला उठा, क्योंकि बॉय का हाथ फिसल गया था और वैलेंटाइन की मांसपेशियाँ गलत दिशा में मुड़ गई थीं।

“क्या तुम मेरी खाल उतार देना चाहते हो?” वैलेंटाइन ने गुस्से में उसका हाथ हटाते हुए कहा।

“सॉरी, मि. वैलेंटाइन! मुझे अफसोस है, मेरा हाथ लैटेक्स पर फिसल गया।”

“क्या यह वास्तव में गोल्ड है?” रंगनाथन ने वैलेंटाइन के हाथों व पैरों पर चमकती गोल्डन लैटेक्स क्रीम को देखकर पूछा।

“हाँ, सर!” बॉय ने गर्व से कहा, “मैंने ही इस लिक्विड लैटेक्स कलर को बनाया है। यह शरीर की टोनिंग से अच्छी तरह मिल जाता है। मैं आपके आखिरी सीन के लिए मनकों या बालू के साथ नए आयामोंवाले टेक्सचर बना सकता हूँ।”

“बॉय, रुको! बिंकी सही कहता है, तुम अपनी कला को बहुत गंभीरता से लेते हो। तुम दोनों यहाँ से जाओ, मुझे अकेला छोड़ दो।”

“किसी के प्रति गलत भावना नहीं रखनी चाहिए।”

“तुम चरित्रहीन, आवारा आदमी! खुद को बहुत अधिक महत्त्व देते हो। तुम्हारी यह बेकार कंपनी मेरी ऋणी है। तुम इन आवारा लड़कों के साथ रहते हो और मुझसे नैतिकता की बात करते हो! तुम अपनी गंदी हरकतों के लिए कुछ छोटे लड़कों को अभी भी घर में छुपाकर रखे हुए हो। क्यों? सही कह रहा हूँ न? तुम उन गरीब बच्चों को अपनी हवस पूरी करने के लिए अपने साथ रखते हो।”

रंगनाथन ने कुछ बोलने के लिए अपना मुँह खोला, पर फिर बंद कर लिया, जैसे मछली हवा लेने के लिए मुँह खोलती है। बिना एक शब्द बोले वह वहाँ से निकल जाता है।

“बॉय, मुझे यह क्रीम फिर मत लगाना। इससे मुझे साँस लेने में दिक्कत होती है।”

“सर, यह दूसरी क्रीम है—पहले से कहीं अच्छी। इसे साफ करना अधिक आसान है और इससे दुर्गंध भी नहीं निकलती। अब आपको ऐसी व्याकुलता नहीं होगी।” मजबूत हाथों से बॉय ने एक लोशन निकाला और उसमें कोई मलहम मिलाकर वैलेंटाइन की गरदन व कंधों पर वहाँ-वहाँ लगाया, जहाँ-जहाँ पेंट लगा हुआ है। यह मसाज तब तक चलता है, जब तक कि सुपर स्टार का शरीर किसी राजा के शरीर जैसी सुंदरता से चमकने नहीं लगता; लेकिन वैलेंटाइन किसी अनाड़ी कलाकार, जो ज्यादा चमक लाने के लिए वार्निश के रूप में बिटूमन का ही प्रयोग कर लेता है, से कुछ अलग नहीं महसूस कर पा रहा है और वह इस बात से अनजान है कि रेडियो एक्टिविटी के कीटाणु ने उस घोल को पहले ही प्रदूषित कर दिया है, जिससे उसमें घातक रासायनिक प्रतिक्रिया शुरू हो चुकी है।

□

28

राथी ठाकरे
शनिवार, 14 नवंबर
द इयून

राथी ने उस दिन का आधे से अधिक समय द इयून के इलाके में कार चलाते हुए गुजारा। उसकी उँगलियाँ उस इलाके की क्षारीय हवा के कारण चिपचिपी सी हो गई थीं और सूज भी गई थीं। सूरज की तेज रोशनी के कारण तो कार चलाने में दिक्कत हो ही रही थी, पतली व तंग गलियों में जो भीड़ थी, वह भी एक मुसीबत ही थी। राथी को 'रूबी ब्लू' तक पहुँचने से पहले कई बार रुकना पड़ा था।

अब गोधूलि वेला हो चली है और गंदे पोखरों की तरह चमकती हुई जिंक की छतें राथी को गुमराह कर रही थीं। वहाँ का पूरा माहौल ही बदबू व गंदगी से भरा हुआ था। उसे डर लग रहा था, कहीं अँधेरा हो जाने पर वह इस भूल-भुलैया जैसी जगह में फँसकर न रह जाए! उसे यहाँ की सही-सही भौगोलिक स्थिति को लेकर ही संशय नहीं था, बल्कि 'रूबी ब्लू' तक पहुँचने के इस मिशन को शुरू करने से पहले जो विश्वास उसके अंदर था, वह भी खत्म हो चला था। वह शहर के इस पुराने भूल-भुलैया जैसे इलाके में रात नहीं गुजारना चाहती थी, इसलिए लौट चलने का निर्णय उसे अधिक सही लगा। पर जिस रास्ते से वह वहाँ पहुँची थी, उसी रास्ते से अगर वापस लौटी तो इसका मतलब होता—उसे उस इलाके में कुछ घंटे और गुजारने होंगे। अंत में, राथी ने मछली बाजारवाले शॉर्टकट रास्ते से जाने का निर्णय लिया और मीट की दुकानों, कैसेट स्टॉलों, सैलूनों, मनकों की करधनी पहने नंगे बच्चों और अपनी शातिर अदाओं के साथ खड़ी वेश्याओं से वे छोटी और तंग गलियाँ अँटी पड़ी थीं। टोपी पहने हुए लड़के मछलियों की और टोकरियाँ लाते हुए

बार-बार उसका रास्ता रोक देते। जब वह मछली बाजार से बाहर निकल पाई, उस समय तक हवा की दिशा बिल्कुल बदल चुकी थी। भीगी-भीगी हवा बह रही थी। बढ़ते हुए अंधकार को कड़कती हुई बिजली ने एक क्षण के लिए रोशनी से भर दिया और इसी रोशनी में उसकी नजर आगे लगे एक साइनबोर्ड पर पड़ी, जिसे देखकर उसे याद आया कि वह यहाँ आई क्यों थी? बोर्ड का पेंट उड़ चुका था। सारे रंग आपस में मिल गए थे; फिर भी, राथी ने पढ़ लिया—

'रूबी ब्लू में स्वागत है!'

जीत की खुशी महसूस करने के बजाय एक व्याकुलता की भावना उसके अंदर पैदा हुई और खतरे का संकेत पहले मिलते ही वह वहाँ से निकल भागने का निश्चय कर लेती है। दूर से यह जगह वैसी नहीं लग रही थी, जैसी उसने कल्पना कर रखी थी, जहाँ नशीली दवाएँ मिलती थीं। वहाँ शराब पिए और नशीली दवाओं का सेवन किए हुए लोगों की भीड़ थी। उनके चेहरे और चाल से पता चल रहा था कि वे सब-के-सब नशे में धुत्त थे। दरवाजों के अंदर-बाहर करते हुए वे लोग हर उस आदमी को अपने पर्स में रखी उस सख्त चीज को कसकर पकड़े हुए थे, जो सुरक्षा की आखिरी उम्मीद थी।

'रूबी ब्लू' का प्रवेश-द्वार बार के आकार का था। वहाँ पहुँचकर राथी चकित सी सबकुछ देखती रह गई, मानो वहाँ की विचित्रता ही उसके लिए एकमात्र वास्तविकता रह गई हो! दिन में यह खूब चलनेवाले बार और शराब की दुकान के रूप में काम करता था और रात में यहाँ वेश्यालय चला करता था। राथी नहीं चाहती थी कि वहाँ लोगों का अवांछित ध्यान उसकी ओर जाए, इसलिए वह सबसे कम रोशनीवाले कोने में बैठ गई। यह जगह बाहर निकलनेवाले दरवाजे के भी सबसे करीब थी। सस्ते चमड़ेवाली सीट पर बैठकर वह 'रीफर' जलाती है, क्योंकि वह इस नशे को आसानी से हैंडल कर सकती है और अब उस क्षण का इंतजार कर रही है, जब यह नशा उसे मजबूती प्रदान करे। उग्र लड़के व लड़कियों का एक झुंड उसके करीब की सीट पर बैठ जाता है और चिल्लाकर अपने लिए ड्रिंक्स का ऑर्डर देता है। घुँघराले बालोंवाली लंबी और साँवली औरत उस झुंड की मुखिया लग रही है। सोने से बने उसके नाम 'लिल लिलेट' के अक्षर उसके गले में पड़ी एक मोटी सी चेन में लटके हुए थे।

"तुम अपने चेहरे पर क्या लगा रही हो? डायपर की गंदगी?" लिल लिलेट घृणापूर्ण स्वर में दूसरी लड़की पर चिल्लाई।

"कुत्ते की पॉटी जैसी बदबू आ रही है। इसे मेरे पास से हटाओ!" लिल लिलेट उस छोटे से चेहरेवाले लड़के से चिल्लाकर बोली, "सूअर जैसी शक्लवाले गंदे आदमी, पीछे हटो!" लिल लिलेट उसके चेहरे पर मुक्का तानती है।

"आवारा औरत! सुनो, यह जो कचरा मैंने अपने चेहरे पर लगाया है, वह क्रड मास्क है, 'ब्लैक सी' में उगनेवाला एक शैवाल है। मैं इसे खाती भी हूँ।" पतली लड़की ने कहा।

"अपने चेहरे पर सड़ी-गली चीजें लगाकर खुश हो रही हो!" लिल लिलेट चीखी और वह पतली लड़की, बाहर को निकले दाँतोंवाला लड़का तथा अन्य लोग हँस पड़े।

"ऐ लड़की! डिनर के लिए पैसे चाहिए?" नशे में धुत्त कुछ लोगों ने राथी से गंदे इशारे करते हुए पूछा तो वह काँप उठी।

"हटो यहाँ से तुम सब। उसे तुम लोगों से कुछ नहीं चाहिए!" लिलेट चिल्लाई।

"ओहो, तुम्हें जलन हो रही है! मैं तुम दोनों को पैसे दे सकता हूँ।" एक आदमी अश्लील लहजे में बोला।

"गंदी नाली के कीड़े! अपनी औकात में रहो।" कहते हुए लिलेट ने अपने लंबे व काले पैर फैला लिये। पैरों में उसने ऊँची एड़ी की सैंडिलें पहन रखी थीं।

वहाँ उपस्थित लोग लिलेट की ओर आकृष्ट हो गए और राथी को यह देखकर राहत महसूस हुई कि अब उस पर किसी का ध्यान नहीं रह गया था।

"कोशिश करते रहो···कोशिश करते रहो···तुम सबका भी समय आएगा···" लड़कियाँ खुश होकर चिल्ला रही थीं। फिर वे मर्दों को खींचकर डांस फ्लोर पर ले आईं। अब, सब लोग डांस फ्लोर पर नाच रहे थे, सिवाय लिल लिलेट के। वह अपनी सीट पर चुपचाप बैठी शराब पीती रही।

"तुम यहाँ नई हो? तुम्हें शायद पहले कभी नहीं देखा!" लिल लिलेट ने उसकी ओर देखे बिना ही पूछा।

"मैं किसी को ढूँढ़ रही हूँ।" राथी ने सच बोलना उचित समझा।

"क्या हम सब ही किसी-न-किसी की तलाश में नहीं हैं?"

लिल लिलेट ने उसकी ओर भुने हुए मीट का एक टुकड़ा बढ़ाया, जिसे वह मुसकराते हुए ले लेती है। उसे लगता है कि अगर उसे किसी भी तरह की सहायता चाहिए तो बेहतर होगा कि वह मित्रतापूर्ण व्यवहार करे। उस मसालेदार मीट के टुकड़े को चबाते हुए राथी तसवीर निकालकर लिलेट के सामने रख देती है। जब

लिलेट की आँखों में तसवीर में दिख रहे चेहरे को पहचान लेने के भाव दिख पड़ते हैं तो राथी का दिल जोर-जोर से धड़कने लगता है।

"तुम्हें इससे क्या काम है?"

"मैं इसी को ढूँढ़ते हुए यहाँ आई हूँ।"

"ओह! देखो लड़की, मैं तुम्हारी कोई मदद नहीं कर सकती। मैं क्या, कोई भी नहीं कर सकता।"

"देखो, इस जानकारी के बदले मैं तुम्हें अच्छे पैसे दे सकती हूँ।" राथी बोली।

"मिस, कितने भी पैसे दो, तुम्हें इस तक कोई नहीं ले जा सकता। यह मर चुकी है। कुछ सप्ताह पहले इसकी मौत हो गई है।"

"मर गई?"

"हाँ, पर उसकी बेटी यहाँ है। उसका नाम एस्टे है। अगर तुम उससे मिलना चाहो तो…" आँखों से इशारा करते हुए वह बोली।

"उसकी बेटी?"

"हाँ। वह रही…वहाँ।"

उत्तेजना के कारण राथी ने ध्यान नहीं दिया कि उसे वहाँ कुछ तो गड़बड़ लग रही थी। उसकी बाईं पसली की ओर हलका सा दर्द हो रहा था। चिपचिपा पसीना बह रहा था। लिल लिलेट ने तेज संगीत पर झूमती हुई एक लड़की की ओर इशारा किया। उसे लड़की का चेहरा स्पष्ट दिख नहीं रहा था। धीरे-धीरे वह उसकी ओर बढ़ी। पर जब उसे लगने लगा कि वहाँ की दीवारें उसके करीब आती जा रही हैं तो वह रुक गई। उसे कुछ कड़वा-सा स्वाद महसूस होने लगा था, जो धीरे-धीरे उसके गले में नीचे तक पहुँच गया। उसे लगने लगा कि वह गिरने वाली है। उसकी उँगलियाँ शिथिल हो गईं। उसके हाथ से कार की चाबी गिरकर छूट गई, पर फर्श पर गिरने की आवाज नहीं सुनाई पड़ी। बार में हो रहे शोर से उसकी नसें फटने लगीं और उसे लग रहा था, मानो उसके सिर पर कोई चोट कर रहा हो। पर वह अभी भी अपने पैरों पर खड़ी थी, यह अच्छी बात थी। लेकिन वह अपनी कार से बहुत दूर थी, यह बुरी बात थी। अपनी इस मूर्खता के लिए वह खुद को कोसने लगी—

आखिरकार किस पागलपन की वजह से वह इस नरक में आई?

राथी अपना मानसिक संतुलन बनाए रखने का प्रयास करते हुए बार से बाहर निकली और कार तक पहुँच गई। कार के अंदर बैठ जाने पर उसके अंदर सुरक्षा का भाव उत्पन्न हुआ; पर सुकून भरी यह स्थिति क्षणिक ही साबित हुई। अचानक

राथी की नजर कार की तरफ आते कुछ लोगों पर पड़ी। उसने तुरंत देखा कि कार का दरवाजा ठीक से बंद है या नहीं? खिड़की के शीशे चढ़े हुए हैं या नहीं? बाहर तेज हवा का शोर है। सड़क पर कीचड़ है।

कार का इंजन स्टार्ट होने में थोड़ा समय लग गया। वे लोग कार के अंदर झाँकने की कोशिश कर रहे थे। यह सब देखकर वह घबराहट में एक्सीलेटर को पूरा दबा देती है। हालाँकि, जल्द ही उसे अहसास हो गया कि यह उसका गलत कदम था, क्योंकि कार कुछ मीटर ही आगे जाकर कीचड़ में धँसने लगी। बादल फटने की वजह से सड़कें एक छोटी सी नदी में बदल गई थीं। पेड़ खतरनाक अंदाज में हिल रहे थे। राथी को अहसास था कि सबसे पहले उसे यहाँ से निकलना होगा, नहीं तो काँच के प्याले में फँसे कीड़े की तरह वह कार में ही मर जाएगी। गियरों को निचले रेंज में रखते हुए उसने आपातकालीन ब्रेक खींचे, ताकि इंजन स्टार्ट हो सके। लेकिन लगता है कि कहीं कुछ जाम हो गया है और फिर अंतत: इंजन रुक गया। कीचड़ भरा पानी दस फीट तक पहुँच चुका है और कार उसमें फँस चुकी थी और धीरे-धीरे खतरनाक ढंग से काले-भूरे रंग के पानी से भरे नाले की ओर बढ़ रही थी। नाले में चारों ओर से तेज गति से आता हुआ पानी गिर रहा था। कार अचानक उछली और उसका सिर जोर से कार के दरवाजे के रिम से टकराया। अपने पैरों से कार का दरवाजा खोलते हुए वह खड़े होने की कोशिश करती है, पर उसके घुटनों ने साथ नहीं दिया। सिर को थामे वह चेहरे के बल उस कीचड़ भरे पानी में गिर पड़ी।

जब उसे होश आया तो सबसे पहले उसकी नजर अपनी कार पर पड़ी, जो अब पानी से बाहर निकल चुकी थी। कमरे की दीवारें उसे हिलती हुई-सी लगीं और उसे महसूस हुआ कि वह डूबी नहीं थी। उसने तेजी से चारों ओर नजर दौड़ाई तो लगा कि उसे किसी तरह का नुकसान नहीं हुआ था। उसका पर्स रखा हुआ था और एक बच्ची उसकी कार की चाबियों से खेल रही थी। कमरे में फर्नीचर काफी कम था। छोटे से सफेद ऑयल क्लॉथ से ढकी हुई चौकोर मेज कमरे के एक ओर पड़ी हुई थी। दूसरी ओर जूट के बने सस्ते स्टूल, कुछ तश्तरियाँ और कप-प्लेट रखे हुए थे। एक गहरे अविश्वास के भाव ने उसे जकड़ लिया; पर अपनी इस बेसुधी की हालत में वह अपनी ही प्रतिक्रिया नहीं समझ पा रही थी। हवा शायद कम थी, क्योंकि जब उसने बोलने की कोशिश की तो उसे साँस लेने में दिक्कत हुई। उसके कानों में समुद्री लहरों की आवाज टकरा रही थी। वह अभी भी 'द ड्यून' के इलाके

में ही थी। सिर पर लगी चोटें दुख रही थीं। उसे मालूम था कि यह दर्द धीरे-धीरे कम हो जाएगा; पर अभी उसे काफी कमजोरी महसूस हो रही थी।

"सिर में काफी चोट आई लगती है।…" उसे एक आवाज सुनाई पड़ी।

"मिस, अब तुम ठीक लग रही हो। लेकिन अभी तुम्हारा हैंगओवर उतरा नहीं है।" बोलते हुए लड़की अपनी बच्ची के करीब पहुँचती है, जो अभी भी चाबियों से खेलने में व्यस्त थी।

"इससे क्या फर्क पड़ता है ? वह कुछ समय तक कहीं नहीं जा रही है।" उसे यह जानने में एक मिनट लगा कि यह आवाज किधर से आई है ? आदमी उसके पैरों की ओर झुककर बैठा हुआ था और उसके बैग की चीजें वापस बैग में डाल रहा था। राथी को लगा कि उसने पहले भी इस आदमी को कहीं देखा है; पर कहाँ, यह उसे याद नहीं आया।

"मैं कहाँ हूँ ?" पूछते हुए राथी अपनी जीभ को मुँह के चारों ओर तब तक घुमाती रही, जब तक कि गले को तर करने लायक लार मुँह में नहीं आ गई।

"मिस, अब तुम ठीक हो। घबराओ मत, तुम ठीक हो। तुम्हें दवा दी गई है… नहीं, उठो नहीं। अभी तुम काफी कमजोर हो।"

राथी जवाब देने ही वाली थी, पर फिर रुक गई। कमरे में एक मैंटल-शेल्फ पर उसी लड़की की तसवीर रखी हुई थी, जिसे वह ढूँढ़ रही थी।

"वह कौन है ? वह लड़की…मैं उसे ढूँढ़ रही हूँ…लिलेट ने बताया, वह मर चुकी है…सच में मर चुकी है क्या ?" अपने थरथराते हुए सिर को थामे हुए उसने तसवीर की ओर इशारा किया।

"हाँ, वह मर चुकी है…लेकिन…तुम्हें सोने की कोशिश करनी चाहिए, नहीं तो दवा असर नहीं करेगी।"

"तुम…तुम्हारा चेहरा…तुम उसी की तरह दिखती हो। तुम…कौन हो ? मैं कहाँ हूँ ?"

लड़की ने जवाब नहीं दिया और अपनी बच्ची के पास चुपचाप बैठी रही।

शायद किसी दवा के असर से राथी की आवाज बेजान-सी हो रही थी। लेकिन अब वह उस लड़की की तसवीर की ओर नहीं देख रही थी। कार की चाबी से खेलती वह बच्ची उसे देखकर खुशी से हँस रही थी। पुतली की विकृति को अनदेखा करना मुश्किल था। बच्ची की आँखों की यह असामान्यता और स्पष्ट रूप से दिखाई पड़ रही थी। राथी को आश्चर्य होता है कि क्या सिर पर लगी चोट की वजह से

उसके दिमाग के हर हिस्से में उसके मृत पिता का चेहरा छा गया था ? कहा जाता है कि दस लाख लोगों में से किसी एक में ही सह सामान्यता दिखाई पड़ती है। जो दुर्लभ जीन पीढ़ियों से उसके परिवार में चला आ रहा था—माता-पिता से उनकी संतानों में आता है, पिता से बेटियों में। तेज हवा में खिड़की के पल्ले खड़खड़ाते हैं और राथी को लगा कि सच्चाई तूफान का रूप लिये उसके दिमाग से टकरा रही थी। चेहरे के बाईं ओर, आँख के पीछे से होते हुए सिर के पिछले भाग में कुछ गरम-गरम सा महसूस हुआ। धीरे-धीरे सुनना, देखना, सूँघना—यानी सारी इंद्रियों ने काम करना बंद कर दिया और वह फिर से बेहोश हो गई।

राथी जब उठी तो उसने खुद को एक बड़े से कमरे में पाया। कमरे की दीवारें जगह-जगह से टूटी हुई हैं, जिन पर लकड़ी का कुछ काम किया हुआ है। अपनी उस कमजोरी की स्थिति में उसने देखा कि उसकी कार की चाबियाँ और जिसमें उसका सारा सामान रखा हुआ था, एक मेज पर पड़े हुए थे।

"डरो मत, तुम यहाँ सुरक्षित हो।" राथी ने लड़की की आवाज सुनी। वह उसके चेहरे पर एक नजर डालकर फिर उस बच्ची की ओर देखने लगी, जो अपनी माँ का दूध पीते-पीते उसकी ओर देखकर मुसकरा रही थी।

"तुम कौन हो ?" राथी ने पूछा।

"मैंने बताया तो···मेरा नाम एस्टे है। तुम मेरे घर में हो।"

"यह किसकी बच्ची है ?" उसने जानना चाहा।

"प्रश्न बहुत पूछती हो। लेकिन मुझे यह बताओ, तुम्हें मेरे 'मिस्टर' और मेरी माँ की फोटो कहाँ से मिली ?"

"मेरे 'मिस्टर' से तुम्हारा क्या अभिप्राय है ? क्या तुम इस आदमी को जानती हो ?"

"मैं इसे जानती हूँ ? हाँ, बहुत अच्छी तरह से जानती हूँ। मेरा जवाब तो यही होता···पर मैं तुम्हें क्यों बताऊँ ?"

"मैं इस आदमी की बेटी हूँ।"

" 'मिस्टर' की बेटी! वह भी मेरे घर में···जरा कल्पना करो!" एस्टे की हँसी राथी का उपहास उड़ाती हुई-सी थी और उसका अगला वाकया तो उसे चोट पहुँचाने वाला था—

" 'मिस्टर' की दूसरी बेटी से मिलने की कल्पना···"

"दूसरी ?"

"मिस, तुम भी उसकी ही दूसरी बेटी को देख रही हो। हम सब एक ही परिवार हैं।"

राथी को लगा, किसी ने उसके चेहरे पर गोली दाग दी हो।

"हम एक ही परिवार हैं। हे भगवान्! क्या इस तरह की बातों पर विश्वास किया जा सकता है? देखो, मिस···तुमने अनुमान लगा ही लिया होगा कि मेरा पेशा क्या है। 'द ड्यून' के इलाके में कड़ी मेहनत करनेवाली लड़कियों के पास बहुत विकल्प नहीं होते। लेकिन मुख्य बात यह है कि तुम्हारे पिता मेरे बहुत करीब हो गए थे। वह यहाँ प्राय: आया करते थे। सबकुछ बहुत अच्छा चल रहा था। उन्होंने मुझे यह कमरा ले दिया, पैसे दिए, मेरा खयाल रखते थे। एक वेश्या को और क्या चाहिए! मुझे एक संरक्षक मिल गया था।"

"रुक जाओ! तुम मुझे यह सब क्यों बता रही हो?" राथी वहाँ से निकल भागना चाहती थी, पर उसके पैरों ने साथ नहीं दिया।

"धीरज रखो, मिस! तो, एक दिन जब मैं इस बच्ची को जन्म दे देती हूँ और 'मिस्टर', अर्थात् तुम्हारे पिता को बताती हूँ कि यह बच्ची उसकी है तो मेरी माँ हँसना शुरू कर देती है। उसकी हँसी बिल्कुल ठंडी थी। और तब वह मुझे सच्चाई बताती है कि 'मिस्टर' मेरी माँ को भी जानता था। उस तरह से नहीं जानता था, जैसे तुम्हारी दुनिया में लोग एक-दूसरे को जानते हैं; बल्कि उस तरह से, जैसे इस इलाके में हम लोग मर्दों को जानती हैं। कई आदमी यहाँ ऐसे होते हैं, जिनका संबंध या तो हमारी माँओं से होता है या फिर हमारी बेटियों से; पर कुछ ऐसे भी होते हैं, जिनका संबंध माँ-बेटी दोनों से होता है।"

"प्लीज, चुप हो जाओ।" राथी एस्टे को चुप कराने के लिए उसका गला भी दबाने के लिए तैयार थी।

"मिस, सच्चाई नहीं सुनना चाहती हो? क्या तुम यह नहीं जानना चाहतीं कि मेरी माँ क्या कहती थी?"

एस्टे की बात सुनकर राथी को लगा, मानो उस पर आसमान टूट पड़ा हो।

"तो सच यह है कि मेरा 'मिस्टर' ही मेरा बाप भी था। मेरी माँ बहुत नीच थी और उससे मजाक करते हुए कहा करती थी कि द ड्यून में उसकी दो-दो बेटियाँ हैं। क्या तुम इस बात पर विश्वास करोगी? इस पर 'मिस्टर' ने कहा कि उसे हम लोगों से कुछ भी लेना-देना नहीं है। यह ठीक भी है, क्योंकि कई ऐसे मर्द होते हैं, जो अपनी ही बेटियों को वेश्यावृत्ति में धकेल देते हैं और इस विषय में कुछ सोचते भी

नहीं हैं; पर वह ऐसा आदमी नहीं था। तो फिर मिस, चूँकि हमारा बाप एक ही है, तो हम लोग बहनें हुईं न! तीन बहनें! अगर तुम इस छोटी सी कायी को भी गिनो तो!"

वह छोटी बच्ची अपनी भोली-भाली, नीली-सुनहरी-कबरी आँखों से राथी को देख रही थी। यह सब देखकर राथी खुद को धिक्कारने लगी।

□

29

शनिवार, 14 नवंबर
रंगनाथन का अपार्टमेंट

वह आदमी रंगनाथन के अपार्टमेंट में तभी घुसता है, जब उसे विश्वास हो जाता है कि वकील बिल्डिंग में नहीं है। वह छोटा लड़का बिना आवाज किए रो रहा है। वह सारी रात दर्द में तड़पता रहा है। इन्फेक्शन काफी बढ़ गया है और उसे असहनीय दर्द हो रहा है। धीमी–धीमी आवाज में मदद की गुहार लगाता वह बच्चा सिसकियाँ भर रहा है। वह आदमी उसे शांत रहने का इशारा करता गया। वह लड़के के उस हिस्से पर, जहाँ इन्फेक्शन हुआ था, आधे घंटे तक मलहम लगाता रहा और साथ ही अपने बच्चों को सांत्वना भी देता रहा कि उसे अब उस गंदे आदमी से डरने की कोई जरूरत नहीं। रंगनाथन की तसवीर पर नजर पड़ते ही उसके अंदर तीव्र क्रोध की एक लहर उत्पन्न हुई। इससे ज्यादा घृणा उसे किसी अन्य व्यक्ति से नहीं हुई थी।

□

1993

रात हो जाने पर मैं अपने घर में घुसा। इसमें सेंधमारी की गई थी और इसे लूटा भी गया था। लूटपाट करनेवाले जो कुछ नहीं ले जा पाए थे, उसे तोड़ दिया था। पेशाब की दुर्गंध चारों ओर फैली हुई थी। दीवारों पर चित्र बने हुए थे। हाल में ही वहाँ जो हिंसा हुई थी, उसकी गंध अभी तक वहाँ बसी हुई थी। जीवन का कोई चिह्न नहीं था। हवा और पानी से लकड़ी की दीवारें फूल गई थीं। उन्हें बचाकर उस गुप्त स्टोर रूम तक पहुँचाना कठिन था। अच्छी बात यह थी कि उसे कोई क्षति नहीं पहुँची थी। परित्यक्त, पर सुरक्षित। घुसपैठियों की नजरों से वह किसी तरह बचा रह गया था। माँ अपनी सारी महत्त्वपूर्ण वस्तुएँ, जैसे—दवाएँ, डॉक्टर के पुरजे एवं महत्त्वपूर्ण दवाओं के फॉर्मूले और उनके निर्माण में प्रयुक्त होनेवाली सामग्री आदि इसी गुप्त स्टोर रूम में रखती थी। वह जगह, जहाँ मुख्य रूप से उनका सामान रखा जाता था, बहुत तंग-सी थी और वहाँ लकड़ी के पटरे जमीन पर बिछे हुए थे, ताकि प्रयुक्त किए जानेवाले रसायनों को नमी से बचाने के लिए जमीन से थोड़ा ऊपर रखा जा सके। जगह धूल से भरी हुई थी। कई जगहों से वे पटरे सड़कर गिर चुके थे और नीचे जमीन की मिट्टी नजर आ रही थी। शीशियों से सफेद द्रव निकलकर बाहर बिखरा पड़ा था और पूरी तरह से सूख चुका था। टूटे हुए कैबिनेटों में शीशियों और जारों में पीले मशरूम, बीज, भंगुर फूल, जड़ी-बूटियाँ थीं, जो नमी के कारण बिल्कुल गल चुकी थीं।

जिस कैबिनेट पर चॉक से गोल निशान बनाया गया था, उसमें माँ का सबसे महत्त्वपूर्ण फॉर्मूला रखा हुआ था। मैंने अपना हाथ कैबिनेट के अंदर डाला और जल्दी ही मेरी उँगलियाँ एक मलिन से सफेद रंग के बक्से से टकराईं। उस बक्से के अंदर हरे रंग का पेस्ट था—चिपचिपा, अपारदर्शी, दिखने में मोम जैसा। उसकी गंध काफी तेज और अप्रिय थी। यही वे खास दवाएँ थीं, जिन पर माँ काम कर रही

थी और उसी दौरान वे लोग उसे उठा ले गए थे। इसी पुराने कैबिनेट के पीछे कुछ कागज भी रखे हुए थे, जो फफूँदी और नमी के कारण गल-से गए थे। लकड़ी इतनी सड़ चुकी थी कि लग रहा था कि वह उन रहस्यों को बाहर नहीं आने देगी; पर मैंने भी उन कागजों को सही-सलामत बाहर निकालने में अपना पूरा दम लगा दिया। उन कागजों पर उन नई दवाओं के फॉर्मूले और उनसे संबंधित नोट लिखे हुए थे, जिनको वह उस दौरान तैयार कर रही थी। उसी में माँ द्वारा मुझे लिखी एक चिट्ठी भी रखी हुई थी, जो शायद उसके आखिरी शब्द थे मेरे लिए। मैंने वह चिट्ठी बार-बार पढ़ी, जब तक कि उसका एक-एक शब्द मेरे जेहन में अच्छी तरह से बैठ नहीं गया—

"अखौरी, क्या मैं डायन हूँ? गाँववाले कहते हैं कि मैं डायन हूँ। उन लोगों ने मेरी सारी दवाएँ बरबाद कर दीं। वह सबकुछ, जो वे अपने साथ ले जा सकते थे, लेते हुए; जबकि इन दवाओं से न जाने कितने लोगों का उपचार हो जाता। अगर तुम्हें यह चिट्ठी मिल जाती है तो इसका यही मतलब होगा कि स्टोर रूम को कोई क्षति नहीं पहुँची है¨ इनमें वह सब सुरक्षित है, जो मेरे लिए बहुत मायने रखता है¨ गाँववालों का कहना है कि मैंने उनके बच्चों को मारने के लिए जादू-टोना किया। कंपनी के पैसे ने इन सबको अंधा कर दिया है। इन लोगों को मेरी इस बात पर विश्वास नहीं हो रहा है कि हमारे इलाके की जमीन की मिट्टी में एक अनदेखा जहर समाता जा रहा है और यह जहर कंपनी से निकलनेवाले पानी के माध्यम से आ रहा है। फैक्टरी में प्रयोग किए जानेवाले रसायनों से ही यह जहर पैदा हो रहा है। नदियों में अचानक ही लाल मछलियाँ भर गईं।¨ दूसरी अन्य मछलियाँ—पिना, पीली मछली, छोटे-छोटे समुद्री शैवाल—सब गायब हो गए। रह गईं बस लाल 'लुई'। इस दवा फैक्टरी में काम करनेवाले मजदूरों ने मुझे गुप्त रूप से बताया कि कंपनी पंप की सहायता से 'लुई' में चाँदी डाल रही है, ताकि उनकी 'ब्रीडिंग स्पीड' तेज हो जाए। यह सब हमारे लोगों के लिए जहर है।¨ तुम इस सच्चाई को अभी तो नहीं, पर सालों बाद समझोगे।¨ लेकिन इसके अलावा भी कुछ ऐसा है, जो और भी बुरा है और मैं तुम्हें उसके प्रति आगाह करना चाहती हूँ। मैं मि. सोनी से जवाब-तलब करने फैक्टरी गई थी, जहाँ मैंने उसे हमारे लोगों के छोटे बच्चों के साथ देखा। अखौरी, उन लोगों ने मुझे देख लिया था और जल्दी ही वे लोग मेरे पीछे

पड़ जाएँगे¨ तुम्हें हमारे इन बच्चों, हमारी लड़कियों को बचाना है¨ ।”

मेरी माँ मेरे लिए तूफान में इंद्रधनुष-सी थी, इस पागलपन से भरी दुनिया में सही दिमागवाली थी। बदला लेने की प्रबल इच्छा के चलते मैं मुश्किल से साँस ले पा रहा था। मैंने कसम खाई कि उन लोगों ने जो कुछ भी किया था, उसका खामियाजा तो उन्हें भुगतना ही पड़ेगा।

□

30

रंगनाथन

रविवार, 15 नवंबर

पाइड पाइपर नौका, ड्यून हार्बर

'पाइड पाइपर' पर कई बार धमाकेदार पार्टियाँ हो चुकी हैं। यह लग्जरी नौका महीने में एक बार कंपनियों के शीर्ष प्रबंधकों, सलाहकारों और जानी-मानी हस्तियों को लेकर ढेर सारी शराब के साथ एक निजी पोर्ट से यात्रा शुरू करती थी। मेडिसी की इस निजी नौका पर की जानेवाली मौज-मस्ती के बारे में कई अजीब कहानियाँ प्रचलित थीं। रंगनाथन जैसे ही नौका पर पहुँचा, उसे अहसास हो गया कि वे सारी बातें कहानियाँ नहीं, सच्चाई थीं। यहाँ आने पर लगा, मानो यह दुनिया कोई और ही दुनिया है, जिसे शायद लोगों की धृष्ट और उच्छृंखल ख्वाहिशों को पूरा करने के लिए बनाया गया था। तेज लेजर रोशनी, शराब की गंध से भरा माहौल—इन सबसे पता चल रहा था कि वहाँ कितना पैसा बहाया जाता था। रंगनाथन ने गहरी साँस भरी, मानो इतने सारे पैसे और ताकत को अपने अंदर समा लेना चाहता हो।

"अरे, इस नजारे को तो देखो।" किसी ने किसी से कहा। रंगा ने उधर देखा। "कमजोर, जंगली और पागल! ठीक वैसी ही जैसी मुझे पसंद है।"

वह भी देखनेवालों की भीड़ में खड़ा था—मेकशिफ्ट फ्रेम में रस्सी से बँधी हुई लड़कियाँ अश्लील अदाएँ दिखा रही थीं। कुछ हवा में लटकी हुई थीं, कुछ को झापड़ और कोड़े मारे जा रहे थे। उस दिन की थीम थी 'कंफाइनमेंट एंड बॉण्डेज'।

"ओह, रंगा, यह तुम हो! तुमने हमारी मस्ती के कुछ नमूने अभी तक देखे या नहीं?" चेहरे पर नकाब लगाए एक आदमी ने रंगा को बाँहों में भरते हुए पूछा।

"जरा धीरे से, अब मैं बूढ़ा हो चला हूँ। रोमांच के बिना जिंदगी का क्या

मतलब!" उत्तेजना की संभावनाओं से रंगा का चेहरा किसी धूर्त और कामुक आदमी के जैसा लग रहा था।

"मेरे पीछे-पीछे इधर से आओ।" वह आदमी प्रसन्नता से भरी आवाज में बोला। रंगा थोड़ा हिचकिचाता है, क्योंकि वह वहाँ किमी का इंतजार कर रहा था। उसने वादा किया था कि वह वैलेंटाइन द्वारा मेडिसी के 'मॉरल क्लॉज' तोड़े जाने का अधिक पुख्ता सुबूत लेकर आएगी। लेकिन फिर वह भीड़ को चीरते हुए उस आदमी के पीछे किसी स्वेच्छाचारी बालक की भाँति चल दिया।

"आओ! तुम अब तक इस मस्ती से महरूम रहे हो।" नकाब पहना हुआ उसका वह साथी उसे मोटे परदों के पीछे एक हॉल, जिसे 'पिट' कहते थे, में ले गया। रंगा ने इस 'पिट' के बारे में सुन रखा था। वह जगह अभेद्य-सी थी। परों से सुसज्जित लड़कियाँ, जो आकाश में उड़ती चिड़ियों जैसी लग रही थीं, उन दोनों को महकते हुए परदों के पीछे पड़ी सीटों तक ले गईं। वहाँ की हवा में मानो रहस्यमयी कल्पनाएँ घुली हुई थीं, जिसमें धुआँ, पसीना और सेक्स—सबकी गंध मिली हुई थी। रोमांच का अनुभव करने के लिए रंगा एक रेशमी सोफा-बेड पर बैठ गया। उस सोफा-बेड का पिछला हिस्सा दीवार में जड़ा हुआ था। जैसे ही वह उस पर बैठा, कुछ ऐसा हुआ, जिस पर उसका ध्यान नहीं गया।

'पिट' की स्पॉटलाइट एक नग्न लड़की पर पड़ी, जिसकी आँखें भाव-शून्य थीं और शरीर पर चीते की खाल जैसी डिजाइनवाले कपड़े का एक टुकड़ा मात्र ही था।

उसकी कलाइयाँ व टखने रस्सियों से एक छोटे पलंग के मेटल फ्रेम से बँधे हुए थे। उसका शरीर ऐसे कोण में मुड़ा हुआ था कि उत्तेजना उत्पन्न हो जाए। वहाँ उपस्थित लोग दम साधे उसे देख रहे थे।

"यह क्या है?"

"निश्चित ही खरोंच से कुछ अधिक है यह। पर यह बताओ, क्या मैं तुम्हें जानता हूँ?" रंगा ने पूछा। उसे बैठने में तकलीफ हो रही थी। अचानक ही उसके अंग बिल्कुल शिथिल हो गए। उसे लगा, शायद वहाँ की हवा में रची-बसी नशे की तेज गंध की वजह से ही ऐसी शिथिलता महसूस हो रही हो। उसके साथी ने अपना नकाब हटा दिया तो रंगा के दिमाग में एक अस्पष्ट-सी पहचान उभरी। लेकिन न जाने क्यों, उसका दिमाग बिखरी कड़ियों को जोड़ नहीं पा रहा था। रंगा ने बहुत कोशिश की, पर उस आदमी को सही-सही पहचान नहीं पाया।

"मैं तुम्हें जानता हूँ। हो सकता है···नहीं···अरे, यह मुझे क्या हो रहा है···" उसके मुँह से शब्द ऐसे निकल रहे थे, मानो आपस में चिपक गए हों।

"और मैं तो तुम्हें जानता हूँ, डॉक्टर! मैं तुम्हारे राज भी जानता हूँ।"

"तु···तुम···जानते हो?" रंगा बेवजह हँसने लगा।

"इसका···कुछ···मतलब···यह सच···" रंगनाथन हर शब्द को दोहरा रहा था, जैसे बच्चा किसी शब्द को सीखने के लिए बार-बार उसे दोहराता है। रंगा को अब यह महसूस हो रहा था कि वह कुछ ऐसे भारीपन से बोल रहा था, जैसे कि जब डेंटिस्ट मुँह में 'नोवोकेन' डालता है तो धीरे-धीरे होंठ, फिर जीभ और फिर मसूड़े भारी हो जाते हैं। हालाँकि, वह इस बात से थोड़ा सचेत हो गया था, पर अभी भी इतना सचेत नहीं हुआ था कि इस संबंध में कुछ करता।

शो के दूसरे हिस्से में स्पॉटलाइट एक बड़े से फिश एक्वेरियम पर पड़ रही थी, जिसमें कुछ मछलियाँ पड़ी हुई थीं। एक बड़ी सी ओग्रे मछली टैंक के अंदर चली जाती है। उस बड़ी मछली ने अपने जबड़े में कई मछलियों को जकड़ लिया, लेकिन कुछ ही मिनटों में एक ईल कहीं से प्रकट हुई और उस ओग्रे को अपने विशाल जबड़े में जकड़ लिया। दर्शक दहशत में यह सब देखते रहे, जब ईल ने उस बड़ी सी ओग्रे को खाने के लिए अपना पेट फैलाया और उसे लिये हुए पानी के अंदर घुस गई।

"यकीनन कुछ तो है···" उसके मुँह से लटपटाए-से शब्द निकले।

"लेकिन इसमें वैसा मजा नहीं है, जैसा छोटे लड़कों के साथ आता है। क्यों?"

रंगा की आँखें आश्चर्य से चौड़ी हो गईं। उसे बेचैनी-सी महसूस होने लगी।

"इसका क्या···मतलब···है?"

इसी समय रंगा का दिमाग थोड़ा चैतन्य हुआ और उसे याद आ गया कि उसने इस आदमी को कहाँ देखा था। पर अब तक काफी देर हो चुकी थी। किसी शक्तिशाली दवा के प्रभाव से उसके अंग गतिहीन-से हो गए थे।

"मैं···अब···जाऊँगा···मैं यहाँ से···निकलना···चाहता···हूँ···मेरी···आवाज को···क्या हो···गया है···प्यासा···मैं प्यासा हूँ···पानी···" असहनीय प्यास उस पर हावी हो गई और उसे चक्कर आने लगा।

"निकलना है? मैं तुम्हें जाने नहीं दे सकता, रंगनाथन।" उस आदमी ने कहा, "कमीने आदमी, तुम्हें मेरी बात सुनाई पड़ी? या फिर मैं तुम्हें मि. सोनी पुकारूँ?"

रंगा को उसकी आवाज बहुत दूर से आती हुई लगी। क्या उसने 'सोनी' कहा?

काफी लंबे समय से किसी ने उसे इस नाम से नहीं पुकारा था।

"तुम कैसे···जानते हो···यह कैसे···संभव है···कौन···कौन हो तुम? मेरी जब···जबान को क्या हो···रहा है? यह सब···मेरे···साथ क्या···हो रहा है?" रंगा यह देखकर बहुत निराश हो गया कि वह अपनी गरदन या उँगली तक नहीं हिला पा रहा था।

"मि. सोनी, तुम्हारे अंदर इतना अहंकार भरा हुआ था कि तुमने सोच लिया कि तुम्हारी उन करतूतों के बारे में कोई नहीं जान पाएगा!" उस आदमी की आँखों में कुछ ऐसा था कि रंगा के रोंगटे खड़े हो गए।

"कौन···क्या···मैं···यहाँ···क्यों···हूँ···पानी···चा···हिए···मुझे···पा···नी···दो···" रंगनाथन जोर से चिल्लाना चाहता था, पर उसकी जीभ मानो तालू से सट गई थी और वह टूटा-फूटा सा वाक्य ही बोल पाया।

"मैंने कहा न, मैं तुम्हारे राज जानता हूँ···वहाँ पर जो हत्या और लूटपाट की गई थी···तुम्हें वह डायन याद है न, क्यों?" एक व्याकुलता और आतंक रंगा के होशो-हवास पर हावी हो चुके थे।

उस हमलावर की आँखों में अंदर तक हिला देनेवाली ठंडक थी।

"मु···झे···जाने···दो···प्ली···ज···तुम···हो···कौन?"

"इससे क्या फर्क पड़ता है? उसने तुमको छोटे लड़कों के साथ देखा। क्यों, ठीक कह रहा हूँ न? तुम और तुम्हारे दोस्त उन छोटे लड़कों के साथ थे। उसने तुम लोगों को देख लिया था। तुम्हें यह बात पता चल गई थी। क्यों, क्या ऐसा नहीं था?"

वकील की पीठ सीधी हो गई और गरदन पर काँटे की-सी चुभन में तेज जलन हो रही थी। तभी उसके दिमाग में एक बिजली-सी कौंधी और उसे तालों व जंजीरों से जकड़ा हुआ वह गुप्त बक्सा याद आ गया, जिसे उस रेतीले प्रदेश में गाड़ दिया गया था।

"उसने तुम्हारी उन अश्लील हरकतों को देख लिया था, जो तुम उन छोटे बच्चों के साथ कर रहे थे और इसी बात के लिए तुमने उसे मार डाला। मि. सोनी, तुमने उसके साथ और गायब हुए उन बच्चों के साथ क्या किया?"

रंगनाथन का मुँह अनियंत्रित ढंग से हिलने लगा और होंठों के किनारे से लार बह निकली।

"मि. सोनी, बस, मुझे इतना बता दो, तुमने उसके साथ क्या किया? मैं वादा करता हूँ, तुम्हें आजाद कर दूँगा।"

"मैदान में···हम लोगों···ने उस···बूढ़ी औरत को गाड़ दिया था···मैदान में···

हम लोगों ने···गाड़ दिया था···प्ली···ज···मुझे मारो मत।"

"उसका बलात्कार करने का आदेश किसने दिया?"

"मेरा इन सबसे···कोई लेना-देना नहीं···था···यह सब···उस मुखिया का···काम था···हमने उसे···पैसे···दिए···थे···उसी ने अपने आदमी···भेजे थे···उसे सबक सिखाने के लिए···वह हमें···धमकी दे रही थी···कि वह सबको···बता देगी···उसकी जीभ···काट दी···गई और···उसे···गाड़ दिया···" रंगनाथन चाह रहा था कि उसका सुन्न पड़ता शरीर कुछ अनुभव करे।

"बच्चों का क्या हुआ? उन्हें भी मार डाला?"

"नहीं···नहीं···हमने उनको···मारा नहीं···बेच दिया···उनको···शहर में···मारा···नहीं। प्ली···ज, सुनो···मुझे छोड़ दो···मैं सब···कुछ ठीक कर···दूँगा···तुम्हें···कितना पैसा तुम···चाहते हो···मैं कुछ···करूँगा···इस संबंध में···"

"तुम कुछ कर सकते हो? नीच आदमी, क्या तुम उसे जिंदा कर सकते हो? क्या तुम मेरी माँ मुझे वापस कर सकते हो?"

तो यह वह लड़का था।

बेटा! हाँ, उसका एक बेटा था।

कोई भी शायद यह कभी नहीं जान पाता। सुबूत तो बहुत पहले ही दफना दिए गए थे। एक दुःस्वप्न-सा था सबकुछ। यह सच नहीं हो सकता।

लेकिन यह सब बहुत पहले घट चुका था—वह उसका बेटा था। वह उस हत्या और उन बच्चों के बारे में जानता था।···

जब वकील दर्द और भय में डूबा 'पिट' से लड़खड़ाता हुआ बाहर निकला तो उस आदमी ने उसे रोकने की कोशिश नहीं की।

एक आतंकित-सी चीख चल रही उस पार्टी को रोक देती है। वह चीख घबराहट और गुस्से से भरी थी, पर वहाँ मौजूद लोग चीख सुनकर ही चीख पड़े। जब उनकी नजर रंगनाथन पर पड़ी तो चीखें और तेज हो गईं। रंगनाथन पहले दाईं ओर झुका, फिर बाईं ओर, फिर दीवार का सहारा लेकर गहरी-गहरी साँसें लेते हुए पेट के बल गिर पड़ा।

तीव्र पीड़ा के साथ वह उठने की कोशिश कर रहा था और तभी उसके मुँह से कुछ बाहर गिरता है। उलटी के कुछ छींटे वहाँ मौजूद लोगों पर भी पड़े। ऑक्टोपस की आकृति में फैले खून को फर्श पर बिछा कालीन सोख लेता है। जब तक डॉक्टर रंगनाथन के पास पहुँचा, काफी देर हो चुकी थी।

□

31

मौली लिमये
रविवार, 15 नवंबर
503 ग्लेनगेट, मौली लिमये का अपार्टमेंट

मौली लिमये पाँचवें फ्लोर पर स्थित अपने अपार्टमेंट की छोटी सी बालकनी में नंगे पैर बेचैन-सी खड़ी थी। आज हो सकता था कि उसे नौकरी से निकाल दिया जाता। पर उसकी बेचैनी का यही एकमात्र कारण नहीं था।

मौली के गुस्से की वजह वह बड़ा सा साइन बोर्ड है, जो एक निर्माणाधीन इमारत ने ठीक उसकी बालकनी के सामने पिछली रात लगा दिया था और उसकी वजह से समुद्र का जो थोड़ा सा हिस्सा दिखाई पड़ता था, वह अब नहीं दिख रहा था। इस अपार्टमेंट को किराए पर लेने की वह एक बहुत बड़ी वजह थी। कुछ खास लोगों के लिए 'सी व्यू' फ्लैट बुकिंग के समय विज्ञापन में लिखा हुआ था। उसे गुस्सा इसलिए आ रहा था, क्योंकि प्रॉपर्टी एजेंट ने उसके अपार्टमेंट के सी फेसिंग लोकेशन के लिए उससे अलग से पैसे लिये थे। विकास की आड़ में हर ओर धोखाधड़ी है। तो क्या हुआ, अगर एक और कंपनी ऐसा कर रही है? उसके अंदर के निंदक ने तंज कसा।

बगलवाली बालकनी से उसकी पड़ोसन ने पुकारा, "मौली, मैं तुमसे बात करना चाह रही थी। क्या तुम कुत्ता पालना चाहोगी? मेरे पास उसके बच्चे हैं।"

"मैं कुत्ते नहीं पालती। मुझे जानवर पालने का शौक नहीं है।"

"तुम्हारे पास एक मछली है। मैंने देखी है।"

"मछली और कुत्ता पालने में बहुत फर्क है। कुत्ता तो लगभग आदमी की ही तरह होता है। मुझे कुत्ता पालना ठीक नहीं लगता।" उसने कहा।

वह पड़ोसी महिला मुड़ी और तेज आवाज के साथ अपनी बालकनी का दरवाजा बंद कर लिया।

"कुछ भी हो," पिछली रात उसके संपादक ने मेडिसी पर तैयार की गई उसकी कहानी को सख्ती के साथ नामंजूर करते हुए कहा, "मैं इस तरह की चीजें बिल्कुल नहीं छापूँगा। अब तुमको लगता है कि पैसा कमाना गलत है। आखिर पैसा कमाना कब से अपराध हो गया है? कुछ खास सभ्यताओं में तो इसे आनुषंगिक विकास माना जाता है।"

मौली गरम कॉफी का एक घूँट लेकर बिस्तर व मेज पर फैले कागजों को एक बार फिर से खँगाल डालती है—मेडिसी की 'हील ड्रग' की प्रभाविता पर एक चौंकानेवाली रिपोर्ट। उसी रहस्यमय व्यक्ति, जो उसे इन सब पर काम करने के लिए उकसा रहा था, ने फिर से पीले पैकेट में ये कागजात भेजे थे। इस बार पत्र में 'इंटरनेशनल इंस्टीट्यूट ऑफ क्लीन एवाएल एंड वाटर' द्वारा मेडिसी के आर एंड डी विंग के डॉ. डियाज को संबोधित किया गया था और मेडिसी पर यह आरोप लगाया गया था कि मेडिसी कंपनी उसके द्वारा उठाए गए मुद्दों पर ध्यान नहीं दे रही थी। उसके लिए वैज्ञानिक दलों से मिलना आसान नहीं था। पर वह यह अच्छे ढंग से समझ रही थी कि ये आरोप गंभीर प्रकृति के हैं। वह दसवीं बार चिट्ठी पढ़ती है—

...हमारी छानबीन से यह पता चला है कि स्थिर होने के लिए बेटावैक्सीन, जिसका प्रयोग 'हील ड्रग' को बनाने में किया जाता है, जिस एंजाइम पर निर्भर करती है, वह पहाड़ी मछली टूना से प्राप्त किया जाता है। इस प्रमुख घटक की अनुपस्थिति में वैक्सीन को टिकाऊ बनाए रखना असंभव है। यह एंजाइम अपने आप में हानिकर नहीं है और इस तथ्य के कारण हम शुरू में गलत दिशा में छानबीन करते रहे। खैर, हमारी नई जाँचों के नतीजे चौंकानेवाले हैं, जैसा कि हम पहले भी कई बार कह चुके हैं। रेड फिश के उत्पादन को बढ़ाने के लिए जिस पिसिसाइड (मछलियों को दिया जानेवाला एक प्रकार का जहर) का प्रयोग किया जा रहा है, उसमें वेलुसाइड का पर्याप्त अंश होता है, जो आगे जाकर अस्थिर व हानिकारक लवण में बदल जाता है।

हम लोगों ने इस अस्थिर लवण के मानव शरीर रचना पर पड़नेवाले खतरनाक प्रभावों से संबद्ध अपनी शोध एवं विश्लेषण की कॉपी साथ में लगाई है। यह सक्रिय लवण एक आवश्यक अमीनो एसिड, जो मस्तिष्क की कोशिकाओं में प्रोटीनों के वाहक को डाल देता है, के साथ बँधकर सुरक्षात्मक रक्त-मस्तिष्क के अवरोध को पार करने की क्षमता रखता है।

ये लवण मछली में सक्रिय रूप में नहीं दिखाई पड़ते हैं, पर मानव शरीर-क्रिया विज्ञान में अपना असर दिखाते हैं। बाल झड़ने लगते हैं। त्वचा फट जाती है। लोगों में अंधापन आ जाता है। गर्भ में पल रहे शिशु की मौत हो जाती है। हमें लगता है कि आप हमारी इस रिपोर्ट में लिखी बातों पर ध्यान देंगे और हर हाल में एक दूसरी स्वतंत्र लैब से जाँच करवाएँगे; लेकिन तब तक लोगों की भलाई के लिए आपको इस 'हील ड्रग' के लॉन्च को तुरंत रोक देना चाहिए। हमें यह जानकारी भी मिली है कि मेडिसी कंपनी का इरादा इस बेटावैक्सीन का प्रयोग 'हील ड्रग' के अलावा पेंट, पेस्टीसाइड, डियूरेटिक्स, स्किन क्रीम आदि में भी करने का है।

इस रिपोर्ट को एक ओर रखकर मौली एक थ्रिलर उपन्यास पढ़ने के लिए उठा लाई। वह प्राय: ऐसा करती है। किसी भी समस्या का सबसे अच्छा हल उसे तभी सूझता है, जब वह अपने दिमाग को एक बिल्कुल ही अलग दिशा में व्यस्त कर देती है। मौली अपने दिमाग को सोचने के लिए थोड़ा समय देना चाहती है। एक बात तो उसे स्पष्ट रूप से पता चल गई थी कि अब मामला सच व झूठ की परिधि से परे जा चुका था। उसने निर्णय किया कि अपने सामने पड़े इन सुबूतों को और अनदेखा करने का मतलब होगा—समय की बरबादी। शहर अपने द्वारा बनाई गई इन परिस्थितियों में गहरी नींद में लिपटा हुआ था, जैसे कोई परित्यक्त बच्चा नशे में डूबा सो रहा हो। पर उसका विवेक उसे इस शहर के लोगों में गहरे तक पैठ बना चुके लोभ के साथ-साथ घृणा और लाचारी, जिसमें धोखा और शर्म भी शामिल है, को समझने में भी सक्षम बना देता है। उसके लिए अपने संपादक की बात चुपचाप सुनकर उस यूरोपीय प्रेस की ठोकर में अपनी इस कहानी को डाल आना आसान हो सकता था। लेकिन उसे मालूम था कि अगर उसने एक बार ऐसा किया तो फिर उसे यह दिखावा छोड़ना होगा कि वह ऐसी कहानियों पर काम करना चाहती थी, जिनका वास्तव में कोई अर्थ हो।

मौली ने फार्मास्युटिकल डिक्शनरी उठाकर चुपचाप ग्रुप ऑफ कंपनीज का नंबर ढूँढ़ा। यह वही संस्था थी, जिसने मेडिसी के खिलाफ फार्मा माल प्रैक्टिस के रीजनल कोर्ट में याचिकाएँ दायर कर रखी थीं।

□

32

डोराब सिल्वा
रविवार, 15 नवंबर
लिंक रोड, एग्जिट 13 के करीब
केस नं. 55/63/2018/दिनेश ठाकरे

किसी व्यक्ति के दोष की नैतिक निश्चिंतता अनुभव करने के पश्चात् भी उस दोष को साबित करनेवाले साक्ष्य को नहीं पाने से ज्यादा नागवार बात एक पुलिस ऑफिसर के लिए कुछ और नहीं होती। सच्चाई तक पहुँचने का कोई रास्ता नहीं सूझ रहा है। प्रत्येक बिंदु की अच्छी तरह से जाँच-पड़ताल की जा चुकी है; लेकिन फिर भी, अभी तक कुछ ठोस सुबूत हाथ नहीं लगा। इस दमघोंटू भावना से छुटकारा पाने के लिए जब सिल्वा शराब के कड़वे घूँट गले से नीचे उतारता है तो उसे लगता है, मानो उसके पेट में किसी ने छुरा घोंप दिया हो। शुरू में तेज झटका लगता है और फिर असर धीरे-धीरे कम होता जाता है। तभी उसका पेजर बज उठा और उसे खबर मिली कि कहीं आसपास सी-बीच पर हंगामा हुआ है। वहाँ खूब धूम-धड़ाके के साथ कोई रेनबो पार्टी चल रही थी, जो नियंत्रण से बाहर हो गई थी और उसे वहाँ जाकर स्थिति सँभालने को कहा गया था। उस समय रात के 10.43 बज रहे थे। उसे घर जाकर करना भी क्या था? सिल्वा अपनी कार बीच की ओर मोड़ देता है। उसने इन रेनबो पार्टियों के बारे में सुन रखा था। इन पार्टियों में लड़कियाँ अलग-अलग शेड की लिपस्टिक लगाती हैं और एक से अधिक पुरुषों को चूमती हैं। अलग-अलग रंगवाली लिपस्टिक की वजह से पुरुषों पर इंद्रधनुष-सा बन जाता है, जिस पुरुष पर सबसे पहले इंद्रधनुष बनता है, वह जीता हुआ माना जाता है और उसे इनाम में गिफ्ट हैंपर दिया जाता है। हर तरह की अश्लील हरकतें इन पार्टियों में रात भर चलती रहती हैं।

गिफ्ट हैंपर भी काफी आकर्षक होते हैं—लड़की, समुद्र का किनारा और शराब। जब तक सिल्वा वहाँ पहुँचा, स्ट्रिप बार और टैटू बार खाली हो चुके थे। बस, वहाँ की गई अश्लील हरकतों, बिखरी शराब और इस्तेमाल में लाए जा चुके कंडोमों की बासी गंध अभी भी मौजूद थी और हैरानी का भाव आँखों में लिये कुछ बच्चे थे।

"क्या हुआ है यहाँ?"

"क्या मैं किसी मुसीबत में हूँ, सर?" फूले-फूले गालोंवाली एक लड़की ने नाक सुड़कते हुए पूछा। सिल्वा जानता है कि वह रोने की वजह से नाक नहीं सुड़क रही है।

"क्या तुम्हें मुश्किल में होना चाहिए?" सिल्वा ने पूछा।

लड़की की आँखें भय से चौड़ी हो गईं और वह समुद्री रेत पर इस तरह धम्म से बैठ गई, मानो अपने शरीर का वजन नहीं सह पा रही हो।

"ऑफिसर, मुझे लगता है, आपको किसी ने गलत खबर दी है।" उस लड़की का ब्वॉय फ्रेंड बीच में बोल उठा।

"ओहो, क्या सच में?"

"कुछ लड़कों ने बोतलें तोड़ दीं...कुछ लड़कों के बीच किसी लड़की को लेकर झगड़ा हो गया था। लेकिन अब यहाँ कुछ भी नहीं है, सर!" लड़के ने थोड़ा घबराते हुए कहा।

"क्या तुम भी इस पार्टी का हिस्सा थे? या फिर मैं तुमको जेल लिये चलता हूँ, वहाँ तुम अपनी प्रतिभा का प्रदर्शन करना।" बीस मिनट तक उनसे पूछताछ करने के बाद और उनके दिल में गहरा खौफ पैदा करने के बाद सिल्वा ने उन्हें जाने दिया। वे दोनों बच्चे ही थे; बस, बड़ा बनने की कोशिश कर रहे थे।

"जाओ यहाँ से। इससे पहले कि मैं अपना विचार बदलूँ, तुम अपने घर चली जाओ और इस जानवर को भी अपने साथ लेती जाओ।"

सिल्वा जब वहाँ से निकला तो पौ फटने वाली थी। बहुत अधिक थका होने के कारण सिल्वा ने गहरी जम्हाई ली। विचार करने के कारण उसका दिमाग घूम सा रहा था। ऐसा लग रहा था, मानो उसके दिमाग ने काम करना बंद कर दिया हो। अपने दिमाग को चैतन्य करने की एक आखिरी कोशिश कर उसने अंत में हार मानते हुए चेहरे की मांसपेशियों को फैलाने के लिए जम्हाई लेकर कार में बैठते हुए जब कार के बैक व्यू मिरर में अपना चेहरा देखा तो उसे लगा कि उसकी आँखों के चारों ओर की त्वचा नीली पड़ गई है। बदन में इतना दर्द था कि ऐसा लग रहा था,

मानो आग में जी रहा हो। वह कार से लड़खड़ाते हुए बाहर निकला और उसका सिर उसके दरवाजे से टकरा गया। आँखों के आगे सबकुछ धुँधला सा हो जाता है। कुछ घंटों बाद पुलिस की एक पेट्रोलिंग कार को वह सड़क पर अपनी कार के पास पड़ा मिला। उसकी स्थिति ऐसी थी, मानो उसे लकवा मार गया हो।

रिकवरी रूम, डी-पैथ हॉस्पिटल
रूम नं. 3
मरीज का नाम : ए.सी.पी. डोराब सिल्वा

यह एक सुंदर सपना-सा था। वह जानता था कि यह सपना ही होगा, क्योंकि इसमें वह अपनी पत्नी के साथ बैठा हुआ था और नदी के किनारे लगे बादाम के पेड़ों से छनकर आती हुई सूरज की किरणें मानो आग बरसा रही थीं। वे दोनों बैठे हुए ऐसे लग रहे थे, मानो दो बूढ़े ट्रेन की सीटी सुनकर खुश हो रहे हों और पुराने चुटकुलों पर हँस रहे हों। पत्नी तभी ट्रेन अपने ट्रैक से उतर जाती है और उसकी पत्नी के ऊपर चढ़ जाती है। सिल्वा इस तरह जाग उठा, जैसे मौत से बचकर आया हो।

"बॉस, आप जानते हैं क्या कि अभी शायद नरक भी आप जैसे जिद्दी आदमी को अपने पास बुलाना नहीं चाहता!" गौड़ा ने राहत भरे स्वर में कहा।

"क्या बक रहे हो?" सिल्वा ने तीखे लहजे में पूछा।

"आपको देखकर अच्छा लगा। मौत के मुँह से बचकर आए हैं आप।"

"हुआ क्या था?" सिल्वा ने आहिस्ता से पूछा।

"लड़कों ने आपको सड़क पर पड़ा पाया। आप अधमरे-से हो गए थे और जब आप खुद उठ नहीं पाए तो वे लोग डर गए। जब मैं वहाँ पहुँचा और आपके सिर पर यह चोट देखी तो तुरंत डॉक्टर को बुला लिया।" गौड़ा ने सिल्वा के सिर की ओर इशारा करते हुए कहा। उसकी कनपटी पर लगी चोट नीली पड़ चुकी थी। दाएँ गाल की हड्डी शायद गिरने के कारण सूज गई थी।

एक डॉक्टर ने उसके घाव को देखा। अपनी इस हालत में भी सिल्वा ने डॉ. दास को पहचान लिया। डॉ. दास एक जाने-माने टॉक्सीकोलॉजिस्ट थे। डॉ. दास ने हाइड्रोजन पेरॉक्साइड की कुछ बूँदें उसकी हथेली पर डालीं और आफ्टरशेव लोशन की तरह रगड़ दीं।

सिल्वा को दर्द भरी चुभन का अहसास हो रहा था, इसलिए उसने अपना हाथ कसकर मुँह पर रख लिया, ताकि उसके मुँह से चीख न निकल जाए। जब दर्द धीरे-धीरे कम होने लगा तो डॉक्टर ने रुई में थोड़ा और पेरॉक्साइड डालकर उसके घाव पर रख दिया, फोरसेप की सहायता से घाव में से कुछ निकाला और उसे सूँघा। सूँघते ही उनकी भृकुटियाँ तन गईं।

"हम्म! यह तो असामान्य सी बात लगती है।" डॉ. दास का चिंतित स्वर सुनाई पड़ा।

"मुझे हुआ क्या था?" सिल्वा ने जानना चाहा। अभी भी वह यही कोशिश कर रहा था कि उस पर फिर से बेहोशी न छा जाए।

"जल्दी मालूम पड़ जाएगा आपको। अपना हाथ स्थिर रखें।" डॉ. दास की अपराध-विज्ञान विशेषज्ञ के रूप में निर्विवाद प्रसिद्धि थी। "इससे काम हो जाएगा।" डॉ. दास को जो कुछ मिला था, उसे प्लास्टिक रैपर में रखते हुए उन्होंने अपनी राय प्रकट की।

"कुछ घंटों बाद ही मैं आपको कोई जानकारी दे पाऊँगा। इससे पहले कि उन एंटीबायोटिक्स, जो मैंने आपको दी हैं, की वजह से आप लंबी निद्रा में खो जाएँ, मैं आपसे एक सवाल पूछना चाहता हूँ—सबसे आखिर में आप कहाँ गए थे?"

"मैं बीच पर था।" सिल्वा ने याद करने की कोशिश की, "और उससे पहले मैं नेविले वैलेंटाइन से मिलने गया था।"

"वैलेंटाइन? क्या उसे हिरासत में ले लें?" गौड़ा ने बीच में टोका।

"बेवकूफों-सी बात मत करो, गौड़ा! उसके खिलाफ कुछ भी नहीं है। उसके वकील हमारे विभाग के पीछे पड़ जाएँगे।"

"बॉस, आपको बता दूँ कि हमें मेडिसी के एक वकील सुनील रंगनाथन की लाश मिली है। मोर्ग के डॉक्टरों का कहना है, उन लोगों ने पहले कभी ऐसा नहीं देखा था। उसके गुप्तांग से खून ऐसे बहा था, मानो पानी भरी तोप फट गई हो। उसके खून में कुछ संदेहास्पद मिला है। लैब में जाँच हो रही है।" गौड़ा बोलता रहा।

पर सिल्वा सुन न सका, वह तो गहरी नींद में जा चुका था।

□

33

बिंकी मेंडेज

रविवार, 15 नवंबर

अपार्टमेंट नं. 52, वेरोना (मौली लिमये के अपार्टमेंट के सामनेवाली बिल्डिंग)

बिंकी मेंडेज को मौली लिमये के अपार्टमेंट पर गुप्त रूप से नजर रखे हुए आज ग्यारहवाँ दिन था और वह अपना काम इतनी शिद्दत से एक ऐसे आदमी की तरह कर रहा था, जिसके लिए चिलचिलाती धूप भी कोई मायने नहीं रखती थी। किमी के धोखे और मौली की ताक-झाँक ने बिंकी के मन में लोगों के प्रति अविश्वास को हद से ज्यादा बढ़ा दिया था। इसलिए, जब उसके एक मुखबिर का फोन आया तो उसे लगा कि कोई बुरी खबर सुनने को मिलेगी।

"क्या हुआ?"

"कुछ नहीं। शांत रहें। हम लोगों ने मौली के अपार्टमेंट के पास जो कैमरे लगाए थे, उनसे खींची गई तसवीरों को मैं देख रहा हूँ।"

"और?"

"आपको उन तसवीरों में हमारे ही कुछ आदमी दिखेंगे। मैं आपको व्हाट्सएप पर तसवीरें भेज रहा हूँ।...उस आदमी ने काले रंग का चश्मा लगाया हुआ है और कैप भी पहन रखी है। लेकिन उसकी कैप थोड़ी सी खिसक गई थी, इसलिए..."

बिंकी के फोन से एक आवाज आती है, जिसका मतलब है कि उसे कोई 'इमेज फाइल' भेजी गई है।

"क्या आप इसे किसी भी तरह से जानते हैं? क्या आप इसे पहचानते हैं?" मुखबिर ने पूछा।

"नहीं। वह कैमरे से अपना चेहरा छुपा रहा है। बेवकूफ, वह जानता है कि

वहाँ कैमरा लगा हुआ है।"

बिंकी अभी भी फोन पर ही है, जब वह उस आदमी की तसवीर को जूम करके देखता है। वह आदमी एक बड़ा सा पीले रंग का लिफाफा लिये मौली की बिल्डिंग में घुसता हुआ दिखाई पड़ा। बिंकी किचन की रेलिंग के पास आकर खड़ा हो गया, जहाँ से उसे साफ-साफ दिखाई पड़ेगा। उस आदमी की बॉडी लैंग्वेज ही ऐसी थी कि बिंकी सजग हो गया। आदमी का चेहरा अच्छी तरह से 'हुडी' में छुपा हुआ था। मौली के बंद दरवाजे के समीप आकर वह थोड़ा सा झुका और उसकी बालकनी में एक और लिफाफा डालकर वहाँ से निकल गया। उसकी चाल में कोई हड़बड़ाहट नहीं दिख रही थी। बिंकी दूसरे कमरे की ओर भागा, ताकि और साफ ढंग से उसे देख सके। वह आदमी अब सड़क पर आ चुका था। लाल-पीली स्ट्रीट लाइट सड़क पर पड़ रही थी। इतनी दूर से बिंकी को साफ-साफ समझ में नहीं आ रहा था। जब उस आदमी ने अपना सिर घुमाया तो बिंकी को उसकी चाकू की-सी धारवाली आँखें दिखीं। उसका चेहरा देखकर बिंकी को धक्का-सा लगा।

"यह तो···पर ऐसा नहीं हो सकता···ऐसा हो ही नहीं सकता।"

क्या यह बॉय था?

बिंकी ने पुनः उसकी ओर देखा। नहीं, वह गलत नहीं था। यह निश्चित रूप से बॉय ही था।

बिंकी मेंडेज ने बॉय को अपनी जैकेट उतारकर, सावधानीपूर्वक एक पॉलिथीन बैग में रखकर बैग को मोटरसाइकिल के बोनट पर रखते देखा। फिर वह मोटरसाइकिल स्टार्ट कर वहाँ से निकल गया।

बॉय के चेहरे पर जो भाव झलक रहे थे, उसका बिंकी क्या यही अर्थ लगा सकता था? वैलेंटाइन को यह बात बताने से पहले बिंकी ने यह तय किया कि वह इस मामले की तह तक पहुँचेगा।

□

34

नेविले वैलेंटाइन
रविवार, 15 नवंबर
मेडिसी स्टूडियो

हीलर्स/सीन 7/एक्ट 3/पंक्तियाँ 65-80/समय दोपहर 2.05 बजे

"मैं उन्हें बचने का मार्ग दे रहा हूँ—मैं रॉय हूँ, मैं जो कहूँगा, वो ही करेंगे। मैं उनका खुदा हूँ, तुम कौन हो? तुम्हें मुझसे सवाल करने की हिम्मत कैसे हुई?"

वैलेंटाइन ने अपने डायलॉग कुछ ऐसे अंदाज में बोले, मानो वह अपने सह-कलाकार, जो अभिनय की दुनिया में पहला कदम रख रहा था, को अपने नियंत्रण में रखना चाहता हो।

"किसी को भी मुझसे सवाल करने का अधिकार नहीं है, तुम में से किसी को भी नहीं। और मैं इह'''। अरे, यह क्या बकवास है! मुझे एक भी जबरदस्त शब्द याद नहीं हो पा रहा है!" जब वैलेंटाइन ने रॉय के डायलॉग याद करने के लिए अपने दिमाग पर जोर डाला तो उसके माथे पर पसीने की बूँदें छलक आईं। उसे लगा कि उसका दिमाग बिल्कुल खाली हो गया है।

"मैं नहीं चाहता कि वह अभिनेता और मैं हम दोनों एक ही फ्रेम में दिखें। यूँ तो लोगों का पूरा ध्यान मुझ पर ही रहता, पर वह साथ होगा तो उस पर भी ध्यान जाएगा लोगों का।" उसने असलम से शिकायत की।

"लेकिन, मि. वैलेंटाइन," कुछ भी बोलने से पहले असलम ने थोड़ी देर सोचा, "सीन में वह रॉय के दोस्त के रूप में उपस्थित है। इस सीन को मिस नड्डा ने ओके किया है। मैं इस मामले में कुछ नहीं कह सकता।"

"मुझे इन सब बातों से कोई मतलब नहीं। वह बेहूदा आदमी मेरी चमक छीन रहा है इस सीन में।" वैलेंटाइन एक बच्चे की तरह शिकायती लहजे में बोला। परेशान होकर असलम अपनी कनपटी दबाने लगा।

हीलर्स/सीन 7/एक्ट 3/पंक्तियाँ 24-40/समय दोपहर 2.22 बजे

"...क्या तुम्हें कालेपन से डर लगता है? मुझे तो डर नहीं लगता। तुम जानते हो, जब वह मुझे छोड़कर गई तो उसने मुझसे क्या कहा? उसने कहा, मैं उसकी तुलना में बहुत काला हूँ। उस चरित्रहीन औरत की हिम्मत कैसे हुई मुझे इस तरह छोड़कर जाने की! तुम्हें मालूम है, उसने क्या कहा...इह...मैं..."

"बकवास! ये पंक्तियाँ किसने लिखी हैं? इन्हें याद करना असंभव है।"

'हीलर्स' के आखिरी सीन की शूटिंग खत्म करने का यह पाँचवाँ प्रयास था।

"यह मुझे पागल किए दे रहा है। मैं अपनी पंक्तियाँ तक याद नहीं कर पा रहा हूँ।"

ऐसा लग रहा था, मानो यह गुस्सा सुपर स्टार के मानसिक संतुलन को बिगाड़कर रख देगा। गुस्से की इतनी तेज लहर उसके अंदर उठी कि उसके हाथ हिलने लगे। अगर कोई डॉक्टर उसकी इस हालत को देखता तो वह समझ जाता कि ये सारे लक्षण उसके शरीर के ऊपरी हिस्से में फैल रही बर्फ जैसी नमी और अनियंत्रित धड़कनों के कारण प्रकट हो रहे थे।

"ठीक है। हम लोग एक घंटे का ब्रेक ले लेते हैं।" कहते हुए हैरान व परेशान सा असलम वैलेंटाइन को किसी सम्मोहन में जकड़ा हुआ-सा लग रहा था।

"वे सब मेरा मजाक उड़ाते हैं, बॉय! मैं जानता हूँ, मेरी पीठ पीछे सब क्या कहते हैं—यह बूढ़ा अब बरबादी के कगार पर है।" वैलेंटाइन अपना सिर दोनों हाथों से पकड़े कराहता रहा।

"चिंता न करें, मिस्टर! मैंने यह मलहम बनाया है, जो आपकी त्वचा को आराम पहुँचाएगा।" अपने चेहरे पर उभर आई तल्खी को छुपाते हुए बॉय ने तेजी से ब्रश चलाते हुए उस पेंट को वैलेंटाइन के शरीर पर लगा दिया। अब उसकी त्वचा ताम्रवर्ण की हो गई थी।

"तुम्हारा यह पेंट मेरी मदद नहीं कर सकता, बॉय। मुझे लगता है, मेरी मदद कोई नहीं कर सकता। मेरी रातें भी अभिशप्त-सी हो गई हैं।"

वैलेंटाइन को कल रात में देखा हुआ सपना याद आ गया, जो शुरू बहुत

सुंदर ढंग से हुआ था—मदहोश कर देनेवाली एक लड़की, जिसकी तिरछी निगाहें, सुनहरी त्वचा और माणिक जैसे होंठ थे, उसे कुछ बता रही थी। उसकी चमकती आँखें, आकर्षक शरीर, यौवन की चमक लिये उसकी त्वचा सबकुछ उसे खुशी से दीवाना बनाए दे रहे थे। उसने स्वयं को उस लड़की के साथ देखा; पर जैसे ही उसने लड़की का माथा छुआ, उसकी त्वचा बर्फ-सी हो गई और उसका चेहरा एक बूढ़ी औरत के चेहरे में बदल गया, जिसके लंबे भूरे बाल खून से सने हुए थे। जोर-जोर से धड़कते दिल के साथ वह जाग गया। इस सपने का प्रभाव अभी भी उसके दिमाग से हटा नहीं था; जबकि वह पूरी तरह से जागा हुआ था।

"मेरी मदद करो, बॉय···क्या तुम मेरे दिमाग के अंदर के इन राक्षसों को रोक सकते हो? मुझे डर लग रहा है कि कहीं ये मेरा हिस्सा न बन जाएँ! मैं नहीं जानता, अब लड़ूँ तो किससे लड़ूँ!" एक तरह से वह बिलख रहा था।

हीलर्स/सीन 7/एक्ट 3/पंक्तियाँ 96-110/समय दोपहर 4.55

"हीलर्स के अंतिम दृश्य की शूटिंग खत्म करने का यह आठवाँ प्रयास था। वैलेंटाइन के बाल लिजलिजे-से, आँखें पत्थर की तरह निस्तेज और चेहरा बिल्कुल सफेद पड़ चुका था। शूटिंग बहुत ही धीमी गति से आगे बढ़ रही थी।

"मेरी इस त्वचा से तुम इतना प्यार करती हो। इसका क्या महत्त्व है? मैं अंदर हूँ, तुम बाहर। मैं खिड़की खोलता हूँ तो एक दीवानगी-सी मुझ पर हावी हो जाती है। मेरे चारों ओर से यह बाहर निकल रहा है, जैसे कोई एक्टोप्लाज्म रिस रहा हो। मैं इसे अपने अंदर समा लेना चाहता हूँ। इससे पहले कि मेरे अंदर कुछ न बचे, इसे रोकना होगा। एक पागल खयाल के सिवा और कुछ नहीं···"

इतना बोलकर वैलेंटाइन चुप हो गया। उसका चेहरा किसी सम्मोहन में जकड़ा सा लग रहा था। त्वचा बर्फ-सी ठंडी थी, फिर भी वह पसीने से लथपथ था। उसके मन में गुस्से की इतनी तेज लहर उठी कि लगा, सिर पर टनों भार रखा हुआ हो और अब इस भार को सहना मुश्किल हो रहा था। उसका कोई एक हिस्सा कल्पना करने लगा कि किसी अँधेरे कोने से निकलकर कई परछाइयाँ उसकी ओर बढ़ रही थीं—एक-एक करके। एक पागल-से खयाल ने वैलेंटाइन के मन को जकड़ लिया कि वह किसी तरह उस मुसीबत, जो अंदर-ही-अंदर उसे मारे डाल रही थी, को किसी और तक हस्तांतरित कर दे—किसी की भी एक बलि? उसे इस राक्षस का पेट भरने के लिए किसी की बलि चढ़ानी होगी, ताकि

उसे और कष्ट न झेलना पड़े। इससे पहले कि कोई कुछ समझ पाता, वैलेंटाइन ने उस जूनियर को-स्टार की गरदन पकड़ ली और उस स्तब्ध लड़के को काउच पर फेंक दिया। लड़के की गरदन वैलेंटाइन की सख्त गिरफ्त में थी। वह गिरफ्त से छूटने के लिए उसके चेहरे पर हाथों से वार करता रहा। उसकी अँगूठी उसके चेहरे में गड़ गई और कटे हुए स्थान से खून बहने लगा। चारों ओर शोर मचने लगा। लोग उन दोनों को अलग करने की कोशिश कर रहे थे। जूनियर एक्टर भी गिरफ्त से निकलने के लिए संघर्ष कर रहा था, पर वैलेंटाइन की पकड़ से निकल नहीं पाया।

"मैं किसी को ऐसा कुछ भी नहीं करने दूँगा, जिससे मैं खुद को कमतर समझने लगूँ।"

"अरे नहीं! रुको-रुको, उसे जाने दो। खुदा के वास्ते कोई उसे वहाँ से निकालो! क्या तुम अपने होश में नहीं हो?" असलम व्याकुल होकर चिल्ला पड़ा। उसी क्षण वैलेंटाइन ने ऊपर की ओर देखा। शीशे में उसे अपना प्रतिबिंब दिखा। पर सूरज की रोशनी से उसकी आँखें चौंधिया गईं और अपने चेहरे की जगह एक खोपड़ी-युक्त मानव कंकाल दिखाई पड़ा।

"वह कौन है? क्या मैं पिशाच की तरह दिखता हूँ? रुको, स्विच ऑफ मत करो।" वैलेंटाइन उस चोटिल एक्टर को छोड़कर सेट के एक डरे हुए आदमी की ओर झपटा।

"मि. वैलेंटाइन, मैं तो केवल स्विच ऑफ करने की कोशिश कर रहा था…।"

~✤~

"मेरे हिस्से की रोशनी मत लो। चले जाओ। निकलो तुम सब यहाँ से। निकल जाओ!"

एन वी मैंशन के पीछे बह रही डांबी नदी के पानी में सूरज डूबता हुआ लग रहा था और ऐसा दिख रहा था, मानो आग की पिघली हुई तश्तरी में बदल गया हो। वैलेंटाइन स्थिर पड़ा हुआ था। आती हुई ठंडी हवा को वह महसूस नहीं कर पा रहा था। उसने खुद को चिकोटी काटी।

"तुम सोच रहे होगे कि मैं पागल हो गया हूँ। क्यों, बॉय? लेकिन जब लाइट चली गई थी तो मैं डर गया था।"

"मिस्टर, आप जल्दी से ठीक हो जाएँगे।"

"मैं ठीक कैसे होऊँगा? निराशा एक पागल कुत्ते की तरह मेरा पीछा कर रही है···एक रात चैन की नींद के लिए मैं अपना सबकुछ बेचने को तैयार हूँ।"

"मेरा विश्वास करें, आप जल्दी ही ठीक हो जाएँगे।"

"नहीं, मुझे अपनी स्थिति और खराब ही लग रही है। आज सुबह की तुलना में और ज्यादा खराब, एक मिनट पहले की तुलना में और बदतर। जब मुझे बिंकी मेंडेज की जरूरत होती है तो न जाने वह कहाँ गायब रहता है!"

"आप ठीक हो जाएँगे, मिस्टर! धैर्य रखें।"

"किस बात के लिए धैर्य रखूँ, बेवकूफ? मैं जो बोल रहा हूँ, क्या तुम उसका एक भी शब्द सुन रहे हो?" सीधा खड़ा होने के लिए जब वह चारपाई को पकड़ता है तो उसकी पट्टियाँ आपस में रगड़ खाती हैं।

"मदद···मुझे क्या हो रहा है?···मैं हिल-डुल क्यों नहीं पा रहा हूँ?" वैलेंटाइन को सीने में तेज दर्द का अनुभव हुआ और उसकी आँखें इस तरह से बंद हो गईं, मानो गोंद से चिपका दी गई हों। उसने कुछेक बार पलकें झपकाईं, पर फिर धीरे-धीरे सबकुछ धुँधलाने लगा और वह अंधकार में डूब गया।

"यहाँ इतना अँधेरा क्यों है? वहाँ कौन है?···बॉय, क्या यह तुम हो?"

जब वैलेंटाइन जागा तो वह झुकी हुई मुद्रा में था। ऊँची सी खिड़की के कटग्लास से छनकर आती हुई सूरज की किरणें उस गंदे पीले द्रव पर पड़ रही थीं। वह उठकर बैठ गया और शरीर के चारों ओर लगे हुए पेशाब को पोंछ लिया। वह काँप रहा था। उसे ठंड भी लग रही थी। स्वयं को असहाय पाकर उसने वहीं पर पेशाब कर दिया था। उसे यह सबकुछ बहुत गंदा और शर्मनाक लगा। खड़े होने के लिए उसने चारपाई का पटरा पकड़ा। वह अभी आधा ही खड़ा हुआ था कि उसकी आँतों में असहनीय दर्द होने लगा और वह दर्द उसके पूरे शरीर पर छा गया। उसके शरीर की हर एक मांसपेशी एक मजबूत गाँठ में बँध गई-सी महसूस हो रही थी। वह इंतजार कर रहा था कि कब वह पैशाचिक खतरा कोई रूप धारण कर सामने आ जाए।

"मेरा नाम बॉय नहीं है, मिस्टर, बल्कि अखौरी है। मैं यह नहीं बता सकता कि तुम्हारे चेहरे पर इस भाव को देखने के लिए मैंने कितना इंतजार किया है!" □

35

बिंकी मेंडेज

रविवार, 15 नवंबर

सुइट नं. 10, ट्रांजिट कैंप, स्टेट एंट्री रोड

(बॉय का अपार्टमेंट)

बिंकी मेंडेज ने बॉय के छोटे से अपार्टमेंट में बिना किसी पक्के तौर पर पता कर लिया था कि इस समय बॉय वैलेंटाइन के साथ सेट पर था। इस खयाल ने कि बॉय, जो विज्ञान का अच्छा जानकार था और घंटों अपनी लैब में बिता देता था, कभी-कभी तो कई-कई दिनों तक बाहर नहीं निकलता था; क्योंकि उसका दावा था कि वह वैलेंटाइन के लिए 'हीलिंग बाम' तैयार कर रहा होता था। वह वैलेंटाइन को धोखा दे रहा है, इसने बिंकी को गुस्से से पागल कर दिया था और वह इस मामले की तह तक पहुँचना चाहता था। अंदर जिस चीज ने सबसे पहले उसका ध्यान खींचा, वह यह था कि कमरे में फर्नीचर बहुत ही कम था। नाममात्र की साज-सजावट थी। सफेद एकॉस्टिक टाइल्स रसायनों के गिरने से पीली पड़ चुकी थीं। भूरे रंग का कालीन मेज के पास पड़ा हुआ था। देखकर लग रहा था कि इसे बहुत ज्यादा इस्तेमाल में लाया जाता होगा। कमरे की कम ऊँचाईवाली सीलिंग के नीचे लंबी मेजें कतारों में लगी हुई थीं, जैसा कि रसायन-शास्त्र की प्रयोगशाला में दिखाई पड़ता है। दीवारों पर कुछ लिखा हुआ था। रेजिन की शीशियों, पाउडर से भरे मलिन जारों और सुरक्षात्मक शीशों वाले बरतनों, जिनमें क्रिस्टल सहेजकर रखे हुए थे, से अलमारियाँ भरी पड़ी थीं। सिरके और शोरा की तीखी गंध से उसके नथने मानो लहर गए। बिंकी मेंडेज जितना अधिक यह सोचने की कोशिश कर रहा था कि वे दोनों मिले कैसे थे,

उतना ही अधिक उसे यह यकीन होता गया कि बॉय ही उसके बारे में मालूम करके मिलने आया था।

लगभग दो साल पहले बिंकी पहली बार बॉय से मिला था, जब ए.सी. के डक्ट में विस्फोट होने से उसका चेहरा, गरदन और छाती काफी झुलस गए थे और उसे मेडिसी के अस्पताल में भरती किया गया था। उसकी कोशिकाएँ इस कदर क्षत-विक्षत हो गई थीं कि मेडिकल जाँचों के बाद उसे स्किन ग्राफ्टिंग करवानेवालों की प्रतीक्षा-सूची में रखा गया था। उसे कोनाकिऑन इनडेरल और स्पिरोनोलेशन दिया जा रहा था। दर्द इतना ज्यादा था कि रात में वह एक या दो घंटे से अधिक नहीं सो पाता था। ध्यान, सम्मोहन, आत्म-सुझाव, निद्रा-तकनीक किसी भी तरीके से कोई लाभ नहीं हुआ था। बिंकी की कोशिकाएँ चूर हो गई थीं और गैंग्रीन के लक्षण दिखाई पड़ने लगे थे। वह पाँच दिनों से जागा हुआ था और मानसिक अवसाद से गुजर रहा था। वह स्वेच्छा से इस प्राइवेट अस्पताल में भरती हुआ था। एक दिन जब वह दर्द की वजह से कुछ भी सोचने-समझने की स्थिति में नहीं था, बॉय को उसने अपने बेड के सिरहाने खड़ा पाया। कम लंबाई का दुबला सा लड़का था वह—पतले बाल, ऊँचा माथा, उभरी हुई गाल की हड्डियाँ और पीली साफ त्वचावाले बॉय का दावा था कि वह एक प्रशिक्षित 'हीलर' था, जो डॉक्टरी की पढ़ाई कर रहा था। और उस पर संदेह करने का कोई कारण भी नहीं था, क्योंकि जब अगली सुबह बिंकी उठा तो उसने गौर किया कि अब वह दर्द से चीख नहीं रहा था। जब उसका नाम स्किन ट्रांसप्लांट करवानेवालों की सूची से हटा दिया गया तो अस्पतालवालों ने इसे एक अजूबा ही माना। इसलिए जब बॉय ने उससे भेंट करनी चाही, बिंकी स्वयं को उसका ऋणी मानते हुए मिलने के लिए तैयार हो गया; साथ ही उसे नौकरी, घर और मोटरसाइकिल (बॉय ने कार के लिए मना कर दिया था) भी दी। सपने में भी उसे किसी गड़बड़ी का अनुमान नहीं हुआ। कभी भी 'हीलर' के रूप में उसकी विश्वसनीयता को परखने की जरूरत नहीं महसूस हुई। इस क्षेत्र में वह असाधारण रूप से प्रतिभाशाली था। लेकिन कुछ तो ऐसा था, जो उसकी नजर से छूट गया था; जैसे कि जब बॉय को लैब में अकेले काम करने के लिए छोड़ दिया जाता था तो उसका चेहरा चमक उठता था और वह बाहरी दुनिया से किसी तरह का संपर्क नहीं रखता था। निश्चित ही, यदि बिंकी ने छानबीन की होती तो उसे पता चल जाता कि बॉय ने खुद को जिस इंस्टीट्यूट का छात्र बताया था, वहाँ उसके नाम का कोई भी मेडिकल प्रशिक्षु नहीं था। और यह भी कि वह कंपनी, जहाँ से उसने अपना इंटर्नशिप

पूरा करने की बात कही थी, वास्तव में वह कंपनी कहीं थी ही नहीं।

बिंकी खुद को निढाल-सा महसूस करने लगा और वहाँ पड़ी एकमात्र साफ कुरसी पर बैठ गया। असेंबल्ड डेस्कटॉप के बगल में कुछ कागज पड़े हुए थे। ये वास्तव में लिखे हुए नोट्स, समरी और प्रिंट आउट थे। ऐसा लग रहा था, मानो बॉय ने कागजों की छँटाई की थी। बिंकी लैब में चारों ओर नजर दौड़ाते हुए कोई खाली मेज तलाश रहा था, जिस पर वह उन कागजों को रखकर ध्यान से पढ़ सके। जैसे-जैसे वह उन कागजों को पढ़ता गया, वैसे-वैसे स्तंभित होता गया। मेडिसी और अन्य संगठनों के बीच हुए व्यक्तिगत पत्र-व्यवहार, नेविले वैलेंटाइन की प्राइवेट प्रॉपर्टी बॉण्ड लिस्टिंग, कांट्रेक्चुअल लेटर, चेक डिटेल और यहाँ तक कि सुनील रंगनाथन की जमीनों की डिटेल—इस सबकी फोटोकॉपी बॉय ने बहुत ही कुशलतापूर्वक सँभालकर रखी थी। उसने देखा कि रंगा के नाम के चारों ओर इतना गहरा घेरा बनाया गया था कि निब से वहाँ का कागज फट-सा गया था। बिंकी मेंडेज ने अपने नाखूनों को इतना कसकर भींचा कि प्रभावित जगह से खून की लाल बूँदें छलक गईं।

शायद अपनी इस पीड़ा में वह अपने अंदर खौल रहे गुस्से को भूलना चाहता था।

आखिर इस बॉय का खतरनाक प्लान था क्या? बिंकी जानता था कि उसे बॉय पर यह जाहिर नहीं होने देना है कि उसे उसके द्वारा किए जा रहे छल की जानकारी हो चुकी है। लेकिन इससे पहले कि वह कुछ और नुकसान पहुँचाए, उसे वैलेंटाइन को आगाह कर देना होगा। आगे की योजना की स्पष्ट रूपरेखा बनाकर वह उस घर से तेजी से बाहर आ गया। अपनी इस हड़बड़ाहट में बिंकी दूसरी ओर से तेजी से चली आ रही कार को देख नहीं पाया और जब तक उसे इस बात का अहसास हुआ, तब तक काफी देर हो चुकी थी। कार इतनी तेजी से उससे टकराई कि उसका शरीर ऊपर उछल गया और वह गलत दिशा से आते हुए ट्रक से जा टकराया। गहरी धुंध में ट्रक भी उस कार के साथ गायब हो गया, जिसे किमी व्हाइट चला रही थी। बिंकी के लिए अब काफी देर हो चुकी थी। उसका सेरिब्रल कॉर्टेक्स एक टायर की तरह फट गया था और वह अपने ही खून से लथपथ सड़क पर पड़ा हुआ था। एक तीव्र पीड़ा का अहसास हुआ और बस, फिर मौत!

जमीन तक उसका शरीर पहुँचता, उससे पहले ही वह मर चुका था। □

36

अखौरी एवं वैलेंटाइन
सोमवार, 16 नवंबर
बंधक की स्थिति में पहला दिन
बेसमेंट सेलर, 555 नेवरलैंड

"मिस्टर, अगर मुझसे पूछोगे तो मेरा जवाब होगा कि इस डोज से जहर बनता है। तुम्हारे ऊपर लैटेक्स ने अच्छा असर किया। तुम्हारे शरीर पर खाल की तरह चिपक गया, जो तुमको किसी भी तरह से ठीक नहीं होने देगा। यह धीरे-धीरे तुम्हारे शरीर की सुंदरता को खत्म कर रहा है। हाँ, अब काफी देर हो चुकी है।" अखौरी बोला।

"मुझे अपने शरीर पर खाल के होने का अहसास नहीं हो रहा है। जलन हो रही है, बॉय...अखौरी, जो कोई भी तुम हो। जब मेरी त्वचा बर्फ की तरह ठंडी है तो फिर मुझे इतनी गरमी क्यों लग रही है?" वैलेंटाइन चिल्लाया और अपने चेहरे को जोर-जोर से रगड़ने लगा, ताकि उसकी बर्फ-सी ठंडी त्वचा में कुछ गरमाहट पहुँच सके।

"ऐसा उस लैटेक्स की वजह से हो रहा है, जिसकी तुम तारीफ कर चुके हो कि इसे लगाने से त्वचा चमकने लगती है। इस लैटेक्स में रेड फिश से निकाला हुआ ट्रेटोडॉक्सिन भी कुछ मात्रा में मिला हुआ है, जो तुमको पैरालाइज्ड कर देगा। लेकिन तुम्हारी तंत्रिकाएँ बिल्कुल सही हैं, इसलिए तुम्हें दर्द का अनुभव होता रहेगा।" उसकी बात सुनकर वैलेंटाइन को लगा कि डर की वजह से उसकी आँखें बाहर निकल आएँगी।

"मिस्टर, तुम प्रायः इस लैटेक्स की चमक के बारे में मुझसे पूछा करते थे। यह क्विक सिल्वर, जो मरकरी के नाम से ज्यादा जाना जाता है, का तरल 'कोलायड'

है। इससे तुम्हारी त्वचा इस तरह चमक जाती थी कि कैमरे में तुम बहुत सुंदर दिखते थे। पर समस्या यह है कि यदि इसे त्वचा पर काफी देर तक छोड़ दिया जाए तो फिर यह त्वचा के अंदर घुस जाती है और फिर मौत भी आ जाए, पर इसका साथ नहीं छूटता है। निर्दयी है, अजेय है। पर मेरे लिए यह कभी भी समस्या नहीं थी, बल्कि समस्या का समाधान थी।"

"क्या तुम पागल हो गए हो? तुम मुझसे क्या चाहते हो, बॉय?"

"अब इन बातों का कोई मतलब नहीं रह गया है। क्या फिर भूल गए? मेरा नाम अखौरी है। पर उससे भी अब कोई फर्क नहीं पड़ता।"

"अखौरी, तुमसे यह सब कौन करवा रहा है? कौन तुम्हें पैसे दे रहा है?"

"कोई नहीं। कम-से-कम ऐसा कोई नहीं है, जिसे तुम जानते हो, मिस्टर!"

"सुनो, अखौरी! मेरी तबीयत ठीक नहीं है। मेरे पास बहुत पैसा है। जो कुछ भी तुमने मेरे साथ किया, मैं सब भूल जाऊँगा और तुम्हें ढेर सारा पैसा भी दूँगा। बस, मेरी मदद कर दो, मेरी मदद करो। किसी को भी तुम्हारे इस अपराध की भनक तक नहीं लगेगी।"

"मेरा अपराध?" अखौरी हँस पड़ा। पर यह हँसी उसकी आँखों तक नहीं पहुँची थी।

"मैंने तुम्हारे साथ कुछ भी बुरा नहीं किया है!" वैलेंटाइन चीखा।

"इसीलिए तुम्हारे लिए यह याद रखना जरूरी है, मिस्टर! तुमको मालूम है, मेरी माँ ने मेरा यह नाम रखा था। इसका मतलब है—अज्ञात। मैं तुमको सलाह दूँगा कि तुम इस कदर उत्तेजित न होओ। इससे शरीर का तापमान बढ़ जाएगा। जो लैटेक्स तुम्हारे शरीर पर लगाया है, कमरे के तापमान पर वह रबर की तरह अहानिकर है। पर जैसे-जैसे शरीर का तापमान बढ़ेगा, यह द्रव में बदलने लगेगा और तेजी से त्वचा के अंदर, फिर तुम्हारे दिमाग और खून में घुस जाएगा। यह अपना असर दिखाना शुरू कर चुका है—मूड बदलना, बेवजह गुस्सा करना, डरावने सपने देखना, झटके महसूस करना, जबान लड़खड़ाना··· दिन में आया पैनिक अटैक याद है? तुम दूसरी स्टेज में पहुँच चुके हो। जल्दी ही कष्टदायक तीसरी स्टेज में पहुँच जाओगे··· मसूड़े और दाँत ढीले होने लगेंगे, शरीर पर जख्म···"

"हे भगवान्···" वैलेंटाइन दयनीय-सा दिख रहा था।

"अब एक ही सवाल पूछने को रह गया है तुम्हारे पास···कि तुम्हारे पास कितना समय बचा है?"

"मुझे क्या हो रहा है? मैं अपनी त्वचा को अनुभव नहीं कर पा रहा हूँ।"

"मैं क्यों दया करूँ? तुमने तो कभी नहीं की। मैं तुमको एक शर्त पर छोड़ सकता हूँ। तुम याद करो कि तुमने क्या किया था? एक छोटी सी बात तुमसे पूछनी है, मिस्टर!"

वैलेंटाइन ने उन तसवीरों की ओर देखा, जो अखौरी के हाथ में थीं।

"भगवान् के लिए मेरी बात मान लो। मैं इसे नहीं जानता हूँ¨। कौन है यह औरत?"

"हम्म! मुझे इसकी चिंता नहीं है। जल्दी ही तुम्हें सबकुछ याद आ जाएगा; क्योंकि मेरी दवाओं में प्रयुक्त रसायन तुम्हारे दिमाग की दीवारों को तोड़ देंगे। जल्दी ही अतीत व वर्तमान एक हो जाएँगे और तब, भूल जाने की भीख माँगोगे तुम। पर मैं वादा करता हूँ, मिस्टर, मेरी दवाएँ तुम्हें मारेंगी नहीं।"

"तुम मुझे हमेशा के लिए यहाँ रख नहीं पाओगे। बिंकी मुझे ढूँढ़ निकालेगा।"

"उसके लिए तो तुम प्रार्थना करो, वैलेंटाइन! पर वह समय की बरबादी ही होगी, क्योंकि तुम्हें देखकर लगता है कि मेरे शैतान ही तुम्हें पा लेंगे। तब तक के लिए तुम अपने मनपसंद खिलौनों से खेलो।"

□

37

अखौरी एवं वैलेंटाइन
बुधवार, 18 नवंबर
बंधक बनाकर रखे हुए तीसरा दिन
बेसमेंट सेलर, 555 नेवरलैंड

वह कोई बुरा सपना नहीं देख रहा है। उसे वास्तव में उसी के घर के बेसमेंट में बंधक बनाकर रखा गया है। उसका भूमिगत तहखाना उसी के लिए जेल बन गया। वैलेंटाइन जानता है कि कोई भी उसे वहाँ नहीं ढूँढ़ पाएगा, क्योंकि उसकी दीवारें साउंडप्रूफ थीं।

वैलेंटाइन को समय का अहसास नहीं रह गया था, क्योंकि बेसमेंट में अँधेरा था। उसके हाथ व पैरों की उँगलियाँ बर्फ की तरह ठंडी और अकड़ी हुई थीं, इसलिए स्पर्श का अहसास भी नहीं हो रहा था। मिनट घंटों में एवं घंटे दिनों में बदलते रहे और उसके साथ ही उसकी उम्मीद भी खत्म होती गई। अब तो उसे अपनी मौत या उससे भी कुछ ज्यादा बुरा होने का इंतजार था। रात में दीवारों से लटकी जंजीरें आपस में टकराकर आवाज कर रही थीं। इन जंजीरों ने पहले भी खून का स्वाद चखा था। वैलेंटाइन को लग रहा था कि इस्पात की जंजीर उसके मांस के अंदर धँस गई थी। पैरों में भी बेड़ियाँ पड़ी थीं। जो साजो-सामान उसने अपने आनंद के लिए एकत्रित कर रखे थे, आज वही उसके कष्ट का कारण बन गए थे।

जब अखौरी ने उसे बिंकी की मौत की खबर सुनाई तो वह स्तब्ध रह गया। बिंकी ही उसकी आखिरी उम्मीद था। वह किसी-न-किसी तरह उसे खोज ही लेता। उसके द्वारा की गई उलटी की दुर्गंध हवा में व्याप्त थी। वह उसी गंदगी में पड़ा रहा।

उसे कुछ याद नहीं था। लगा, मानो समय ही रुक गया हो, या फिर समय बहुत तेजी से दौड़ा जा रहा हो। उसकी दुनिया में आई इस उलट-पुलट को घटित हुए एक घंटा हुआ या एक दिन या फिर एक सप्ताह।

□

38

अखौरी एवं वैलेंटाइन
शुक्रवार, 20 नवंबर
बंधक बनाकर रखे हुए पाँचवाँ दिन
बेसमेंट सेलर, 555 नेवरलैंड

चूहों की खटपट से उसकी नींद बार-बार टूट रही थी। पिछली रात जब एक चूहे ने उसकी जाँघ में अपने दाँत गड़ा दिए थे तो उसने उसे पकड़कर दीवार की ओर फेंक दिया। चूहा तेजी से अँधेरे की ओर भागा; पर वैलेंटाइन जानता था कि वह फिर उसे काटने के लिए वापस आएगा। वैलेंटाइन अब अकेले नहीं रहना चाहता था। धीरे-धीरे उसे अकेले रहने में डर लगने लगा था।

"क्या मैंने तुम्हें बताया कि मि. सोनी की भी मौत हो चुकी है?" अखौरी ने उसे यह खबर सुनाने के लिए ही यह प्रश्न पूछा था।

"सोनी···" वैलेंटाइन ने अपनी आँखें कसकर बंद कर लीं और याद करने की कोशिश करता रहा।

"हाँ, सुनील रंगनाथन। लेकिन तुम उसे 'मि. सोनी' के रूप में भी जानते हो।"

वैलेंटाइन का कमजोर पड़ चुका शरीर मुश्किल से हिल-डुल पा रहा था। "मैं कुछ नहीं जानता···मेरा खयाल है···।"

"तुम्हारा दिमाग कमजोर हो चुका है। अब यह सच्चाइयों को ज्यादा देर तक छुपा नहीं पाएगा। क्यों?" अखौरी की आँखों में इतना जहर भरा था कि वैलेंटाइन का दिल डर से जोर-जोर से धड़कने लगा। उसका जी मिचला रहा था; साथ ही वह सुबक भी रहा था। उसने अपने विचारों को नियंत्रित करने की कोशिश की,

पर उसका दिमाग उस टूटे हुए बरतन की तरह हो गया था, जिसमें से तरल पदार्थ बहकर निकल रहा हो।

उस रात सपने में उसने देखा कि परछाइयाँ दीवारों से निकलकर आ रही हैं और जब उसने आँखें खोलीं तो उस तहखाने में उस लड़की को देखता है। वह मुसकरा रही थी। उसे आश्चर्य हुआ कि यह कैसे संभव हो सकता है ? जब लड़की उसकी ओर बढ़ी तो वह चिल्लाने लगा।

□

39

अखौरी एवं वैलेंटाइन
रविवार, 22 नवंबर
बंधक बनाकर रखे हुए सातवाँ दिन
बेसमेंट सेलर, 555 नेवरलैंड

"यह संभव नहीं है। निश्चित रूप से, यह बुरा सपना ही रहा होगा।" उसने कमजोर हाथों को उठाकर अपनी हथेलियों से पलकों को कसकर दबाया, मानो उन बुरी यादों को बाहर आने से रोक रहा हो और फिर एक चीख के साथ जाग उठा। लेकिन जिसे वह सपने में देख रहा था, वह उसके बिस्तर के बगल में खड़ी थी। क्या यादें मांस-मज्जावाले शरीर में भी बदल सकती हैं? वैलेंटाइन अचंभित हो उठा। अँधेरा था, फिर भी वह साफ-साफ देख सकता था। तिरछी निगाहों और सुनहरी त्वचा वाली वह लड़की जवान थी। उसने उसके चेहरे को अपने हाथों में ले लिया और उसे चूमने लगी। उसके मुँह से सैंडोज स्टिक, अफीम, मारिजुआना जैसे नशीले पदार्थों की तेज गंध आ रही थी। उसने उसे हटाना चाहा, पर लड़की की पकड़ बहुत मजबूत थी। वैलेंटाइन का दिमाग किसी भी तरह का निर्णय लेने की स्थिति में नहीं था। वह चाह रहा था कि उस लड़की को वहाँ से चले जाने को कहे, पर उसके मुँह से एक भी शब्द नहीं निकल पाया। वह मात्र मूकदर्शक बनकर देखता रह गया कि किस तरह उसके दिमाग में दफन काली यादें धीरे-धीरे बाहर आ रही हैं। फिर उस लड़की का चेहरा उसी के कपाल में घुस गया। हड्डियाँ खाल से बाहर निकलने लगीं और वह लड़की एक बूढ़ी स्त्री में बदल गई, जिसकी खाल पारदर्शी थी, आँखें कोयले की तरह काली और लंबे भूरे बाल थे। दूर कहीं से किसी के चिल्लाने की आवाज आई—'डायन!' और फिर सबकुछ वैलेंटाइन को इस तरह याद आ गया,

जैसे कि किसी कैमरे को ऑन कर दिया गया हो और सारी सच्चाई एक साथ सामने आ गई हो। वह एक कैदी तथा दर्शक मात्र था। वह जानता था कि अब आगे क्या होने वाला था! पहली बार वह गहरा खालीपन, जिसने उसके दिल के दरवाजे को बंद कर दिया था, उसके दिल से सरकता है और उसे वर्षों पूर्व किए गए कृत्यों की भयावहता समझ में आ रही थी।

नींद से कोसों दूर उसके दिमाग में अखौरी की आवाज गूँज उठी।

"मेरी दवा तुम्हारे अंदर प्रवेश कर चुकी है। वह तुम्हारे खून में बह रही है; अब तो तुम्हारे शरीर का हिस्सा बन चुकी है। चूँकि काफी लंबे समय तक यह दवा तुम्हारे अंदर रही है और दिल के धड़कने के साथ हो रहे रक्त-संचार के फलस्वरूप तुम्हारे शरीर के हर हिस्से में पहुँच चुकी है। जल्द ही वह समय भी आ जाएगा, जब कुछ भी नहीं किया जा सकेगा। मैं अभी भी तुम्हारी मदद कर सकता हूँ। मुझे बता दो, तुमने क्या किया, क्यों किया?"

वैलेंटाइन के गले से घुटी-घुटी सी सिसकी निकली, "मैंने कभी नहीं चाहा कि उसे मारा जाए। यही सोचा था कि वे लोग बस, उसे डरा-धमकाकर छोड़ देंगे, ताकि वह अपना मुँह बंद रखे।"

"रंगा जो कुछ छोटे लड़कों के साथ कर रहा था, उसी के संबंध में मुँह बंद रखना था?"

"उसने कहा कि वह औरत हम सबके लिए बुरी खबर बन सकती है—हमारी कंपनी के लिए। वह लोगों को बताती फिरती थी कि कंपनी के कारण नदी जहरीली होती जा रही है और फिर उसने बच्चों को देखा। सोनी के पास ही वे बच्चे थे, जिन्हें लापता समझा जा रहा था। उसने धमकी दी कि वह सबको बता देगी। मैं डर गया था!"

"तुमने उन लोगों को उसे मार डालने दिया, क्योंकि तुम्हें ढेर सारे पैसे मिल रहे थे और इसलिए, तुमने इन सारी घटनाओं को दूसरे नजरिए से देखा?" अखौरी ने दहकते अंदाज में पूछा।

"नहीं, पैसे के लिए नहीं···केवल पैसे के लिए ही नहीं।" वैलेंटाइन कराहा, "उसने मुझे भी उन छोटे बच्चों के साथ देख लिया था।" उसने निस्तेज स्वर में कहा, "एक पागलपन-सा मुझ पर छा गया था। कसम खाकर कहता हूँ, मैं फिर कभी वह सब नहीं करने जा रहा था। मैंने फिर कभी वह सब किया भी नहीं। लेकिन सच्चाई यही है कि उस समय उसने मुझे भी देखा था। वह बहुत गुस्से में थी। उसने मेरी

बात ही नहीं सुनी। उसने कहा कि वह पूरी दुनिया को सबकुछ बता देगी। मैं भी इसी दुनिया का हिस्सा था। लेकिन मैं ऐसा नहीं···" वैलेंटाइन दारुण स्वर में चिल्लाया और सिसकने लगा। अखौरी ने मौन रहकर सबकुछ सुना।

"कल्पना करो, अगर ऐसा हो जाता तो क्या होता? मेरा सबकुछ लुट जाता। अभी तो मैंने फिल्में साइन करना शुरू ही किया था। मेरा कॅरियर, मेरा जीवन तो शुरू ही हो रहा था। अगर यह बात बाहर आ जाती तो कोई भी मेरे साथ काम करने को राजी नहीं होता। मैं क्या कर सकता था? सबकुछ बहुत समय पहले घटा था।"

"सुनील रंगनाथन में, तुम में और मेडिसी में कोई फर्क नहीं है। तुम सब, जो कुछ भी अच्छा है, उसे खत्म कर देते हो, जिंदगियों को बरबाद कर देते हो।" अखौरी ने निर्णायक स्वर में कहा।

"प्लीज···मेरी मदद करो···मुझे यहाँ मत छोड़ो। मैं अकेला नहीं रहना चाहता।"

"तुम लोगों को उसे मारना नहीं चाहिए था। उन बच्चों के साथ वह सब नहीं होना चाहिए था। मि. वैलेंटाइन, तुम यहीं पर मरो।"

आँखों में अकल्पनीय भयावह भाव लिये अखौरी ने वैलेंटाइन पर आखिरी नजर डाली और वहाँ से निकल गया।

पिंजरे में कैद जानवर की तरह वैलेंटाइन मौत की-सी चुप्पी में जकड़ गया। किसी भी तरह की आवाज करने से वह डर रहा था। उसे सोने में भी डर लग रहा था। वह नहीं चाहता था कि वह लड़की फिर से वापस आए। खाली कमरे के अँधेरे में डूबे कोनों की ओर जब उसने नजर डाली तो उसे फिर वही लड़की दिखाई पड़ी।

'द ड्यून' की डायन।

और करीब।

और स्पष्ट।

नेविले वैलेंटाइन को उस क्षण का अहसास भी नहीं हो पाएगा कि कब स्थायी तौर पर उसकी दुनिया गर्त में चली गई।

□

40

डोराब सिल्वा
रविवार, 22 नवंबर
रिकवरी रूम, डी-पैथ हॉस्पिटल
केस नं. 55/63/2018/दिनेश ठाकरे

डॉ. दास का हमेशा से यही कहना रहा कि कारण एवं परिणाम को अच्छी तरह से समझने के बाद ही सच्चाई तक पहुँचा जा सकता है। दुनिया में कई महान् वैज्ञानिक और गुप्तचर हुए हैं—डॉ. दास में दोनों के ही गुण विद्यमान थे।

"यह तो खतरनाक है, असामान्य है।" डॉक्टर अपनी उत्तेजना छिपा नहीं पा रहा था।

"मुझे अब अपनी तबीयत उतनी खराब नहीं लग रही है।" सिल्वा बोला।

"बॉस, क्या आपने अपना चेहरा शीशे में देखा है? एक बार देख लें।"

उसकी आँखों के किनारे अजीब से पीले घेरे उभर आए थे, जो बड़े ही भद्दे लग रहे थे। उसने जब सूँघा तो चुहलबाजी करते हुए बोला—

"अब समझे हमारी बात का मतलब? 'अजीब' से मेरा अभिप्राय यह था कि जो पदार्थ आपके अंदर मिला है, उसकी प्रकृति डरानेवाली है।"

"आपको जहर दिया गया था।" गौड़ा मुख्य मुद्दे पर आते हुए बोला।

"जहर दिया गया था?" सिल्वा उन लोगों के जवाब का इंतजार कर रहा था।

"मैं आपको उन दो महत्त्वपूर्ण नतीजों से अवगत कराना चाहूँगा, जो मेरे विश्लेषण का परिणाम हैं। पहला आपकी स्थिति से संबंधित है। आपको जहर तो दिया गया था, लेकिन आपके पेट के ऊतकों में हलका सा कटाव आ गया और आपको डिहाइड्रेशन हो गया। अच्छी बात यह है कि जिस किसी ने भी आपको

जहर दिया, अभी हम यह मानकर चल रहे हैं कि ऐसा हुआ होगा कि वह वास्तव में आपको मारना नहीं चाहता था। उसका प्रयोजन केवल आपको कुछ समय के लिए निष्क्रिय कर देना था। मैंने सैंपल को आगे की जाँच के लिए टॉक्सीकोलॉजी लैब में भेज दिया है। वैसे, इसकी प्रकृति के बारे में मेरा खयाल सही ही है।"

"पर मुझे जहर कौन देगा?"

"आपका कार्यक्षेत्र ही ऐसा है कि आपका बुरा चाहनेवालों की संख्या काफी होगी। हो सकता है, आपने इसे अनजाने में ग्रहण कर लिया हो। इसके अलावा, यह एक बहुत ही विशिष्ट पिपरीडाइन कॉम्प्लेक्स है। इसे कोई विशेषज्ञ ही बना सकता है—कोई डॉक्टर या कोई केमिस्ट, या फिर कोई बहुत ही बुद्धिमान दवा विक्रेता इसे बना सकता है। इसको बनाने के लिए फार्मास्युटिकल की अच्छी जानकारी होनी चाहिए, अन्यथा अगर इसके किसी अवयव की मात्रा आवश्यकता से अधिक हो जाएगी तो आपको बहुत ही बुरे सपने आ सकते हैं या फिर आपके साथ और भी कुछ बुरा घट सकता है। यह कोलाएड डेराइवेटिव, अर्थात् यह जहर बहुत ही दुर्लभ है।"

"भगवान् के लिए सरल शब्दों में समझाओ।" सिल्वा की आँखें पीली-सी हो गई थीं।

"इसके विषय में साधारण ढंग से नहीं समझाया जा सकता। यह जहर, जो आपके अंदर मिला है, रिवर्स बायोसाइड का ही एक प्रकार है। विज्ञान में बायोसाइड जीवनदायी रसायनों के रूप में जाने जाते हैं, जो हमारे विकास में सहायक होते हैं, प्रकृति का संतुलन बनाए रखते हैं। लेकिन इस जहर का असर ठीक इसका उलटा होता है—यह एक ऑमनीसाइड है—ठीक एक बहुरुपिए जैसा, जिसे हम 'ऑर्गेनिक डेथ पार्टिकल' कह सकते हैं। ऐसा विश्वास किया जाता है कि यह किसी भी जीवित जीव को पूर्णरूपेण खत्म कर सकता है, मार सकता है।"

"डेथ पार्टिकल? बहुरुपिया?"

"साधारण शब्दों में यह कहा जा सकता है कि यह 'मिमिक' (बहुरुपिया) खराब पार्टिकल है—'बायोसाइड' का ठीक उलटा। बायोसाइड को अच्छा पार्टिकल कहा जाता है। 'मिमिक' इसके सारे गुणों को बदल देता है। 'मिमिक' हमारे उपापचय मार्गों पर अपना प्रभाव छोड़ते हैं, या तो इसको काम करने लायक ही नहीं रहने देते या विषाक्त कर देते हैं। हथियार के रूप में इसका प्रयोग होते हुए मैंने अभी तक नहीं देखा है—और मैं बता दूँ कि मैं ऐसा ही कुछ मिलने की उम्मीद भी कर रहा था।"

"आपको यह विचित्र रसायन मेरे अंदर मिला? यह असंभव है!"

"यह विचित्र रसायन उतना भी दुर्लभ नहीं है, जितना आप सोच रहे हैं। उदाहरण के तौर पर, हर्बिसाइड 2, 4 डाइक्लोरोफेनोजाइसेटिक एसिड एक 'मिमिक' है, जो पौधे का विकास-हार्मोन है। यह पौधे की अनियंत्रित वृद्धि का कारण बनता है और उसकी मौत का भी कारण यही बनता है। मनुष्यों व पशुओं के लिए यह बिल्कुल अप्रभावी होता है, उन्हें कोई नुकसान नहीं पहुँचाता और यदि किसी तरह हमारे शरीर में चला भी गया तो पेशाब या पसीने के रूप में शरीर से बाहर भी निकल जाता है; पर यदि कोई अनुग्राही हार्मोन हमारे शरीर में डाला गया हो तो फिर यह अनियंत्रित हो जाता है।"

"पर यह मिलता कहाँ है? ऐसी खतरनाक चीजें बनाता कौन है?" सिल्वा डॉक्टर की बात सुनकर चकरा-सा गया। डॉ. दास अभी भी सरल-से-सरल शब्दों में अपनी बातें समझाने का प्रयास कर रहे थे।

बायोसाइड संश्लेषित रसायन है; लेकिन कुछ प्राकृतिक बायोसाइड भी होते हैं, जिन्हें बैक्टीरिया-युक्त पौधों से, यहाँ तक कि मछलियों में से भी, निकाल लिया जाता है। जहर, जो एक कृमि की तरह खामोशी के साथ अपना काम करता है, का प्रयोग हत्या के सभी तरीकों में यह सबसे अधिक कष्टदायक और नृशंस तरीका है। यह शायद किसी की हत्या करने के बाद भी गिरफ्तारी से बचने का एकमात्र उपाय है। इसे देना आसान होता है और अगर आप इस पर अच्छे से मेहनत करेंगे तो ऐसे कई जहर मिल जाएँगे, जो अपना कोई निशान नहीं छोड़ते हैं।"

"और, मेरी आँखों के चारों ओर जो यह पीली-पीली सी गंदगी है, यह शायद इस मिमिक का ही परिणाम है!"

"सही निष्कर्ष निकाला है आपने। आपने ध्यान दिया ही होगा कि गाल, कान और होंठों के आसपास की त्वचा पीली व धब्बेदार हो गई है। लग रहा है, आपने इसे रगड़ दिया है। मेरे इलाज से यह पीलापन चला जाएगा, पेशाब के रास्ते यह निकल जाएगा और चूँकि आप अभी जीवित हैं तो हो सकता है, थोड़ी सी जलन हो। अगर आप मर गए होते तो यह आपकी आँखों के रास्ते बहकर निकल जाता—आँखों के चारों ओर छोटे-छोटे मोती जैसे दानों की तरह।" डॉक्टर सिल्वा की आँखों के आसपास उभर आए पीले घेरों के चारों ओर एक गोला बनाते हुए नाक तक ले आया।

"आपने दो चीजों के बारे में कहा था। दूसरी क्या चीज है?"

"उसका ठाकरे की हत्या वाले मामले से महत्त्वपूर्ण संबंध है। आप में हमें जो जहर मिला, उसकी प्रकृति उस जहर जैसी है, जो हमें ठाकरे की लाश में मिला था।"

डॉक्टर ने दिनेश ठाकरे की लाश की एक तसवीर की ओर इशारा किया। वह उसकी शून्य में ताकती आँखों के आसपास के हिस्से को जूम करके दिखा रहा था और इतना गंदा लग रहा था, मानो किसी ने उनमें मल-त्याग किया हो, जो उसकी पलकों से बहकर निकल रहा था; पलकों के किनारे छोटे-छोटे धूमिल पीले रंग के दाने थे।

"निश्चित रूप से, ठाकरे को दी गई डोज आपको दी गई डोज की तुलना में अधिक घातक थी, जानलेवा थी। ये पीले क्रिस्टल इसी की ओर संकेत करते हैं। ठाकरे की लाश से ये कई दिनों तक बहते रहे थे।"

"हम दोनों को एक ही तरीके से जहर दिया गया था?" सिल्वा को अपने कानों पर मानो विश्वास ही नहीं हुआ।

"शायद आपका भाग्य अच्छा नहीं था। शायद आप हत्यारे के काफी करीब पहुँच गए हों। कौन जानता है ? यह आपको पता लगाना है। एक बात और। इसे बनाने के लिए कुछ खास तरह की पत्तियों—मैगी पौधे की पत्तियों का रस निकाला जाता है। यह पौधा उत्तर-पूर्वी पहाड़ियों पर मिलता है। इसके फूलों में कई तरह की सुगंध होती है। कुछ देशों में इसका प्रयोग रोगों के इलाज में किया जाता है—पागलपन के इलाज के लिए या फिर किसी के साथ काफी हिंसक वारदात होने की स्थिति में। यह एक प्रकार की औषधीय मन-शल्य चिकित्सा (लोबोटॉमी) है। इसका परिणाम इस बात पर निर्भर करेगा कि आप इसे कितना और किस रूप में ले रहे हैं!"

डॉक्टर ने एक दूसरी तसवीर दिखाई, जिसे सिल्वा ने नए उत्साह से देखा। हमने ठाकरे की कुछ पुरानी तसवीरों, जब वह जवान था, की तुलना उसकी हालिया तसवीरों, जो उसकी मौत से कुछ ही पहले ली गई थीं, से की। उसकी आँखों में यह पीलापन और अस्वाभाविक-सी लाल सूजन एक साल पहले आनी शुरू हुई थी।" इसका मतलब यह हुआ कि जो कोई भी यह जहर उसे दे रहा था, उसने पहले कम-कम मात्रा में देना शुरू किया होगा—इतनी कम मात्रा, जिससे वह मरता तो नहीं, पर उसका शरीर अंदर-ही-अंदर नष्ट होने लगा होगा। इससे तो यही लगता है कि कोई चाहता था कि मरने से पहले वह तड़पे, दर्द का अनुभव करे।" डॉ. दास ने कहा।

"पर हम यह कैसे पता करें कि इन सबके पीछे किसका हाथ है? यह तो कोई भी हो सकता है।"

"इस मामले में हमारा भाग्य अच्छा था। इस जहर का प्रयोग करना मुश्किल है। यह कॉम्प्लेक्स आसानी से अलग हो जाता है और स्टैबलाइजर बनाने के लिए आवश्यक इसका रसायन कुछ ही दवा की दुकानों में मिलता है। मैंने मि. गौड़ा को यह सब बता दिया है और उनकी टीम इस पर काम कर रही है।"

"हम मामले की छानबीन कर रहे हैं। मेरे आदमी दवा की हर दुकान पर पूछताछ कर रहे हैं। बॉस, आप ठीक हैं? डॉक्टर, यह ठीक हैं न? ऐसा लग रहा है कि यह बेहाश होने वाले हैं।..." गौड़ा ने चिंतित स्वर में पूछा।

सिल्वा की आँखें अस्वाभाविक ढंग से चौड़ी हो गईं और शरीर बिल्कुल स्थिर। उसे अपने अंदर उसी तरह की उत्तेजना का अनुभव हो रहा था, जैसा कि किसी महत्त्वपूर्ण तथ्य को जानने पर होता है। मानो सच्चाई सामने आ गई हो। मेज पर रखे अपने हाथों को, फिर अपने आप को शांत कर रहा हो। सबको हैरान करते हुए उसने एक खास तसवीर उठा ली। गहरी साँसें लेते हुए उसने उस तसवीर को कंप्यूटर स्क्रीन पर दिख रही तसवीरों से मिलाया, जैसे तसवीर पर आधारित कोई पहेली हल कर रहा हो। एक अन्य तसवीर उठाकर फिर वही प्रक्रिया दोहराई। कुछ समय बाद उसने अपने शरीर को सीधा किया। उसकी आँखों में किसी निष्कर्ष पर पहुँच जाने की चमक थी।

"तसवीरें हमेशा कहानी सुना जाती हैं। यह एक बहुत ही मजेदार कहानी है।..."

सिल्वा ने ठाकरे के चेहरे को जूम किया और उसकी उस बाँह पर फोकस किया, जो हीरी के वक्षस्थल पर थी और फिर उस बाँह की कफलिंक पर फोकस लाकर रोक दिया। फिर अपने लैपटॉप पर कुछ शब्द टाइप करके 'सर्च' का बटन दबा दिया। तुरंत ही दर्जनों तसवीरों में मुसकराते हुए वैलेंटाइन का चेहरा स्क्रीन पर आ गया। उनमें से कुछ तसवीरों को उसने लैपटॉप में सेव कर लिया और फिर एंप्लीफिकेशन टूल की सहायता से उस कस्टमाइज्ड लोगो मार्क को बड़ा करके कफलिंक पर बने मार्क से मिलाया—छोटे से जुड़वाँ साँप, जो आपस में इस तरह गुँथे हुए थे कि दिखने में 'NV' लगें।

तो वैलेंटाइन लड़की के चेहरे की ओर देखने को टाल नहीं रहा था (जैसा कि उस समय तसवीर दिखाते समय सिल्वा को लगा था)। उसका ध्यान शायद इसी चीज पर गया होगा, जो उसे फँसा सकती थी।

आपको वह एक क्षण हमेशा याद रहता है, जो पूरे मामले का रुख मोड़कर

रख दे और सिल्वा को यकीन हो चला था कि अब इस रहस्यमय मामले के सवाल ऐसे थे, जिनका जवाब नहीं मिला था। जैसे कि दिनेश ठाकरे ने यह तसवीर छुपाकर क्यों रखी थी ?. शायद वह इसका इस्तेमाल वैलेंटाइन को धमकाने के लिए करता रहा होगा कि वह उसकी बेटी से दूर हो जाए! शायद वैलेंटाइन को इस तरह की चेतावनी या धमकी पसंद न आई हो। तो क्या इस सुपर-स्टार का कोई हाथ था ठाकरे की मौत में? उस हीरी नाम की औरत का क्या मसला था? क्या उसकी मौत संयोग मात्र थी? शायद उस औरत ने ही वैलेंटाइन को ब्लैकमेल करने की योजना बनाई हो? पर ऐसा लगता तो नहीं था, उसने सोचा—क्योंकि जब वह उससे आखिरी बार मिला था, तब तो उसकी हालत बहुत ही दयनीय थी। तभी जोर की आवाज से दरवाजा खुला और कमरे में छाई चुप्पी भंग हो गई।

गौड़ा का आदमी कुछ महत्त्वपूर्ण खबर लेकर आया था।

"बोलो!" सिल्वा ने आदेश दिया।

"बॉस, मैंने कुछ चुने हुए मेडिकल स्टोरों पर अपने आदमी भेजे थे और आप कल्पना नहीं कर पाएँगे कि हमारे ये 'मि. बिजीफिंगर्स' हैं कौन!"

"बताओ!"

"हमारे आदमी एक दवा-विक्रेता से मिले, जिसने उन्हें बताया कि उन रसायनों की बिक्री पिछले छह महीनों में बहुत अधिक मात्रा में हुई है। इसको खरीदने का ऑर्डर वैलेंटाइन के असिस्टेंट बिंकी मेंडेज के नाम से किया गया था। पर बस, इतना ही नहीं है। रिपोर्ट आ गई कि रंगा···आप अनुमान लगाएँ!"

"जहर?"

"पीठ में चुभाकर जहर दिया गया था। जहर बहुत ही घातक व खतरनाक था और इतनी तेजी से फैला कि उसकी सारी मांसपेशियाँ और ऊतक फट गए थे। उसके शरीर के अंदर का दबाव इतना बढ़ गया था कि उसका शरीर फटकर क्षत-विक्षत हो गया और यह सब एक घंटे के अंदर ही हो गया। उसकी त्वचा का रंग विचित्र तरीके से पीला-सा हो गया था।"

"फिर से मि. बिजीफिंगर्स?" डॉ. दास ने विचारपूर्ण स्वर में कहा।

"लेकिन बिंकी को अभी तक जवाब तलब करने के लिए लाया क्यों नहीं गया है?"

"क्योंकि उसकी मौत एक सड़क दुर्घटना में हो चुकी है।"

"उसके बॉस वैलेंटाइन से सवाल करो।"

"यही तो अजीब बात है। वह भी एक सप्ताह से गायब है। मेडिसी ने उसके लापता होने की बात बताई। ऐसा लगता है, वह उनके शो में काम कर रहा था। कोई नहीं जानता कि वह सुपर स्टार कहाँ है! उसके कुछ दोस्तों का कहना है कि हो सकता है, वह स्वयं कहीं चला गया हो, इसलिए अभी तक हेडक्वार्टर्स से अलर्ट नहीं जारी किया गया है। लेकिन ऐसा सुनने में आया है कि अगर वह कल तक नहीं आया तो अलर्ट जारी कर दिया जाएगा।"

"तुम मुझे यह सब अब बता रहे हो?" सिल्वा इन जानकारियों से चकित हो उठा।

"बॉस, आप लगभग एक सप्ताह से ऐसी स्थिति में थे कि आप कुछ कर ही नहीं सकते थे। इसीलिए…"

"स्टूडियो से संबंधित कोई खबर? क्या वह मेडिसी का शो नहीं कर रहा था? क्या तुमने उनसे सवाल किए?"

"इस समय मेडिसी स्टूडियो कुछ भी कहने को तैयार नहीं है और उनका कहना है कि इसके अलावा उन्हें और कुछ भी मालूम नहीं। ऐसा लग रहा है, जैसे वैलेंटाइन हवा में अदृश्य हो गया हो।"

"चुप रहो, गौड़ा! कोई भी हवा में गुम नहीं हो सकता। एक ही जगह है, जहाँ से हमें सुराग मिल सकता है।" सिल्वा ने कहा।

□

41

सोमवार, 23 नवंबर
केस नं. 10/49/2018/नेविले वैलेंटाइन

सर्च ऑपरेशन, नेवरलैंड, साउथ सिटी

पुलिस का खोजी हेलीकॉप्टर नेवरलैंड के आसपास के इलाकों में मँडरा रहा था। सुपर स्टार नेविले वैलेंटाइन को खोजने के लिए चलाए जा रहे अभियानों में अनेक पुलिस अफसर व्यस्त दिख रहे थे। पुलिस की टीमें घर-घर जाकर लोगों से पूछताछ कर रही थीं। नावों में एवं घोड़ों पर बैठे पुलिस अफसर डांबी नदी और नदी के किनारे स्थित पार्क में भी वैलेंटाइन को तलाश रहे थे। एक गवाह ने बताया था कि जब वैलेंटाइन मेडिसी स्टूडियो से अपने घर के लिए निकला था तो आखिरी बार पार्क में ही देखा गया था।

रविवार को वैलेंटाइन को तलाशने के लिए पुलिस के तैराकों के एक दल को प्रोपेन हीटर, स्कूबा टैंक, सीढ़ियों, मोटी रस्सियों और अन्य साजो-सामान से लैस करके नदी में उतारा गया। सात दिनों तक चले इस खोजी अभियान से इस लापता स्टार का क्या हुआ होगा—जैसे प्रश्नों से संबंधित कुछ सुराग मिले और थोड़े-बहुत अन्य सवालों के जवाब भी मिले। जब सोमवार को पुलिस ने लापता स्टार के संबंध में आधिकारिक तौर पर अलर्ट जारी किया, तब से अब तक उसे तीन सौ सत्तर टिप्स मिल चुके थे। पुलिस के अनुसार, कोई भी टिप्स उनमें से ऐसा नहीं था, जो खोज को शुरू करने के संबंध में कोई ठोस जानकारी दे या सहायक सिद्ध हो। लेकिन फिर भी, सभी अंदेशों को टटोला जा रहा था।

साउथ सिटी के एस.एस.पी. डी.जी. कारंथ ने मीडिया के सामने यह बात

स्वीकार की कि इस समय पुलिस यह कहने की स्थिति में नहीं है कि इस घटना में किसी अपराधी का हाथ है या नहीं। पर उन लोगों ने इस अंदेशे को सिरे से खारिज भी नहीं किया है। बीते मंगलवार को पुलिस विभाग की ओर से ट्विटर पर एक वक्तव्य पोस्ट किया गया, जिसमें लोगों को होशियार एवं सावधान रहने को कहा गया था और वैलेंटाइन के बारे में कोई भी खबर मिलने पर 911 पर रिपोर्ट करने की गुजारिश की गई थी। पुलिस द्वारा जारी किया गया वक्तव्य कुछ इस प्रकार था—

प्रेस विज्ञप्ति

"सातवें दिन का खोज अभियान शाम के 7.30 बजे के बाद बंद किया जा रहा है। पुलिस का खोजी दस्ता स्टार की तलाश जारी रखेगा। अब इस खोज अभियान का दायरा और बढ़ाकर डांबी नदी से और आगे भी उसे तलाश किया जाएगा। इस काम के लिए कयाकरों की भरती की जाएगी। समय-समय पर प्रेस, इलेक्ट्रॉनिक मीडिया साउथ सिटी पुलिस स्टेशन में पंजीकृत एफ.आई.आर. केस नं. 10/49/2018, दिनांक 18.01.2018 के संबंध में जानकारी साझा करता रहा है। कानून एवं जाँच एजेंसी अपनी तफ्तीश पूरी करने की प्रक्रिया में है। हालाँकि, पिछले कुछ ही दिनों में प्रिंट/इलेक्ट्रॉनिक मीडिया का एक खास वर्ग जो जानकारियाँ या रिपोर्ट प्रकाशित/ब्रॉडकास्ट कर रहा है, वास्तव में वे सच्चाई से बिल्कुल परे हैं और चिंता की बात यह है कि ये सबकुछ सोशल मीडिया पर भी खूब शेयर किया गया है। इस प्रेस विज्ञप्ति के माध्यम से हम यह सूचित कर रहे हैं—यह हमारे रिकॉर्ड में दर्ज किया जा रहा है कि अभी यह निश्चित तौर पर नहीं कहा जा सकता कि मि. वैलेंटाइन अपने घर के पीछे बहनेवाली नदी में गिर गए हैं या कहीं और उनके साथ कोई दुर्घटना घट गई है। खोजी दस्ते ने नदी से भी आगे बढ़कर जंगलवाले क्षेत्र में भी तलाश की है, पर आज सुबह नदी में इतना ऊँचा ज्वार-भाटा आया था कि यह सुनिश्चित करना कि यदि वह लापता अभिनेता नदी में गिरा भी होगा तो अभी कहाँ होगा, काफी मुश्किल है। विशेष अधिकारीगण एवं गुप्तचर संबद्ध क्षेत्र की गहरी छानबीन कर रहे हैं, लोगों से बात कर रहे हैं और सर्विलांस वीडियो की भी तलाश कर रहे हैं।"

इस बीच मेडिसी स्टूडियो ने वैलेंटाइन को सुरक्षित वापस लानेवाले को 20

लाख रुपए इनाम देने की घोषणा कर दी थी। एन.वी. फैन क्लब ने भी उसको सुरक्षित लानेवाले को 15 लाख रुपए देने का वादा किया था। पुलिस का कहना था कि प्रत्येक गुजरते हुए दिन के साथ खोज अधिक मुश्किल होती जा रही थी और अब वे लोग इस छानबीन में फेडरल टीम की मदद लेने जा रहे थे।

□

42

सोमवार, 23 नवंबर

555 नेवरलैंड, नेविले वैलेंटाइन का बँगला

केस नं. 55/63/2018/दिनेश ठाकरे

दर्द को कम करने के लिए माइग्रालेव पिंक की एक गोली सिल्वा ने निगल ली, पर अभी भी शरीर के विभिन्न भागों से उठनेवाली पीड़ा की लहर उसके दिमाग को परेशान कर रही थी।

"बॉस, हमें कल तक इंतजार करना चाहिए था। अभी भी आप बहुत ठीक नहीं लग रहे हैं।"

"गौड़ा, उसे खोजने पर अधिक ध्यान दो।"

"बॉस, अगर यह मालूम होता कि हम अभी भी क्या ढूँढ़ रहे हैं तो आसानी होती। यह समय की बरबादी है। इस इलाके का एक-एक इंच हमने अच्छी तरह से खँगाल लिया है। कोई भी सुराग नहीं मिला। वैलेंटाइन तो मानो हवा में गायब हो गया है। अभी तक हमें उस संबंध में कुछ भी पता नहीं चला है।"

"इस उम्र में व्यक्ति यूँ ही गायब नहीं हुआ करते; हाँ, अगर वे खुद ऐसा चाहें तो दूसरी बात है, खासकर ऐसे जाने-माने सुपर-स्टार।" सिल्वा निस्तेज स्वर में बोला। इन अभियानों का कोई नतीजा न निकलने के कारण वह चकित था। वहाँ की दमघोंटू गंध की वजह से सिल्वा ठीक से सोच नहीं पा रहा था। पिछले खोजी दल ने एक खिड़की शायद खुली छोड़ दी थी, जिसके कारण दिन में तूफान के फलस्वरूप धूल व गंदगी अनचाहे मेहमान की तरह अंदर घुस गई थी। वहाँ रखी कलाकृतियों और फर्नीचर पर धूल की परत जमी हुई थी।

"बॉस, हो सकता है, वह अपनी नाव से किसी अज्ञात गंतव्य की ओर चला गया हो। उसके जैसे आदमी को हम लोगों की तरह वेतन या पेंशन पाने के लिए घड़ी देखकर काम करने की चिंता तो होती नहीं है।" गौड़ा ने खीजते हुए कहा।

"चुप रहो और बस, इतना मनाओ कि हमें कोई तगड़ा सुराग मिल जाए। इस गंध से मेरी तबीयत खराब हो रही है।"

"और मेरी छुट्टी भी। मैं ओवरटाइम का बिल बनाऊँगा।"

महँगी महोगनी लकड़ी के पैनलों और सुनहरे रंग के भित्ति स्तंभों से युक्त वह कमरा सूनी सफेद दीवारोंवाले वैलेंटाइन के स्टूडियो चैंबर के बिल्कुल विपरीत लग रहा था। सिल्वा को यह सब देखकर मन में यह खयाल उपजा कि क्या बहुत अधिक पैसा ऐसे बाईपोलर डिसॉर्डर को जन्म देता है?

चाँदी जैसी रंगतवाले लुइस क्विंज बाथरूम में सुरुचिपूर्ण ढंग से बुने हुए पशमीना के कुशन, जिनके किनारों पर सोने के महीन तारों से काम किया हुआ था, यूँ ही इधर-उधर बिखरे पड़े थे। पशमीना के कालीन काफी नरम थे और सिल्वा को अहसास हुआ कि यहाँ का एक-एक कालीन इतना महँगा है कि उतने पैसे में वह अपने घर की अगले पाँच वर्षों तक की किस्तें चुका सकता है। बाथरूम ऐसे ही बेशकीमती सामानों से भरा पड़ा था।

"यह क्या है···सोने जैसा टॉयलेट? मि. सुपर स्टार तो अपनी गंदगी साफ करने के लिए सुगंधित टॉयलेट पेपर का इस्तेमाल करते थे। मुझे लगता है, वह 24 कैरेट के सोने से कमतर पर मल-मूत्र करने के लिए भी तैयार नहीं होता होगा।"

"ओरिजिनल कार्बन फाइबर भी। हम लोगों की तुलना में वह अपने इस टॉयलेट में ज्यादा समय गुजारता होगा।" सिल्वा ने सोचा कि आने से पहले जो सोडा पिया था, उसे बाहर निकाल देना ठीक होगा। यह सोचकर वह अपनी एक खुली आँख लेकर मूत्र-त्याग करने लगा। उसकी भौंहों पर ऐसे बल पड़े हुए थे, मानो उसके सारे विचार खत्म हो चुके हों।

"उफ! यह गंध! आखिर यह गंध किस चीज की है? बॉस, आप जानते हैं, मैंने गूगल पर पढ़ा है कि पुराने जमाने में वेश्याएँ कुछ जड़ी-बूटियाँ उगाती थीं और उनका रस अपने तेल में मिला लेती थीं, ताकि उनके ग्राहक उनके पास दोबारा आएँ। वे ऐसी दवाएँ भी बनाती थीं, जो किसी को मार दें और शायद इस तरह कुछ ऐसे ग्राहकों को खत्म भी कर दिया, जो उन्हें उनके पैसे नहीं देते थे।"

"क्या बकवास है!"

"बॉस, आप मुझे नर्वस कर रहे हैं।"

"उफ, यह गंध!"

"कैसी गंध ?" गौड़ा ने उसके साथ चलते हुए कहा।

"मुझे याद आ गया, मैंने यह गंध पहले भी कहीं महसूस की है।" सिल्वा उत्तेजनापूर्ण स्वर में बोल उठा।

"कौन सी गंध, बॉस ?"

सिल्वा का दिमाग तेजी से काम करने लगा। वह यह जानने की कोशिश कर रहा था कि यह गंध आखिर आ कहाँ से रही थी ? यह गंध उस जहर की गंध जैसी ही लग रही थी, जिससे उसकी तबीयत खराब हो गई थी।

"गंध उस ओर सबसे तीव्र है, कस्तूरी के गंध जैसी। निश्चित ही गंध उधर से ही आ रही है।" कहते हुए सिल्वा व्यग्र अंदाज में वैलेंटाइन के निजी चैंबर की ओर बढ़ा। जिस उत्कटता के साथ वह हवा को सूँघ रहा था, उसे देखकर गौड़ा सकते में आ गया।

निजी चैंबर काफी बड़ा था। हेरिंगबोल के पैटर्नवाली हार्डबोर्ड की फ्लोरिंग, विशालकाय बुक-केस, काँसे और काँच के बड़े-बड़े दरवाजे। सबकुछ यथास्थान रखा हुआ था, लेकिन फिर भी उसके दिमाग में कुछ खटक रहा था, मानो उसकी इंद्रियाँ उससे कुछ कहना चाह रही थीं। पर उसका दिमाग समझ नहीं पा रहा था। न्यूनतम सजावटवाली दीवारें भित्ति चित्रों से युक्त सीलिंग के साथ बिल्कुल बेमेल लग रही थीं। उसे यह देखकर बड़ा अजीब लगा, क्योंकि मैंशन की अन्य दीवारें सुसज्जित थीं और उनमें महँगी कार्निसें बनी हुई थीं; पर इस चैंबर की दीवार का प्लास्टर काफी उभरा हुआ-सा था। सिल्वा ने ऐसी बनावट गुप्त कैबिनेट या गुप्त कमरों को बनवाते समय भी देख रखी थी। उत्तेजित अंदाज में सिल्वा उसे ध्यान से देखने लगा। उसने उसे छुआ और जानने की कोशिश कर रहा था कि क्या वहाँ पर कमरा है ? अंत में, निराश होकर, उसने दीवार पर जोर से हाथ मारा और कुछ चीजों को लात मारकर गिरा दिया। शायद ऐसा करते समय ही अनजाने में उसने किसी गुप्त स्प्रिंग मेकैनिज्म को छू लिया हो, क्योंकि तभी वह मोटी सी दीवार एक गड़गड़ाहट के साथ धीरे-धीरे एक ओर सरक गई और अंदर आरामदायक व नीली-सी दिखनेवाली जगह दिखाई पड़ी, जो बाहरी दुनिया से छुपी हुई थी। दोनों यह देखकर चकित रह गए। जब वे दोनों उसके अंदर गए तो उन्हें मजबूत काठ की सीढ़ी दिखी, जो शायद अंदर की ओर उग आए पेड़ से बनाई गई थी और वे

सीढ़ियाँ नीचे की ओर बेसमेंट से किसी गुप्त तहखाने की ओर जाती थीं। इसे इस तरह से बनाया गया था कि कोई भी यहाँ तब तक नहीं पहुँच सकता था, जब तक कि उसे इसके बारे में पहले से पता न हो। अंदर हवा में वही खट्टी-सी गंध थी।

"हम लोग अभी जहाँ खड़े हैं, वह ऊपर गैराज का हिस्सा होगा।" सिल्वा ने कहा। अब जाकर उसकी साँस-में-साँस आई। बाईं ओर तहखाने के दूसरे हिस्से का प्रवेश-द्वार था। वे दोनों दीवार से सटे-सटे आगे बढ़ने लगे, ताकि वहाँ की गंदगी से बच सकें। चारों ओर गहरा अँधेरा था और दोनों अपनी-अपनी टॉर्चों की रोशनी में बढ़ते गए। तभी गौड़ा को लाइट का स्विच मिला। लाइट जलाने पर जो दृश्य दिखाई पड़ा, उसकी उन्हें उम्मीद नहीं थी—एक बड़ा सा कस्टम मेड टैंक साइज्ड पियर्स एरो बार, दीवार के साइज का बड़ा सा चमकता एल.सी.डी. टी.वी. काले रंग की बड़ी सी वेनियर मेज पर रखा हुआ था और यौन-क्रियाओं के दौरान अपने पार्टनर को बंधन में रखने के तमाम तरीके—प्रॉप, दीवार से लटकती जंजीरें, स्पैंकिंग बेंचें, जंजीर, कोड़े, बेंत, राइडिंग क्रॉप और क्लैंपर, तेल की शीशियाँ, ब्लाइंड फोल्ड तथा अन्य तमाम सामग्रियाँ वहाँ मौजूद थीं। अप्राकृतिक ढंग से यौन संबंध स्थापित करनेवालों के लिए आनंद व पीड़ा के तरीके थे ये सब।

"ओह! यह क्या तमाशा है?" यह सब देखकर गौड़ा के मुँह से सीटी की आवाज निकल गई।

"ओह! तो ये सुपर स्टार अपनी विकृत यौन इच्छाओं को यहाँ पूरी करते हैं! खैर, इससे तो यही लगता है, उसका समय अच्छा गुजर रहा था। मैं हमेशा यही सोचा करता था कि ऐसी पार्टियों में आने का अनुभव कैसा होता होगा? मेरा मतलब, मैं इस तरह का व्यक्ति नहीं हूँ, बस, थोड़ी सी उत्सुकता थी।"

"गौड़ा, अब तो देर हो गई। पार्टी सेशन तो खत्म हो चुका है; साफ दिख रहा है।"

"हाँ, वह तो सही है, लेकिन यहाँ पर कुछ और भी है। ओह, यह भयानक गंध! यह क्या है?"

नदी की तलहटी से आती हुई यह गंध—राख और मछलियों की हड्डियों की गंध जैसी, मानो वहाँ कुछ सड़ रहा हो। सिल्वा की आँखों के सामने मेज हिल-डुल रही थी, जैसे सबकुछ ऊपर-नीचे हो रहा हो। उसे मालूम था कि कमरे में रसायनों की जो गंध समाई हुई थी, उसके चलते ही उसकी आँखों से पानी निकल रहा था। 'ठक' की आवाज सुनकर सिल्वा अपनी जगह पर मानो जम-सा गया।

"तुमने सुना ?"

"क्या ?"

"शश्श्श···सुनो।"

"देखो, फिर आवाज आई।"

'ठक' की हलकी-हलकी आवाज एक निश्चित अंतराल पर लगातार आती रही। दोनों उस आवाज पर अविश्वासपूर्ण अंदाज में चुपचाप कमरे के उस अँधेरे कोने की ओर बढ़ते गए, जिधर से उन्हें वह आवाज आने का शक हुआ था। 'फच-फच' की आवाज आ रही थी। गौड़ा ने अपने कदम पीछे किए। उसके पैर किसी चीज पर पड़े थे।

"यह क्या है ?"

वह वैलेंटाइन था, जो पागलों की तरह अपना सिर उस साउंडप्रूफ दीवार पर बार-बार पटक रहा था।

"अरे! क्या यह जिंदा है ?"

"इसे उठाने में मेरी मदद करो।"

वैलेंटाइन का शरीर लगभग निर्जीव-सा हो चला था। उसका आधा चेहरा दीवार पर टिका था। सिल्वा और गौड़ा कोशिश कर रहे थे कि उस बेहोश कर देनेवाली दुर्गंध में साँस न लें। वह दुर्गंध ऐसी थी, मानो जो कुछ भी कार्बनिक (ऑर्गेनिक) था, वह सब खत्म होता जा रहा था।

"ओह, कितनी गंदी दुर्गंध है!" गौड़ा बोल उठा। कोमा जैसी स्थिति में पहुँच चुकी वे आँखें मानो शून्य में किसी काल्पनिक बिंदु पर टिकी हुई थीं। उन आँखों में बस उतना ही जीवन दिख रहा था, जितना कि एक खाली कुकून में होता है। सिल्वा अपने हाथों से उस लुंज-पुंज से पड़े शरीर की कमर को मजबूती से घेरकर उठाने की कोशिश कर रहा था। उसका शरीर कागज की तरह हलका था। उसके भूरे बालों की लटें ग्रीस से सनी हुई थीं। देखकर लग रहा था, मानो वह मोम का पुतला हो।

"लगता है, इसे किसी तरह का दौरा पड़ा था। उफ! यह गंदी दुर्गंध···"

सिल्वा फोन पर केस में आए इस नए मोड़ की जानकारी दे रहा था।

वैलेंटाइन की त्वचा पीली पड़ चुकी थी और उसमें से बदबू आ रही थी। आँखों के नीचे काले-बैंगनी धब्बे पड़ गए थे; लेकिन सबसे अधिक चौंकानेवाली बात थी—उसके काफी सारे बालों का झड़ जाना।

"एंबुलेंस जल्दी ही यहाँ पहुँच जाएगी। यह क्या है ?"

सिल्वा ने अपनी उँगली बढ़ाकर एक छोटे से मटर के आकार की कोई चीज वैलेंटाइन की आँख के अंदरूनी कोने से निकाली और पर्याप्त दूरी पर रखते हुए हलके से सूँघा। वह उस गंध को अच्छी तरह से पहचानता था। वह जब वैलेंटाइन की आँखों को ध्यान से देख रहा था, तभी वैलेंटाइन को सिर से लेकर पाँव तक एक जोर का दौरा पड़ा। उसके सफेद पड़ गए होंठ आपस में जकड़ गए थे और उँगलियाँ मुड़ी हुई थीं। फिर अचानक ही दौरा पड़ना रुक गया और उसके हाथ निर्जीव-से लटक गए।

"एंबुलेंस जल्दी ही यहाँ पहुँच जाएगी; पर आपको क्या लगता है, इसकी हालत सुधरेगी?"

"कम-से-कम कुछ समय तक के लिए तो हो ही जाएगा।"

तभी सिल्वा का ध्यान वैलेंटाइन की मुट्ठी में दबी हुई तसवीर पर चला गया। उसने उसकी उँगलियों को खोलकर, उसमें दबी हुई तसवीर निकालकर बाईं हथेली पर रख ली और दाईं हथेली से मुड़ी हुई तसवीर को सीधा किया। तसवीर में जो आदमी था, उसे वह पहचानता था। सिल्वा ने उसे एस्टे के घर में देखा था, इसलिए उसे पहचानना मुश्किल नहीं था। उस आदमी का परिचय एस्टे ने अपने अंकल के रूप में दिया था। लेकिन सिल्वा को केवल यही एक बात याद नहीं आई। उसे यह भी याद आ गया था कि उसने एस्टे के इस रहस्यमय अंकल को कहीं और भी देखा था। हाँ, वैलेंटाइन के चैंबर में, वही शरमीला-सा असिस्टेंट, जो उसकी ओर देखने से भी घबरा रहा था।

"मूर्ख हूँ मैं, बहुत बड़ा मूर्ख हूँ।" उसके गले से अस्फुट-सा स्वर निकला। सिल्वा अपने कंधे उचकाते हुए दीवार के सहारे खड़ा हो गया। वह काँप रहा था। आसपास का वातावरण एंबुलेंस और वैन के सायरनों की आवाज से भर गया।

"कितना बड़ा मूर्ख हूँ मैं!" अपने आप में बुदबुदाते हुए वह बाहर निकल गया। रात का अँधेरा फैल चुका था।

□

43

डोराब सिल्वा
सोमवार, 23 नवंबर
द ड्यून, एस्टे का घर
केस नं. 55/63/2018/दिनेश ठाकरे

डोराब सिल्वा की पत्नी प्रायः उससे कहा करती थी कि कठोर सत्य का एक पहलू अनुचित होता है; आप उससे जीत नहीं सकते। वह आपको आधे-अधूरे तथ्यों के साथ रहने का अवसर नहीं देता। क्या वह चाहती थी कि वह हमेशा ऊहापोह की स्थिति में रहे? क्या उसे संदेह था कि वह सच्चाई की कठोरता का सामना नहीं कर पाएगा?

क्या एस्टे को भी उसकी मनःस्थिति का आभास हो गया था?

क्या उसके मनोभावों को पढ़ लेना इतना ही आसान था?

'वह वेश्या पहले दिन से ही तुम्हारी मनःस्थिति समझ चुकी थी।'

अस्त हो रहे चंद्रमा की रोशनी धीरे-धीरे खूबसूरत इंटीरियरवाली कार के अंदर समा गई। सिल्वा ने रेडियो ऑन करके समाचार लगा दिया; पर समाचार का एक भी शब्द वह सुन नहीं पा रहा था। घटनाक्रम में आए इन मोड़ों के चलते उसे कुछ समझ में नहीं आ रहा था, और अब वह अपनी स्वाभाविक स्थिति में लौटने का प्रयास कर रहा था, ताकि वह बिखरे हुए सूत्रों को एक कड़ी में पिरो सके। उसे अपने ऊपर बड़ी ग्लानि हो रही थी कि उस समय भी उसके मन में उसी वेश्या के शरीर को पाने की तीव्र लालसा उत्पन्न हो रही थी। उसके मनोभाव उसे परेशान कर रहे थे। कितना बड़ा बेवकूफ था वह!

क्या उसकी काम-वासना इतनी प्रबल थी कि उस वेश्या के चक्कर में उसने

किसी और तरफ ध्यान देने की जहमत मोल नहीं ली? हो सकता है, काम-वासना की पूर्ति से मन की पीड़ा कम हो जाती हो और साथ-ही-साथ आपकी सहज बुद्धि भी।

एस्टे के घर पहुँचकर उसने हलके से दरवाजा खटखटाया; पर जब कोई जवाब नहीं मिला तो उसने जोर से दरवाजे पर ठोकर मारी और दरवाजा खुल गया। कुछ आवाजें सुनाई पड़ रही थीं। एक क्षण के लिए अँधेरे में आपस में गुँथी हुई परछाइयों का मतलब वह समझ नहीं सका। फिर परछाइयों की मुद्रा से पता चल गया कि वे दोनों यौन-क्रिया में लिप्त थे। लड़की एक भारी-भरकम आदमी के साथ थी। सिल्वा स्तंभित-सा खड़ा रह गया। गुस्से की एक तेज लहर मानो उसके शरीर को मोम की तरह पिघलाए दे रही थी। उसने लाइट जला दी और तब उसे पता चला कि वह लड़की एस्टे नहीं थी।

मांसल पीठ और बड़े से सिर वाला वह आदमी झटके से उठकर बैठ गया और ऑफिसर की बेल्ट में लटकी रिवॉल्वर देखकर गुस्से में निकलनेवाला तेज स्वर गले में ही घुटकर रह गया। लड़की सुंदर, पर साँवली थी और उसके हाथ-पैर लंबे थे। उसके गले में पड़ी जंजीर में 'लिल लिलेट' नाम का लॉकेट था।

"एस्टे कहाँ है?" सिल्वा ने पूछा।

"एस्टे? वह तो चली गई···अपनी बच्ची के साथ। मैंने यह जगह उससे खरीद ली। उसे अच्छा पैसा दिया···हो सकता है, अब वह कभी वापस न आए। मेरी तो हमेशा से यही इच्छा रही···"

"चली गई! कहाँ?"

"नहीं मालूम। कुछ दिनों पहले ही वह यहाँ से चली गई, लगभग एक सप्ताह पहले। निश्चित तौर पर नहीं बता सकती। उसने बताया नहीं कि वह कहाँ और किसके पास जा रही है? हालाँकि, उसके अंकल अभी भी यहीं हैं, दूसरे कमरे में···"

"उसके अंकल यहाँ हैं? उसके कमरे में?"

"अजीब आदमी हैं। अजीब सा नाम भी है उनका। कुछ दिनों से कमरे में ही बंद हैं। क्या कुछ गलत किया है उस आदमी ने? मैं किसी मुसीबत में नहीं पड़ना चाहती···" लिल लिलेट की कोशिश यही थी कि उसके अंदर का भय उसके स्वर से प्रकट न हो।

"किधर हैं?" सिल्वा ने पूछा।

कमरा किसी तीसरे दर्जे की वेश्या के सैलून-सा लग रहा था, जिसमें लाल-

नीली टाइल्स लगी हुई थीं। वह उन्हीं टाइल्स पर लेटा हुआ था। उसके शरीर का पीलापन मौत की रंगत लिये हुए था। वह प्रयोग में लाए हुए कपड़ों के ढेर की तरह निश्चल पड़ा हुआ था। किसी तरह की कोई हरकत नहीं, न ही छिपने की कोशिश की। कोई भी देखकर यही सोचता कि वह सो रहा है।

सिल्वा ने कमरे में घुसकर दरवाजा बंद कर दिया। धीरे-धीरे सावधानीपूर्वक फर्श पर लकड़ी की चौखट के पास पड़ी उस लाश की ओर बढ़ा, जिसका चेहरा बिल्कुल सफेद पड़ चुका था। लाश के आसपास की स्थिति देखकर लग रहा था कि डिहाइड्रेशन का मामला हो सकता था। गाल अंदर की ओर धँसे हुए थे और गाल की हड्डियाँ काफी उभरी हुई थीं। दोनों नासिका छिद्रों के गहरे गड्ढे इस बात का सुबूत थे कि उसकी नाक काफी खड़ी और गर्वीली-सी रही होगी। होंठ नीले पड़े हुए थे। निर्जीव आँखें हरी गोलियों-सी लग रही थीं। पुतलियों के चारों ओर गहरी कालिमा-सी छाई हुई थी।

क्या सिल्वा को अनुभव हो गया था कि वह सच के करीब पहुँच रहा था? उसको जहर दिया गया; हालाँकि, उस मात्रा में नहीं दिया गया कि वह मर जाए। यानी जब वह उसके साथ शारीरिक संबंध बना रहा था, वास्तव में वह अपना प्रयोजन सिद्ध कर रही थी।

सिल्वा भारी मन से बिस्तर पर बैठ गया। उसकी आँखों के सामने वैलेंटाइन, अखौरी, हीरी और एस्टे के चेहरे उभर आए। एस्टे ने तो मानो उसे अंधा ही कर दिया था कि वह सच्चाई देख ही नहीं पाया और अब वह जा चुकी थी। अपनी रहस्यमय पहचान के साथ वह हमेशा के लिए लापता हो गई। सिल्वा खुद को कमजोर और थका-थका महसूस कर रहा था।

किसी भी व्यक्ति के लिए वह क्षण अत्यधिक कठोर होता है, जब उसे अपनी असफलता का सामना करना पड़ता है, अपनी जिंदगी उसी दुर्बलता के साथ गुजारनी पड़ती है। वह अपने बेरंग-से अतीत और अनिश्चित-से भविष्य को एकटक देखता रहा।

□

44

राथी और एस्टे
वर्तमान में किसी समय
द इ्यून हार्बर

सुबह की रोशनी में 'रूबी ब्लू' बिल्कुल उजाड़-सा दिखता है। इसकी रूपरेखा किसी बूढ़ी हो चली वेश्या की तरह मलिन-सी हो जाती है। बिजली की कड़कड़ाहट और काले बादलों की गड़गड़ाहट के समय पूरी रात काफी तेज बारिश होती रही थी। राथी ने बर्फ जैसे ठंडे पानी से अपना चेहरा धोया और अपने गालों को थपथपाया, ताकि उनमें कुछ स्पंदन हो। लाल और सूजी आँखों का तो वह कुछ नहीं कर सकती, पर उस 'घटना' वाले दिन के बाद आज जाकर पहली बार उसे अपने अंदर ताकत-सी महसूस हो रही थी। लंबी बाँहोंवाली शर्ट, गरम कैमीसोल और कार की चाभी—इस समय बस, उसे इन्हीं चीजों की जरूरत थी। ढले हुए चेहरेवाली एक वेट्रेस ने राथी का ऑर्डर लिया। जब उसने अपना ड्रिंक पिया तो बहुत मीठा लगा; पर सैक्रीन की मिठास अभी अच्छी लग रही थी। उसने गिलास के ठंडे किनारे (रिम) को अपने होंठों से छुआ और बर्फ-सी ठंडक पूरे शरीर में दौड़ गई। ड्रिंक का एक और घूँट ऐसे भरा, जैसे कोई घबराई-सी चिड़िया साफ पानी में अपनी चोंच डुबो रही हो। कुहरे से आच्छादित खिड़की में एस्टे की छाया-आकृति उभरती है। वहाँ पड़ी कुरसी-मेजों की दो कतारों को पार करते हुए वह राथी के बगल में आकर बैठ गई।

उसके चेहरे के भावों को पढ़ पाना मुश्किल था।

'हम एक परिवार के हैं।' जब पिछली बार यह एस्टे ने कहा था तो राथी उसे मानने को तैयार नहीं थी। "दिन काफी ठंडा है।" एस्टे ने कहा। राथी ने हामी भरी।

दोनों के चेहरों पर ऐसे भाव थे, मानो उन्हें नहीं मालूम कि उस सच्चाई का अब क्या करें ? वह उसके सामने आ चुकी है। बाहर कहीं से ट्रॉलर की तेज सीटी सुनाई पड़ी। इस बारिश में मानो कोई शॉटगन चलाई गई हो।

"मिस्सी, मैं मिस्टर, तुम्हारे पापा को उतना भी बुरा नहीं मानती हूँ।" एस्टे ने उससे आँखें मिलाए बिना कहा।

"उसने मुझे कभी मारा नहीं, मेरी माँ की तुलना में मेरे साथ अच्छी तरह पेश आया। मैंने उसे बहुत पहले ही माफ कर दिया था। न ही तुम्हारा बाप मेरा बाप था—कहने का मतलब है, सामान्य तौर पर। यह लड़की तुम्हारी बहन नहीं है। वह तुम्हारी कुछ भी नहीं है, पर मेरी पूरी दुनिया बस यही है। अगर 'मिस्टर' नहीं होता तो मेरे पास यह भी नहीं होती। इसलिए मुझे कोई शिकायत नहीं है। अब, जब ऐसा हो ही गया तो···" एस्टे के शब्दों में एक निर्णायक पुट था।

"अब, जब ऐसा कुछ हो ही गया तो···" राथी यह देखकर स्तंभित थी कि जहाँ वह निराशापूर्ण भावनाओं में खुद को फँसा हुआ महसूस कर रही है, एस्टे ने कितनी आसानी से अपनी इस लानत भरी जिंदगी को स्वीकार कर लिया। अगर कोई लड़की इस कदर विरक्त हो सकती है तो निश्चित ही उसने अपनी जिंदगी में वह सबकुछ झेला होगा, जो किसी भी सामान्य व्यक्ति को पागल कर दे। जब वह बच्ची एकटक देख रही थी, उसका दिल लड़खड़ा गया। उसके पिता जैसी ही तो थी इस बच्ची की आँखें!

"इसकी उम्र क्या है ?" उन दोनों के बीच छाई असहज लंबी चुप्पी को तोड़ने के लिए ही राथी ने उससे पूछा। एस्टे ने जवाब नहीं दिया और राथी ने भी आगे और नहीं कुरेदा। नियंत्रण से परे, परिस्थितियों के कारण साथ हुए दो व्यक्तियों की भाँति वे दोनों स्त्रियाँ चुपचाप बैठी रहीं। उनके बीच की चुप्पी बच्ची की च्यूइंगम खाने की आवाज से ही टूट रही थी।

"हम लोग जा रहे हैं···हमेशा के लिए। बस, जाने के पहले तुम्हें बता देना चाहती थीं, ताकि फिर तुम ऐसी तसवीरें लेकर यहाँ न आ जाओ; क्योंकि तब मैं यहाँ नहीं होऊँगी तुम्हें बचाने के लिए।" एस्टे ने एक मुसकराहट के साथ कहा, जिससे उनके बीच की दूरी का अहसास भी हो गया—वह दूरी, जो खत्म नहीं की जा सकती थी।

एस्टे बार से बाहर निकलकर घूमनेवाले दरवाजे से होते हुए पुल की ओर चल दी, जहाँ धीरे-धीरे भीड़ बढ़ने लगी थी। बच्ची को सावधानीपूर्वक पकड़े हुए एस्टे

आगे बढ़ती गई। पीछे पलटकर नहीं देखा। हवा तेज थी। राथी अभी भी उसी दिशा में देख रही थी, जिधर माँ-बेटी जा रही थीं—दलदली नदी के किनारे। इतनी दूर से वह इतना देख पाई कि यात्री एक बड़े से जहाज 'मैरान सेल' पर सवार हो रहे हैं। बारिश शुरू हो गई और अब कुछ दिख नहीं पा रहा था। पानी थोड़ा मटमैला और निष्प्रभ-सा था। दूर कहीं कुछ नावों के मस्तूल लहरा रहे थे। हवा का रुख उनकी गति को प्रभावित कर रहा था। राथी अपने पैर फैलाते हुए पॉकेट में हाथ डालकर गरजती हुई समुद्री लहरों को देखने लगी। उन छोटी नावों, स्क्रूजैक, पैसेंजर ट्रॉली, जहाज के ग्रीस लगे रोलर, दूर, एक सिरे पर बना लकड़ी का लाइट हाउस, बड़े-बड़े पुराने ट्रॉलर—इन सबको पीछे छोड़ता हुआ जहाज आगे बढ़ा, मानो बादलों से ढके पर्वत की ओर, किसी रहस्यमय गंतव्य की ओर रवाना हो रहा हो। राथी थका-थका महसूस कर रही थी। पर वह यह भी जानती थी कि आज रात वह लंबे समय के बाद चैन की नींद सोएगी।

□

45

डेली न्यूज

मौली लिमये द्वारा अपडेट (3 दिसंबर, सोमवार का अंक)

वैलेंटाइन जिस बुरी स्थिति में अपने बेसमेंट में मिला था, अभी उसकी हालत और खराब लगती है। ए.सी.पी. डोराब सिल्वा के नेतृत्ववाली पुलिस टीम ने अब उसके पास जाना बंद कर दिया है। डॉक्टरों को लगता है कि मरीज को ठीक होने में समय लगेगा, बहुत सारा वक्त।

'डेली न्यूज' की चीफ रिपोर्टर मौली लिमये जब अपने लेखों के लिए चिकित्सा क्षेत्र से संबंधित शब्दावली का या कानूनी शब्द-जाल का प्रयोग करती है तो अधीरतापूर्वक उसका मुँह फड़कने लगता है। आज उसका 'डेली न्यूज' में आखिरी दिन है और उसने अभी-अभी अपने आखिरी लेख को अंतिम रूप दिया है। शाम के 8 बजे की डेडलाइन से पहले अपने संपादक को लेख मेल करने से पहले वह एक बार फिर से उस पर सरसरी निगाह दौड़ाती है।

उनका कहना है कि वह जिंदा रहेगा; हालाँकि, अभी भी उसके चेहरे के मिश्रित रंगों को लेकर, पिंजरे की तरह दिख रही उसकी छाती को लेकर, काले पड़ते मसूड़ों और त्वचा की कम होती रंगत को लेकर वे लोग बहुत आशान्वित नहीं हैं।

इसके अलावा, उसे वे घटनाएँ भी याद नहीं हैं, जिनके चलते वह एक तरह से मरणासन्न स्थिति में ही पहुँच गया था। डॉक्टरों के लिए राहत की बात यह है कि अब तरल भोजन नसों में पहुँचाने के लिए इंट्रावेनस उपकरणों

की या यूरिन के लिए कैथेटर लगाने की आवश्यकता नहीं है। वैलेंटाइन ज्यादा बात नहीं कर पा रहा है; लेकिन अगर लाइट बंद कर दी जाती है तो उसके चेहरे पर परेशानी के अजीब से भाव प्रकट हो जाते हैं। दिन में वह भाव-शून्य आँखों से खाली आकाश को घूरता रहता है। उसकी यह स्थिति वस्तुतः उसी के खालीपन को प्रकट करती है, मानो उसकी यादों को मिटा दिया है किसी ने! कभी-कभी वह मशीनी ढंग से कुछ शब्द बुदबुदाता है, जैसे किसी को जिंदा रहते हुए भी मौत की सजा भोगनी हो। अभिनेत्री किमी व्हाइट, जो लगातार मि. वैलेंटाइन के साथ देखी गई, ने प्रतिज्ञा की है कि वह कभी भी उसका साथ नहीं छोड़ेगी, भले ही उसे ठीक होने में पूरी जिंदगी ही क्यों न लग जाए। वह नर्सों से कहती रही है कि उसके और वैलेंटाइन के बीच आई दरारों की खबरें केवल मीडिया की 'कपोल-कल्पित कथा' है। 50 वर्षीय नेविले वैलेंटाइन कुछ दिनों पहले नदी किनारे स्थित अपने आवास-सह स्टूडियो में लगभग मरणासन्न स्थिति में मिला था। अधिकारियों का कहना है कि मि. वैलेंटाइन की ऐसी स्थिति प्रिस्क्रिप्शन ड्रग्स के गलत प्रयोग के कारण हुई है। डॉक्टरों का कहना है कि वैलेंटाइन को जब बंदी बनाकर रखा गया था तो निस्संदेह उसे एडेटिव दिए गए थे। वास्तव में, वैलेंटाइन पुलिस को किस स्थिति में मिला था, इस संबंध में पुलिस ने अपने होंठ सिल रखे हैं। लेकिन उड़ती-उड़ती खबरें इस ओर संकेत कर रही हैं कि कैद की अवस्था में दवाओं के अत्यधिक प्रयोग से ही स्थिति इतनी खराब हो गई।

वैलेंटाइन के चीफ चिकित्सा परीक्षक और मेडिसी पैरामेडिक्स एसोसिएशन के प्रेसीडेंट डॉ. डियाज ने इस संबंध में विस्तार से बोलते हुए वक्तव्य जारी किया है—

"संभवतः कुछ अज्ञात ड्रग्स के मिले-जुले प्रभाव में मि. नेविले वैलेंटाइन जिस नशे की हालत में पहुँच गए, वह जानलेवा सिद्ध हो सकती थी। अभी उनका इलाज चल रहा है। उनकी साँस लेने की गति मंद पड़ती जा रही थी और अगर उन्हें समय रहते खोजा नहीं जाता तो हो सकता था, वह ऐसी स्थिति में पहुँच जाते, जब उनके मस्तिष्क तक ऑक्सीजन नहीं पहुँच पाती और वह कोमा में चले जाते या हमेशा के लिए उनका ब्रेन क्षतिग्रस्त हो जाता। हम लोगों ने स्थिति पर नियंत्रण तो किया है, पर क्षति का स्तर

अभी तय किया जाना है।"

प्रिस्क्रिप्शन क्रूस के विरुद्ध अपने कड़े रुख के लिए विख्यात डॉ. दास, क्रिमिनल फोरेंसिक पैथोलॉजिस्ट ने अनैतिक ड्रग प्रिस्क्रिप्शन की ओर इशारा किया है। 'डेली न्यूज' को दी गई उनकी कुछ टिप्पणियाँ—

डॉ. दास, क्रिमिनल फोरेंसिक पैथोलॉजिस्ट

"हो सकता है, मि. वैलेंटाइन की यह स्थिति 'स्लोपी ओवर प्रिस्क्राइबिंग' का केस हो, जिसमें शरीर में कई तरह के ड्रग्स की उपस्थिति के चलते पॉलि-ड्रग इनटॉक्सिकेशन के फलस्वरूप श्वसन-प्रक्रिया भी रुक सकती थी। कानून व्यवस्था बनाए रखने के लिए जिम्मेदार विभाग यह पता लगाए कि आखिर ये ड्रग्स उन तक कैसे पहुँचे?"

मौली का उदास चेहरा किसी खयाल से चमक उठा। कल से वह एक फर्म में अपनी नई नौकरी शुरू करने जा रही है और वह चाहती है कि वहाँ उसका अच्छा प्रभाव पड़े। उसने फैशनेबल और ग्लैमरस दुनिया की नैतिकता के अनुसार स्वयं को ढालने की अपनी महत्त्वाकांक्षा को बदलने का निर्णय कर लिया और अपने कागजात को रखते समय जब उसे अपने संपादक का गुस्सैल चेहरा याद आया तो उसके होंठों पर एक मुसकराहट आ गई। कुछ नई प्रेस विज्ञप्तियाँ उसके 'इनबॉक्स' में आई हुई हैं।

पैटेंट कोर्ट

पैटेंट एवं डिजाइन के महालेखा निरीक्षक ने कुछ आधारों पर मेडिसी को पैटेंट देने से इनकार कर दिया है। इन आधारों में राष्ट्रीय पैटेंट कानून के सेक्शन 3(डी) एवं 3(बी) के तहत निर्धारित शर्तों को पूरा करने में मेडिसी की कथित असफलता भी शामिल है। सेक्शन 3(डी) पहले से ही व्यवहृत दवाओं के लिए पैटेंट को प्रतिबंधित करता है, जब तक कि उन दवाओं से संबंधित नए दावे प्रभाव की दृष्टि से उत्कृष्ट श्रेणी के न हों; जबकि सेक्शन 3(बी) उन उत्पादों को पैटेंट देने से इनकार करता है, जो लोकहित के विरुद्ध हों और पहले से विद्यमान उत्पादों की तुलना में बेहतर प्रभाव न दरशाते हों।

मौली इन प्रेस विज्ञप्तियों को मन में ही पढ़ती है और उसे आश्चर्य है कि क्या इतना ही कह देना पर्याप्त होगा? मेडिसी जैसी कंपनी कभी भी समाप्त नहीं हो सकती। उसकी प्रतिनिधि लॉबियाँ उसे सँभाल लेंगी। जैसा कि उसे मालूम है, मेडिसी 'हील ड्रग' पर रीजनल कोर्ट ऑफ फार्मा माल प्रैक्टिस के आदेश अधूरी जानकारी पर आधारित और जल्दी में लिया गया निर्णय है तथा साथ ही विज्ञान की प्रगति को अवरुद्ध करने का षड्यंत्र है। इस रेखा को कितनी ही बार लाँघा जा चुका है। वास्तव में, इनके लिए कोई सीमा-रेखा है ही नहीं। खैर, मौली यह समझ चुकी है कि पारंपरिक प्रगति एक मिथ्या मात्र है। उसने अन्याय के आदिम मॉडल में अपना विश्वास बनाए रखने का निर्णय कर लिया है। यह मॉडल जिस सिद्धांत पर आधारित है, उसे पुराना कहकर उसका मखौल प्रगतिशील विचारोंवाले सहकर्मी भी उड़ा चुके हैं। लेकिन कोई तो ऐसा रास्ता होना चाहिए कि मेडिसी के प्रभाव-क्षेत्र को कम किया जा सके और मौली लिमये को उम्मीद है कि आर.सी.पी.एम. में जूनियर अनुसंधानकर्ता के रूप में उसकी नई नौकरी इस काम में सहायक सिद्ध होगी।

□

46

एस्टे एवं कायी
वर्तमान में किसी समय

मैरीन सेल

द ड्यून हार्बर से 80 कि.मी. दूर, पूर्वी तट की ओर प्रस्थान

'…और इन सबसे ऊपर, प्यारी एस्टे, हमें अपने साथ हुए धोखों को सही करना होगा। पर क्या यह काफी होगा?

सदमों से भरे अपने इतिहास के प्रति भावनात्मक उदासीनता के साथ एस्टे अखौरी के पत्र को पुनः पढ़ती है। भावपूर्ण मौन से अभिभूत होते हुए वह सोचती है कि आखिरी समय में अखौरी के दिमाग में क्या चल रहा होगा?

एस्टे सही-सही नहीं बता सकती कि अखौरी उसकी जिंदगी में कब आया? उसे बस, इतना याद है कि उसके प्रति उसकी प्रतिक्रिया बहुत ही नैसर्गिक थी। उसने बताया था कि वह उन लोगों का पुराना रिश्तेदार था और वर्षों से उनकी तलाश में था; पर इस बात ने उसे उतना प्रभावित नहीं किया था, जितना इस चीज ने किया था, जो अखौरी ने उसे कुछ महीनों पहले सौंपा; उसके लिए एक मोड़, जहाँ से वह इस निकृष्ट जीवन से बेहतर जीवन की ओर जा सकती थी। अपने जीवन की अन्य बातों की तरह उसने अखौरी के अस्तित्व और उसकी सच्चाई को बिना किसी सवाल-जवाब के स्वीकार कर लिया था। संभवतः इन सब बातों ने उसके लिए एक नई जिंदगी की संभावना पैदा कर दी; ऐसी जिंदगी की, जो पूर्व निर्धारित जिंदगी से हटकर थी कि उसका एक अतीत है, जो किसी वेश्यालय से शुरू नहीं हुआ था। उसने उसे उसके मन के उस हिस्से से रू-बरू करवाया, जिसके बारे में उसे यह मालूम भी नहीं था कि उसका भी अस्तित्व है! और मन के उस हिस्से को पहचानने

के बाद उसकी जिंदगी दो भागों में बँट गई—एक अखौरी से उसके गाँव, वहाँ की लाल मिट्टी, उसके जंगल, आसमान, नदियाँ आदि के बारे में कहानियाँ सुना करती और इस कदर उनमें खो जाती कि उसे कोमल मैगुए का स्वाद अनुभव होने लगता; वहाँ के फूलों की सुगंध उसकी नाक में बस जाती और उस नदी का मीठा पानी वह अपने सिर पर बरसता हुआ महसूस करने लगती। उसकी बातों और तर्क के आगे शुरू-शुरू में होनेवाली हिचकिचाहट एवं अविश्वास धीरे-धीरे खत्म हो गया तथा फिर वह तन्मयता के साथ गाँव की कहानियाँ सुनने लगी। अखौरी ने उसे अपनी माँ के बारे में बताया, जो गाँव में 'औषधि-महिला' के रूप में जानी जाती थी; फिर हीरी के बारे में भी बताया, जो उसकी माँ थी। उसने बताया कि कैसे हीरी गाँव की पहाड़ियों में दौड़ा करती थी, और कुरकुरे मैगुए फल के साथ लाल मछली खाना उसे कितना पसंद था। उसे अभी भी याद है, जब वह हीरी के बारे में बात करता था तो उसके चेहरे पर बहुत ही कोमल भाव उत्पन्न हो जाते थे। वह उसे बताता था कि उसकी माँ उस समय कितनी स्वस्थ और भरी-पूरी युवती थी। और फिर, उसने देखा कि जब वह गाँव की जहरीली हो रही मिट्टी व पानी के बारे में बोलने लगा तो उसकी आँखें गुस्से से लाल हो गई थीं। लेकिन फिर भी, वह स्वयं को संतुष्ट महसूस कर रही थी; क्योंकि उसे अब लग रहा था कि वह उससे बढ़कर है, जो कुछ उसे उसके विषय में बताया गया था। एक अचेतन इतिहास उसके मस्तिष्क को संचालित कर रहा था, इसलिए अखौरी के प्रति उसकी प्रतिक्रिया कुछ भिन्न थी, इस संभावना से इनकार नहीं किया जा सकता।

"क्या तुम्हें अहसास है कि आज तुम्हारे बच्चे को सुरक्षित रखने के लिए क्या पर्याप्त होगा? नहीं, मुझे डर नहीं लगता; क्योंकि इस दुनिया में तुम्हें छलनेवाले बहुत मिलेंगे। पर क्या तुम प्रयत्न भी नहीं करोगी? जब कभी मैं सोचता हूँ कि मेरे गाँववालों ने कितनी आसानी से अपनी धरती के साथ हुए धोखे और तिरस्कार को स्वीकार कर लिया था तो मुझे इतनी शर्म और तीव्र पीड़ा का अहसास होता है कि मैं साँस भी नहीं ले पाता। मेरे पास कुछ शेष नहीं रहा। वास्तव में, मैंने जो कुछ खोया है, उसे मापा नहीं जा सकता। मैंने अपनी ताकत खो दी है। मेरे हाथों से सबकुछ फिसल गया। मेरी बीमारी मेरे ऊतकों को, मेरी त्वचा को नष्ट करती जा रही है और बहुत जल्दी इसे खत्म भी कर देगी।

अगर अखौरी के प्रतिशोध के वादे ने उसे आकर्षित किया था तो इस बच्ची ने उसके अंदर कुछ और ही भाव जगा दिए थे। यह बदलाव बच्ची के जन्म के

साथ ही शुरू हो गए थे। वह बच्ची, जिसे वह अपने नरक दंतु का सुबूत मानती थी, पसंद-नापसंद के लिए कोई जगह नहीं। वह बच्ची, जिसने उसके शरीर में उसकी सहमति के बिना ही अपना अस्तित्व बना लिया था। एक ऐसा अंधकारपूर्ण समय भी आया था उसकी जिंदगी में, जब उसने उस बच्ची को किसी वेश्यालय में बेचने का मन बना लिया था। पर उसके बाद उसकी भावनाएँ बदलने लगीं। पहले क्रोध और पश्चात्ताप के भाव उभरे, जो भय में परिणत हो गए, मानो उसे उस बदलाव से डर लग रहा हो, जो बदलाव वह बच्ची उसमें लाने वाली थी। बच्ची ने उसमें जीने की लालसा पैदा कर दी थी—अतीत में जो भी हादसे उसकी जिंदगी में घटे, उन सबसे परे जाकर फिर से नए सिरे से जीने की चाह। अखौरी ने उसे समझाया कि बच्ची उसकी मुक्ति का द्वार थी, एक नया अवसर!

"मेरी माँ ने वह नहीं किया, जो उससे करने को कहा गया और इसलिए पूरी मशीनरी उसके विरुद्ध हो गई और उसे इतना पीटा कि उसकी आत्मा तक लहूलुहान हो गई और तब तक पीटते रहे, जब तक कि वह मर नहीं गई। जब तुम्हारे अच्छे दिन आएँगे तो तुम सब भूलने लगोगी—जो कुछ तुम्हारे साथ घटा है, और नए सिरे से अपनी जिंदगी शुरू कर दोगी और तब फिर से ऐसे ही कुछ घटेगा। इसलिए, अपने साथ हुए धोखे को कभी नहीं भूलना। पर चुनने का अधिकार तुम्हारा ही रहेगा…।"

और एस्टे ने चुन लिया था। भाव-शून्य निगाहों से एस्टे ने करीब आते हुए भू-प्रदेश को देखा। दमघोंटू और गंदे भाव जा चुके हैं, आकाश निरभ्र और नीला है। बच्ची उसके वक्ष-स्थल में मुँह छिपाए खेल रही है। वह जानती है कि बच्ची के अनिर्णीत भाग्य से वह हमेशा-हमेशा के लिए प्रगाढ़ता से बँध गई है, क्योंकि बच्ची का भाग्य जमीन से जुड़ा हुआ है।

□

भविष्य में किसी समय

रंगी (द ड्यून के पूर्वी तट से 150 कि.मी. दूर)

यह किंवदंती चली आ रही है कि मैगुए के वृक्ष हजारों वर्षों से वहाँ पर हैं। ऊँचे-ऊँचे स्लेटी व हरे रंग के बोआब और मैगुए के वृक्ष तने हुए ऐसे खड़े थे कि लगता था, बादलों से ऊपर निकल जाएँगे। वे पेड़, जो द ड्यून के पूर्वी पहाड़ों में पाए जाते हैं, उलटे ढंग से बढ़ते हैं, अर्थात् उनकी जड़ें हवा में होती हैं और तना जमीन के अंदर। कहा जाता है कि उनमें मिथिकल प्रॉपर्टीज पाई जाती हैं। इस क्षेत्र में रहनेवाली कई जनजातियों के लिए मार्गदर्शक का काम करती हैं, साथ ही क्षेत्र की पारिस्थितिकी में भी महत्त्वपूर्ण भूमिका निभाते हैं—वहाँ रहनेवालों के लिए फल, जल और औषधि का समृद्ध स्रोत हैं। और किंवदंती को सही साबित करनेवाला इतना विशाल आकार, ऊँचाई सैकड़ों फीट की और तनों का व्यास 36 फीट तक। चूँकि इन पेड़ों की वृद्धि के साथ इनकी छालों में रिंग नहीं बनते, इनकी आयु निर्धारित नहीं की जा सकती। कहा जाता है, इन पर ऐसी शक्तिशाली आत्माओं का वास है, जो तमाम रोग हर लेती हैं। बोआब मैगुए द ड्यून का सबसे अधिक उगनेवाला फल है। बच्चे तक इसकी सुगंध, इसकी बाध्य सतह और अंदर के गूदे का स्वाद पहचानते हैं। बारिश के समय अँधेरे में यह मदहोश कर देता है; भूखी आत्माओं को तृप्त करने के लिए उपयुक्त।

जंगल के आसपास रहनेवाले प्रायः एक छोटी लड़की को देखते हैं, जो जंगलों में कुछ खोजने में अच्छा-खासा समय बिताती है; वह जंगल, जो अज्ञात जड़ी-बूटियों और भिन्न-भिन्न सुगंधवाले पीले फूलों से भरा हुआ है। उस छोटी लड़की की आँखें नीली हैं, जिनमें सुनहरे धब्बे हैं और वह बेवजह मुसकराती रहती है।

□

परिशिष्ट भाग

ब्रांड एंबेसडर सर्वत्र हैं, क्योंकि वे काम करते हैं। वे लोग कई लाख डॉलरवाले व्यापार संघों को चुनते हैं और उनको एक चेहरा प्रदान करते हैं। जब उपभोक्ता ब्रांडों को याद करते हैं तो उन्हें इन ब्रांड एंबेसडरों का चेहरा, उनकी मुसकान, उनका हाथ मिलाना, उनका जवाब और उनकी संबद्ध ब्रांडों के लिए की गई प्रशंसा याद आती है। सेंट्रल कंज्यूम्ड प्रोटेक्शन काउंसिल (सी.पी.सी.सी.) ने सेलिब्रिटी इंडोर्समेंट के मुद्दे पर विचार-विमर्श किया है। विज्ञापन संबंधी कानूनों में कुछ संशोधन विचाराधीन हैं, जिनमें यह कहा गया है कि सेलिब्रिटी जब किसी उत्पाद के लिए विज्ञापन करें तो पहले उन्हें उस उत्पाद का प्रयोग करना होगा; क्योंकि अधिकांश मामलों में सेलिब्रिटी जिन उत्पादों में विश्वास करते हैं, जिनका प्रयोग करते हैं, उनका विज्ञापन नहीं कर रहे होते हैं। वे उन उत्पादों के विज्ञापन में दिखते हैं, जो उन्हें अच्छा पैसा दें। क्या ये ब्रांड एंबेसडर वास्तव में उन उत्पादों के लंबे व जटिल इतिहास से अनभिज्ञ होते हैं, जिनका वे विज्ञापन कर रहे होते हैं? जैसे कि कारों का दोषपूर्ण ब्रेकलाइन, मलहमों की एलर्जी संबंधी प्रतिक्रियाएँ; रंग साफ करने का दावा करनेवाली स्किन क्रीम, जो कैंसर का कारण बनती हैं या फिर एनर्जी ड्रिंक्स, जो बाद में शरीर में गड़बड़ी उत्पन्न कर देते हैं; एंटीबायोटिक तत्त्वों से सजा-धजा शहद या शर्करा से भरपूर सॉफ्ट ड्रिंक्स, तंबाकू, शराब एवं दवाओं के बारे में क्या वे वास्तव में अनभिज्ञ होते हैं? क्या ये ब्रांड एंबेसडर उन उत्पादों के पोषण संबंधी दावों का अनुमोदन करते हैं, जिनके विज्ञापन के लिए उन्हें पैसे दिए जाते हैं? यदि उन्हें इन सबके बारे में पता है तो क्या फिर भी उनका विज्ञापन कर लोगों को उनके प्रयोग के लिए प्रेरित करेंगे? या फिर उनके विज्ञापन से स्वयं को हटा लेंगे? सेलिब्रिटी यह दावा करते हैं कि ब्रांड एंबेसडर को उनके ब्रांडों से संबंधित हर एक तथ्य के लिए जिम्मेदार नहीं ठहराया जा सकता। उनका कहना

है कि वे उन उत्पादों से नहीं जुड़ना चाहते, जिन्हें बुरा माना जाता है; पर वे लोग इस बात के लिए कैसे जिम्मेदार ठहराए जा सकते हैं कि उनके द्वारा विज्ञापित हर ब्रांड और हर उत्पाद 100 प्रतिशत सुरक्षित हैं और जो दावे किए जा रहे हैं, वे शत-प्रतिशत सही हैं? उन उत्पादों से संबंधित पुनरीक्षण और अनुसंधान के लिए उनकी जवाबदेही नहीं बनती? क्या यह जिम्मेदारी सरकारी संस्थाओं की नहीं है, जो इन कंपनियों को मैन्युफैक्चरिंग लाइसेंस, रिटेल की अनुमति और स्वास्थ्य एवं सुरक्षा से संबंधित प्रमाण-पत्र प्रदान करती हैं—वे कंपनियाँ, जो व्यापार के लिए इन उत्पादों का निर्माण करती हैं?

—जेसे टोरेस, व्यापार विशेषज्ञ

□□□